ERICH KÄSTNER

FABIAN
ODER DER GANG VOR DIE HUNDE

Roman

Atrium Verlag · Zürich

Taschenbuchausgabe
1. Auflage 2021

Umschlagmotiv: © DCM, Lupa Film / Foto: Hanno Lentz /
Artwork: Die Goldkinder GmbH
Satz: Greiner & Reichel, Köln
Druck und Bindung: CPI books GmbH, Leck
Printed in Germany
ISBN 978-3-03882-027-7

www.atrium-verlag.com

ERSTES KAPITEL

Ein Kellner als Orakel • Der andere geht trotzdem hin • Ein Institut für geistige Annäherung

Fabian saß in einem Café namens Spalteholz und las die Schlagzeilen der Abendblätter: Englisches Luftschiff explodiert über Beauvais, Strychnin lagert neben Linsen, Neunjähriges Mädchen aus dem Fenster gesprungen, Abermals erfolglose Ministerpräsidentenwahl, Der Mord im Lainzer Tiergarten, Skandal im Städtischen Beschaffungsamt, Die künstliche Stimme in der Westentasche, Ruhrkohlenabsatz läßt nach, Die Geschenke für Reichsbahndirektor Neumann, Elefanten auf dem Bürgersteig, Nervosität an den Kaffeemärkten, Skandal um Clara Bow, Bevorstehender Streik von 140 000 Metallarbeitern, Verbrecherdrama in Chikago, Verhandlungen in Moskau über das Holzdumping, Starhembergjäger rebellieren. Das tägliche Pensum. Nichts Besonderes.

Er nahm einen Schluck Kaffee und fuhr zusammen. Das Zeug schmeckte nach Zucker. Seitdem er, zehn Jahre war das her, in der Mensa am Oranienburger Tor dreimal wöchentlich Nudeln mit Saccharin hinuntergewürgt hatte, verabscheute er Süßes. Er zündete sich eilig eine Zigarette an und rief den Kellner.

»Womit kann ich dienen?« fragte der.

»Antworten Sie mir auf eine Frage.«

»Bitteschön.«

»Soll ich hingehen oder nicht?«

»Wohin meinen der Herr?«

»Sie sollen nicht fragen. Sie sollen antworten. Soll ich hingehen oder nicht?«

Der Kellner kratzte sich unsichtbar hinter den Ohren. Dann trat er von einem Plattfuß auf den anderen und meinte verlegen: »Das beste wird sein, Sie gehen nicht hin. Sicher ist sicher, mein Herr.«

Fabian nickte. »Gut. Ich werde hingehen. Zahlen.«

»Aber ich habe Ihnen doch abgeraten?«

»Deshalb geh ich ja hin! Bitte zahlen!«

»Wenn ich zugeraten hätte, wären Sie nicht gegangen?«

»Dann auch. Bitte zahlen!«

»Das versteh ich nicht«, erklärte der Kellner ärgerlich. »Warum haben Sie mich dann überhaupt gefragt?«

»Wenn ich das wüßte«, antwortete Fabian.

»Eine Tasse Kaffee, ein Butterbrot, fünfzig, dreißig, achtzig, neunzig Pfennig«, deklamierte der Andere.

Fabian legte eine Mark auf den Tisch und ging. Er hatte keine Ahnung, wo er sich befand. Wenn man am Wittenbergplatz auf den Autobus 1 klettert, an der Potsdamer Brücke in eine Straßenbahn umsteigt, ohne deren Nummer zu lesen, und zwanzig Minuten später den Wagen verläßt, weil plötzlich eine Frau drinsitzt, die Friedrich dem Großen ähnelt, kann man wirklich nicht wissen, wo man ist.

Er folgte drei hastig marschierenden Arbeitern und geriet, über Holzbohlen stolpernd, an Bauzäunen und grauen Stundenhotels entlang, zum Bahnhof Jannowitzbrücke. Im Zug holte er die Adresse heraus, die ihm Bertuch, der Bürochef, aufgeschrieben hatte: Schlüterstraße 23, Frau Sommer. Er fuhr bis zum Zoo. Auf der Joachimsthaler Straße fragte ihn ein dünnbeiniges, wippendes Fräulein, wie er drüber dächte. Er beschied das Anerbieten abschlägig, drohte mit dem Finger und entkam.

Die Stadt glich einem Rummelplatz. Die Häuserfronten waren mit buntem Licht beschmiert, und die Sterne am Himmel konnten sich schämen. Ein Flugzeug knatterte über die Dächer. Plötzlich regnete es Aluminiumtaler. Die Passanten blickten hoch, lachten und bückten sich. Fabian dachte flüchtig an jenes Märchen, in dem ein kleines Mädchen sein Hemd hochhebt, um das Kleingeld aufzufangen, das vom Himmel fällt. Dann holte er von der steifen Krempe eines fremden Hutes einen der Taler herunter. »Besucht die Exotikbar, Nollendorfplatz 3, Schöne Frauen, Nacktplastiken, Pension Condor im gleichen Hause«, stand darauf. Fabian hatte mit einem Male die Vorstellung, er fliege dort oben im Aeroplan und sehe auf sich hinunter, auf den jungen Mann in der Joachimsthaler Straße, im Gewimmel der Menge, im Lichtkreis der Laternen und Schaufenster, im Straßengewirr der fiebrig entzündeten Nacht. Wie klein der Mann war. Und mit dem war er identisch!

Er überquerte den Kurfürstendamm. An einem der Giebel rollte eine Leuchtfigur, ein Türkenjunge war es, mit den elektrischen Augäpfeln. Da stieß jemand heftig gegen Fabians Stiefelabsatz. Er drehte sich mißbilligend um. Es war die Straßenbahn gewesen. Der Schaffner fluchte.

»Passense auf!« schrie ein Polizist.

Fabian zog den Hut und sagte: »Werde mir Mühe geben.«

In der Schlüterstraße öffnete ein grünlivrierter Liliputaner, erklomm eine zierliche Leiter, half dem Besucher aus dem Mantel und verschwand. Kaum war der kleine Grüne weg, rauschte eine üppige Dame, bestimmt Frau Sommer, durch den Vorhang und sagte: »Darf ich Sie in mein Büro führen.« Fabian folgte.

»Mir wurde Ihr Klub von einem gewissen Herrn Bertuch empfohlen.«

Sie blätterte in einem Heft und nickte. »Bertuch, Friedrich Georg, Bürochef, 40 Jahre, mittelgroß, brünett, Karlstraße 9, musikliebend, bevorzugt schlanke Blondinen nicht über fünfundzwanzig Jahre alt.«

»Das ist er!«

»Herr Bertuch verkehrt seit Oktober bei mir und war in dieser Zeit fünfmal anwesend.«

»Das spricht für Ihr Institut.«

»Die Anmeldegebühr beträgt zwanzig Mark. Jeder Besuch kostet zehn Mark extra.«

»Hier sind dreißig Mark.« Fabian legte das Geld auf den Schreibtisch. Die üppige Dame steckte die Scheine in eine Schublade, nahm einen Federhalter und sagte: »Die Personalien?«

»Fabian, Jakob, 32 Jahre alt, Beruf wechselnd, zur Zeit Reklamefachmann, Schaperstraße 17, herzkrank, Haarfarbe braun. Was müssen Sie noch wissen?«

»Haben Sie hinsichtlich der Damen bestimmte Wünsche?«

»Ich möchte mich nicht festlegen. Mein Geschmack neigt zu Blond, meine Erfahrung spricht dagegen. Meine Vorliebe gehört großen Frauen. Aber das Bedürfnis ist nicht gegenseitig. Lassen Sie die Rubrik frei.«

Irgendwo wurde Grammophon gespielt. Die üppige Dame erhob sich und erklärte ernst: »Ich darf Sie, bevor wir hineingehen, mit den wichtigsten Statuten bekannt machen. Annäherungen der Mitglieder untereinander werden nicht übelgenommen, sondern erwartet. Die Damen genießen dieselben Rechte wie die Herren. Von der Existenz, der Adresse und den Gepflogenheiten des Instituts ist nur vertrauenswürdigen Herrschaften Mitteilung zu machen. Den idealen Absichten des Unternehmens ungeachtet sind die Konsumkosten sofort zu begleichen. Innerhalb der Klubräume hat keines der Paare drauf Anspruch, respektiert zu werden. Paare, die ungestört zu bleiben wünschen, werden gebeten, den Klub zu verlassen. Das Etablissement dient der Anbahnung von Beziehungen, nicht den Beziehungen selber. Mitglieder, die einander vorübergehend zu gegenseitigem Befund Gelegenheit gaben, werden ersucht, das wieder zu vergessen, da nur auf diese Weise Komplikationen vermeidbar sind. Haben Sie mich verstanden, Herr Fabian?«

»Vollkommen.«

»Dann bitte ich Sie, mir zu folgen.«

Dreißig bis vierzig Personen mochten anwesend sein. Im ersten Raum wurde Bridge gespielt. Nebenan wurde getanzt. Frau Sommer wies dem neuen Mitglied einen freien Tisch an, sagte, daß man sich notfalls jederzeit an sie wenden könne, und verabschiedete sich. Fabian nahm Platz, bestellte beim Kellner Kognaksoda und sah sich um. War er auf einer Geburtstagsgesellschaft?

»Dic Menschen sehen harmloser aus, als sie sind«, bemerkte ein kleines schwarzhaariges Fräulein und setzte sich neben ihn. Fabian bot ihr zu rauchen an.

»Sie wirken sympathisch«, sagte sie. »Sie sind im Dezember geboren.«

»Im Februar.«

»Aha! Sternbild der Fische und paar Tropfen Wassermann. Ziemlich kalte Natur. Sie kommen nur aus Neugierde?«

»Die Atomtheoretiker behaupten, noch die kleinsten Substanzpartikel bestünden aus umeinander kreisenden elektrischen Energiemengen. Halten Sie diese Ansicht für eine Hypothese oder für eine Anschauung, die dem wahren Sachverhalt entspricht?«

»Empfindlich sind Sie auch noch!« rief die Person. »Aber es macht nichts. Sind Sie hier, um sich eine Frau zu suchen?«

Er hob die Schultern. »Ist das ein förmlicher Antrag?«

»Unsinn! Ich war zweimal verheiratet, das genügt vorläufig. Die Ehe ist nicht die richtige Ausdrucksform für mich. Dafür interessieren mich die Männer zu sehr. Ich stelle mir jeden, den ich sehe und der mir gefällt, als Ehemann vor.«

»In seinen prägnantesten Eigenschaften, will ich hoffen.«

Sie lachte, als hätte sie den Schlucken, und legte die Hand auf sein Knie. »Richtig gehofft! Man behauptet, ich litte an stellungsuchender Phantasie. Sollten Sie im Verlauf des Abends das Bedürfnis haben, mich nach Haus zu bringen, meine Wohnung und ich sind klein, aber stabil.«

Er entfernte die fremde unruhige Hand von seinem Knie und meinte: »Möglich ist alles. Und jetzt will ich mir das Lokal ansehen.« Er kam nicht dazu. Wie er sich erhob und umwandte, stand eine große, programmäßig gewachsene Dame vor ihm und sagte: »Man wird gleich tanzen.« Sie war größer als er und blond dazu. Die kleine schwarzhaarige Schwadroneuse befolgte die Statuten und verschwand. Der Kellner setzte das Grammophon in Gang. An den Tischen entstand Bewegung. Man tanzte.

Fabian betrachtete die Blondine sorgfältig. Sie hatte ein blasses infantiles Gesicht und sah zurückhaltender aus, als sie, ihrem Tanzen nach, zu sein schien. Er schwieg und spürte, daß in wenigen Minuten jener Grad von Schweigsamkeit erreicht sein werde, der den Anfang eines Gesprächs, eines belanglosen dazu, unmöglich macht. Glücklicherweise trat er ihr auf den Fuß. Sie wurde gesprächig. Sie zeigte ihm die zwei Damen, die einander neulich wegen eines Mannes geohrfeigt und die Kleider aufgerissen hatten. Sie berichtete, daß Frau Sommer ein Verhältnis mit dem grünen Liliputaner habe, und erklärte, daß sie sich diese Liaison nicht auszumalen wage. Schließlich fragte sie, ob er noch bleiben wolle; sie breche auf. Er ging mit.

Am Kurfürstendamm winkte sie einem Taxi, nannte eine Adresse, stieg ein und nötigte ihn, neben ihr Platz zu nehmen. »Aber ich habe nur noch zwei Mark«, erklärte er.

»Das macht fast gar nichts«, gab sie zur Antwort, und dem Schofför rief sie zu: »Licht aus!« Es wurde dunkel. Der Wagen ruckte an und fuhr. Schon in der ersten Kurve fiel sie über ihn her und biß ihn in die Unterlippe. Er schlug mit der Schläfe gegen das Verdeckscharnier, hielt sich den Kopf und sagte: »Aua! Das fängt gut an.«

»Sei nicht so empfindlich«, befahl sie und überschüttete ihn mit Aufmerksamkeiten.

Ihm kam der Überfall zu plötzlich. Und der Schädel tat ihm weh. Fabian war nicht bei der Sache. »Ich wollte eigentlich, bevor Sie mich erwürgen, noch einen Brief schreiben«, röchelte er.

Sie boxte ihn vors Schlüsselbein, lachte, ohne eine Miene zu verziehen, die Tonleiter hinauf und herunter und strangulierte weiter. Seine Bemühung, sich der Frau zu erwehren, wurde zusehends falsch ausgelegt. Jede Wegbiegung führte zu neuen Verwicklungen. Er beschwor das Schicksal, dem Auto weitere Kurven zu ersparen. Das Schicksal hatte Ausgang.

Als der Wagen endlich hielt, überpuderte die Blonde ihr Gesicht, bezahlte die Fahrt und äußerte, vor der Haustür: »Erstens ist dein Gesicht voll roter Flecken, und zweitens trinkst du bei mir eine Tasse Tee.«

Er rieb sich die Lippenpomade von den Backen und sagte: »Ihr Antrag ehrt mich, doch ich muß morgen zeitig im Büro sein.«

»Mach mich nicht wütend. Du bleibst bei mir. Das Mädchen wird dich wecken.«

»Aber ich werde nicht aufstehen. Nein, ich muß zu Hause schlafen. Ich erwarte früh sieben Uhr ein dringendes Telegramm. Das bringt die Wirtin ins Zimmer und rüttelt mich, bis ich aufwache.«

»Wieso weißt du schon jetzt, daß du ein Telegramm erhalten wirst?«

»Ich weiß sogar, was drinsteht.«

»Nämlich?«

»Es wird heißen: ›Scher dich aus dem Bett. Dein treuer Freund Fabian.‹ Fabian, das bin ich.« Er blinzelte in das Laub der Bäume und freute sich über den gelben Glanz der Laternen. Die Straße lag ganz still. Eine Katze lief geräuschlos ins Dunkel. Wenn er jetzt die grauen Häuser entlangspazieren könnte!

»Die Geschichte mit dem Telegramm ist doch nicht wahr!«

»Nein, aber das ist der pure Zufall«, sagte er.

»Wozu kommst du in den Klub, wenn dir an den Konsequenzen nichts liegt?« fragte sie ärgerlich und schloß die Tür auf.

»Ich erfuhr die Adresse und bin sehr neugierig.«

»Also hopp!« sagte sie. »Der Neugier sind keine Schranken gesetzt.« Die Tür schloß sich hinter ihnen.

ZWEITES KAPITEL

Es gibt sehr aufdringliche Damen • Ein Rechtsanwalt hat nichts dagegen • Betteln verdirbt den Charakter

Im Fahrstuhl war ein Wandspiegel. Fabian zog das Taschentuch und rieb die roten Flecken aus dem Gesicht. Die Krawatte saß schief. Die Schläfe brannte. Und die blasse Blondine sah auf ihn herunter. »Wissen Sie, was eine Megäre ist?« fragte er. Sie legte den Arm um ihn. »Ich weiß es, aber ich bin hübscher.«

Am Türschild stand: Moll. Das Dienstmädchen öffnete. »Bringen Sie uns Tee.«

»Der Tee steht in Ihrem Zimmer.«

»Gut. Gehen Sie schlafen!« Das Mädchen verschwand im Korridor.

Fabian folgte der Frau. Sie führte ihn geradewegs ins Schlafzimmer, schenkte Tee ein, stellte Kognak und Zigaretten zurecht und sagte mit einer umfassenden Geste: »Bediene dich!«

»Mein Gott, ein Tempo haben Sie am Leibe!«

»Wo?« fragte sie.

Er überhörte das. »Sie heißen Moll?«

»Irene Moll sogar, damit Leute mit Gymnasialbildung etwas zu lachen haben. Setz dich. Ich komme gleich wieder.«

Er hielt sie zurück und gab ihr einen Kuß.

»Na, es wird ja langsam«, meinte sie und entfernte sich. Er

trank einen Schluck Tee und ein Glas Kognak. Dann musterte er das Zimmer. Das Bett war niedrig und breit. Die Lampe gab indirektes Licht. Die Wände waren mit Spiegelglas bespannt. Er trank noch einen Kognak und trat ans Fenster. Vergittert war es nicht.

Was hatte die Frau mit ihm vor? Fabian war zweiunddreißig Jahre alt und hatte sich nachts fleißig umgetan, auch dieser Abend begann ihn zu reizen. Er trank den dritten Kognak und rieb sich die Hände.

Er betrieb die gemischten Gefühle seit langem aus Liebhaberei. Wer sie untersuchen wollte, mußte sie haben. Nur während man sie besaß, konnte man sie beobachten. Man war ein Chirurg, der die eigene Seele aufschnitt.

»So, nun wird der kleine Junge geschlachtet«, sagte die Blondine. Sie trug jetzt einen Schlafanzug aus schwarzen Spitzen. Er trat einen Schritt zurück. Sie aber rief »Hurra!« und sprang ihm derart an den Hals, daß er die Balance verlor, kippte und samt der Dame auf den Fußboden zu sitzen kam.

»Ist sie nicht schrecklich?« fragte da eine fremde Stimme.

Fabian blickte verwundert hoch. Im Türrahmen stand, mit einem Pyjama bekleidet, ein dürrer großnasiger Mensch und gähnte.

»Was wollen Sie denn hier?« fragte Fabian.

»Entschuldigen Sie, mein Herr, aber ich konnte nicht wissen, daß Sie mit meiner Frau bereits durchs Zimmer kriechen.«

»Mit Ihrer Frau?«

Der Eindringling nickte, gähnte verzweifelt und sagte vorwurfsvoll: »Irene, wie konntest du den Herrn in eine so schiefe Lage bringen! Wenn du schon wünschst, daß ich mir deine Neuerwerbungen anschaue, kannst du sie mir wenigstens gesellschaftsfähig präsentieren. Auf dem Teppich! Das wird dem Herrn sicher nicht recht sein. Und ich schlief so schön, als du mich wecktest … Ich heiße Moll, mein Herr, bin Rechtsanwalt und außerdem«, er gähnte herzzerreißend, »und außerdem der Gatte dieser weiblichen Person, die sich auf Ihnen breitmacht.«

Fabian schob die Blondine von sich herunter, stand auf und ordnete seinen Scheitel. »Hält sich Ihre Gattin einen männlichen Harem? Mein Name ist Fabian.«

Moll kam auf ihn zu und reichte ihm die Hand. »Es freut mich, einen so sympathischen jungen Mann kennenzulernen. Die Umstände sind ebenso gewöhnlich wie ungewöhnlich. Das ist Ansichtssache. Aber falls Sie der Gedanke beruhigt: Ich bin daran gewöhnt. Nehmen Sie Platz.«

Fabian setzte sich. Irene Moll rutschte auf die Armlehne, streichelte ihn und sagte zu ihrem Mann: »Wenn er dir nicht gefällt, brech ich den Kontrakt.«

»Aber er gefällt mir ja«, antwortete der Rechtsanwalt.

»Sie reden über mich, als wär ich ein Stück Streuselkuchen oder ein Rodelschlitten«, meinte Fabian.

»Ein Rodelschlitten bist du, mein Kleiner!« rief die Frau und preßte seinen Kopf gegen ihre volle, schwarz vergitterte Brust.

»Himmeldonnerwetter!« schrie er. »Lassen Sie mich gefälligst in Ruhe!«

»Du darfst deinen Besuch nicht ärgern, liebe Irene«, erklärte Moll. »Ich werde mit ihm in mein Arbeitszimmer gehen und ihm dort alles Wissenswerte mitteilen. Du vergißt, daß er die Situation als merkwürdig empfinden muß. Ich schicke ihn dir dann wieder herüber. Gute Nacht.« Der Rechtsanwalt gab seiner Frau die Hand.

Sie stieg in ihr niedriges Bett, stand betrübt und einsam zwischen den Kissen und sagte: »Gute Nacht, Moll, schlaf gut. Aber red ihn nicht tot. Ich brauch ihn noch.«

»Ja, ja«, antwortete Moll und zog den Gast mit sich fort.

Sie nahmen im Arbeitszimmer Platz. Der Rechtsanwalt zündete sich eine Zigarre an, fröstelte, legte eine Kamelhaardecke über die Knie und blätterte in einem Aktenbündel.

»Mich geht zwar die Sache nichts an«, begann Fabian, »aber was Sie sich von der Frau bieten lassen, steigt auf Bäume. Werden Sie oft von ihr aus dem Bett geholt, um die Liebhaber zu taxieren?«

»Sehr oft, mein Herr. Ursprünglich erwirkte ich mir diese Begutachtung als verbrieftes Recht. Nach dem ersten Jahr unsrer Ehe setzten wir einen Kontrakt auf, dessen Paragraph 4 lautet: Die Vertragspartnerin verpflichtet sich, jeden Menschen, mit dem sie in intime Beziehungen zu treten wünscht, zuvor ihrem Gatten, Herrn Dr. Felix Moll, vorzuführen. Spricht sich dieser gegen den Betreffenden aus, so ist Frau Irene Moll angewiesen, unverzüglich auf die Ausführung ihres Vorhabens zu verzichten. Jedes Vergehen gegen den Paragraphen wird mit einer hälftigen Kürzung der finanziellen Monatszuwendung geahndet. Der Kontrakt ist sehr interessant. Soll ich ihn in extenso vorlesen?« Moll holte den Schreibtischschlüssel aus der Tasche.

»Bemühen Sie sich nicht!« Fabian wehrte ab. »Wissen möchte ich nur, wieso Sie auf den Gedanken verfielen, einen solchen Kontrakt überhaupt aufzusetzen.«

»Meine Frau träumte so schlecht.«

»Wie?«

»Sie träumte. Sie träumte entsetzliche Dinge. Es war offensichtlich, daß ihre sexuellen Bedürfnisse proportional der Ehedauer zunahmen und Wunschträume erzeugten, von deren Inhalt Sie, mein Herr, sich glücklicherweise noch keine Vorstellung machen können. Mir wuchs der Unterleib meiner Frau sozusagen über den Kopf. Ich zog mich zurück, und sie bevölkerte ihr Schlafzimmer mit Chinesen, Ringkämpfern und Tänzerinnen. Was blieb mir übrig? Wir schlossen einen Vertrag.«

»Meinen Sie nicht, daß eine andere Behandlung erfolgreicher und geschmackvoller gewesen wäre?« fragte Fabian ungeduldig.

»Zum Beispiel, mein Herr?« Der Rechtsanwalt setzte sich aufrecht.

»Zum Beispiel: pro Abend fünfundzwanzig hintendrüber?«

»Ich hab's versucht. Es tat mir zu weh.«

»Das kann ich ganz gut verstehen.«

»Nein!« rief der Rechtsanwalt, »das können Sie nicht verstehen! Irene ist sehr kräftig, mein Herr.«

Moll senkte den Kopf. Fabian zog eine weiße Nelke aus der Schreibtischvase, steckte die Blume ins Knopfloch, erhob sich, lief im Zimmer umher und rückte die Bilder gerade. Vermutlich hatte es dem alten langen Kerl auch noch Vergnügen gemacht, von seiner Frau übers Knie gelegt zu werden.

»Ich will gehen«, sagte er. »Geben Sie mir den Hausschlüssel!«

»Ist das Ihr Ernst?« fragte Moll ängstlich. »Aber Irene erwartet Sie doch. Bleiben Sie, um des Himmels willen! Sie wird außer sich geraten, wenn sie sieht, daß Sie gegangen sind! Sie wird denken, ich hätte Sie weggeschickt. Bleiben Sie bitte! Sie hat sich so darauf gefreut. Gönnen Sie ihr doch das kleine Vergnügen!«

Der Mann war aufgesprungen und packte den Besucher am Jackett. »Bleiben Sie doch! Sie werden es nicht bereuen. Sie werden wiederkommen. Sie werden unser Freund bleiben. Und ich werde Irene in guten Händen wissen. Tun Sie's mir zu Gefallen.«

»Vielleicht wollen Sie mir auch noch ein sicheres Monatseinkommen garantieren?«

»Darüber ließe sich reden, mein Herr. Ich bin nicht unvermögend.«

»Geben Sie mir den Hausschlüssel, aber etwas plötzlich! Ich eigne mich nicht für den Posten.«

Doktor Moll seufzte, kramte auf dem Schreibtisch, gab Fabian ein Schlüsselbund und sagte: »Jammerschade. Sie waren mir von Anfang an sympathisch. Behalten Sie die Schlüssel ein paar Tage. Vielleicht überlegen Sie sich's. Ich würde mich jedenfalls sehr freuen, Sie wiederzusehen.«

Fabian knurrte: »Gute Nacht«, ging leise durch die Diele, nahm Mantel und Hut, öffnete die Tür, zog sie vorsichtig hinter sich zu und galoppierte die Treppen hinunter. Auf der Straße holte er tief Atem und schüttelte den Kopf. Da spazierten nun die Menschen hier unten vorüber und hatten keine Ahnung, wie verrückt es hinter den Mauern zuging. Die märchenhafte Gabe, durch Mauern und verhängte Fenster zu blicken, war ein Dreck gegen die Fähigkeit, das, was man dann sähe, zu ertragen.

»Ich bin sehr neugierig«, hatte er der blonden Person erzählt, und nun lief er auf und davon, statt seine Neugier mit dem Ehepaar Moll zu füttern. Dreißig Mark war er losgeworden. Zwei Mark hatte er noch in der Tasche. Aus dem Abendessen wurde nichts. Er pfiff sich eins, ging kreuz und quer durch düstere unbekannte Alleen und geriet, aus Versehen, vor den Bahnhof Heerstraße. Er fuhr bis zum Zoo, dort sprang er in die Untergrundbahn, stieg am Wittenbergplatz um und kam in der Spichernstraße aus der Unterwelt wieder herauf unter den freien Himmel.

Er ging in sein Stammcafé. Nein, Doktor Labude sei nicht mehr da. Er habe bis elf Uhr gewartet. Fabian setzte sich, bestellte Kaffee und rauchte.

Der Wirt, ein gewisser Herr Kowalski, erkundigte sich nach dem werten Befinden. Heute abend sei übrigens etwas sehr Komisches passiert. Kowalski lachte, daß die falschen Zähne blitzten. Der Kellner Nietenführ habe es zuerst beobachtet. »Dort drüben am runden Tisch saß ein junges Paar. Die beiden unterhielten sich prächtig. Die Frau streichelte die Hand des Mannes in einem fort. Sie lachte, zündete ihm eine Zigarette an und war von einer Liebenswürdigkeit, die nicht häufig ist.«

»Das ist doch nicht komisch.«

»Warten Sie ab, bester Herr Fabian. Warten Sie nur ab! Die Frau – hübsch war sie, das muß man ihr lassen – poussierte gleichzeitig mit einem Herrn vom Nebentisch. Und das in einer Weise! Nietenführ holte mich unauffällig heran. Der Anblick war toll. Der Kerl steckte ihr schließlich einen Zettel zu. Sie las, nickte, schrieb ihrerseits einen Wisch und warf ihn auf den Nebentisch. Währenddessen sprach sie aber auch auf ihren Freund ein, erzählte ihm Geschichten, über die er sich freute, – ich habe schon sehr tüchtige Frauen gesehen, aber diese Simultanspielerin übertraf alle.«

»Warum ließ er sich denn das gefallen?«

»Einen Moment, bester Herr Fabian. Die Pointe kommt sofort! Also, wir wunderten uns natürlich auch, warum er sich das bieten ließ. Er saß zufrieden neben ihr, lächelte einfältig, legte den Arm um ihre Schulter, und währenddessen nickte sie dem Mann vom Nebentisch zu. Der nickte zurück, machte Zeichen, und uns blieb die Spucke weg. Nietenführ ging dann hinüber, weil sie zahlen wollten.« Herr Kowalski steckte den massigen Kopf hoch und lachte himmelwärts.

»Nun, woran lag's?«

»Der Mann, mit dem sie zusammensaß, war blind!« Der Wirt machte eine Verbeugung und lief, laut lachend, davon. Fabian blickte erstaunt hinterher. Der Fortschritt der Menschheit war unverkennbar.

An der Tür ging es lebhaft zu. Nietenführ und der Hilfskellner waren damit beschäftigt, einen schäbig gekleideten Mann hinauszudrängen. »Scheren Sie sich auf der Stelle fort. Den ganzen Tag diese Bettelei, das ist ja ekelhaft«, sagte Nietenführ zischend. Und der Hilfskellner zerrte den Menschen, der blaß war und kein Wort sprach, hin und her.

Fabian sprang auf, lief zu der Gruppe und rief den Kellnern zu: »Lassen Sie sofort den Herrn los!« Die zwei gehorchten widerstrebend.

»Da sind Sie ja«, meinte Fabian und gab dem Bettler die Hand. »Es tut mir außerordentlich leid, daß man Sie gekränkt hat. Entschuldigen Sie, und kommen Sie an meinen Tisch.« Er führte den Mann, der nicht wußte, wie ihm geschah, in seine Ecke, hieß ihn Platz nehmen und fragte: »Was möchten Sie essen? Wollen Sie ein Glas Bier trinken?«

»Sie sind sehr freundlich«, sagte der Bettler. »Aber ich werde Ihnen Ungelegenheiten machen.«

»Hier ist die Speisekarte. Suchen Sie sich, bitte, etwas aus.«

»Das geht nicht! Man wird mich vom Tisch wegholen und hinausschmeißen.«

»Das wird man nicht tun! Nehmen Sie sich zusammen! Bloß, weil Ihr Jackett geflickt ist und weil Ihnen der Magen knurrt, wagen Sie nicht, richtig auf dem Stuhl zu sitzen! Sie sind ja selber mitschuldig, daß man Sie nirgends durch die Tür läßt.«

»Wenn man zwei Jahre arbeitslos ist, denkt man anders darüber«, sagte der Mann. »Ich schlafe am Engelufer in der Herberge. Zehn Mark zahlt mir die Fürsorge. Mein Magen ist krank vom vielen Kaviar.«

»Was sind Sie von Beruf?«

»Bankangestellter, wenn ich mich recht entsinne. Im Gefängnis war ich auch schon. Gott, man sieht sich eben um. Das einzige, was ich noch nicht erlebt habe, ist der Selbstmord. Aber das läßt sich nachholen.« Der Mann saß auf der Stuhlkante und hielt die Hände zitternd vor den Westenausschnitt, um das dreckige Hemd zu verbergen.

Fabian wußte nicht, was er sagen sollte. Er probierte, im Kopf, viele Sätze. Keiner war am Platz. Er stand auf und sagte: »Einen Augenblick, der Kellner wünscht, von einer Abordnung geholt zu werden.« Er lief nach dem Büfett, stellte den Oberkellner zur Rede, faßte ihn am Arm und schleppte ihn durchs Lokal.

Der Bettler war fort.

»Ich zahle morgen!« rief Fabian, stürzte aus dem Café und sah sich um. Der Mann war verschwunden.

DRITTES KAPITEL

Vorgesetzte sind streng, aber gerecht • Ein ehemaliger Blinddarm erregt Aufsehen • Gibt der Klügere nach?

Natürlich kam Fabian zu spät ins Büro. Direktor Breitkopf stand, wie immer, und als wäre er nie krank gewesen, im Korridor. Er zog, als er des Propagandisten ansichtig wurde, die goldne Uhr aus der Weste und sagte: »Ihre Uhr geht vermutlich falsch?«

»Das wollen wir nicht hoffen, Herr Direktor«, gab Fabian zur Antwort, beugte sich interessiert über die Uhr des Chefs, holte die eigne aus der Tasche, verglich gewissenhaft die Zeiten und erklärte: »Ihr Vorwurf trifft mich zu Unrecht. Meine Uhr geht richtig!«

»Ich wollte Ihnen nur einen plausiblen Entschuldigungsgrund in die Hand geben.« Breitkopfs Stimme vibrierte.

»Das geht entschieden zu weit«, meinte Fabian höflich, aber bestimmt. »Wohin soll das führen, wenn Sie jedem Angestellten, der zu spät kommt, Entschuldigungen soufflieren, Herr Direktor?« Er schüttelte bekümmert den Kopf.

»Ich fürchte, Sie werden unverschämt!« rief der Direktor.

»Wer wird denn gleich ans Äußerste denken, Herr Direktor«, sagte Fabian, ließ den dicken Mann stehen und ging den Korridor entlang, an vielen Türen vorbei, in sein Zimmer.

Fischer, der alberne Kollege, war schon beim zweiten Frühstück. »Vom Alten geschnappt worden?« fragte er neugierig.

»So ziemlich.«

»Woran liegt das bloß, daß Sie nie pünktlich sind?«

»Die Menschheit zerfällt«, dozierte Fabian, »in zwei Kategorien.«

»In Männer und Frauen.«

»Ihre unsittliche Unterscheidung ist, an meiner Einteilung gemessen, nebensächlich. Die Menschheit zerfällt in Frühaufsteher und Langschläfer. Ich gehöre zu der zweiten Sorte. Guten Morgen, Herr Fischer!«

»Guten Morgen.«

»Ein moderner Kinderphysiologe hat sich meine Ansicht, ohne sie zu kennen, zu eigen gemacht und fordert deshalb die Verlegung des Schulbeginns auf neun Uhr. Die Langschläfer sind, trotz Fleiß und Ehrgeiz, in den zeitigen Morgenstunden arbeitsunfähig. Testprüfungen haben das bestätigt.«

Der Kollege Fischer rutschte unruhig auf seinem Stuhl umher. »Bevor ich's vergesse, Kunze hat eine Inseratenserie gezeichnet, zu der wir gereimte Zweizeiler liefern sollen. Das liegt Ihnen sicher.«

»Ihr Zutrauen ehrt mich«, sagte Fabian, »aber ich habe noch mit den Schlagzeilen für die photomontierten Plakate zu tun. Dichten Sie inzwischen ruhig drauflos. Denn was nützt Ihnen das Frühaufstehen, wenn sich's nicht reimt?« Er sah durchs Fenster, zur Zigarettenfabrik hinüber, und gähnte. Der Himmel war grau wie der Asphalt auf den Radrennbahnen. Fischer ging auf und ab, gab Falten lebhaften Unwillens zum besten und fing Reimwörter.

Fabian rollte ein Plakat auf, befestigte es mit Reißzwecken an der Wand, stellte sich in die entlegenste Zimmerecke und starrte das Plakat an, das mit einer Photographie des Kölner

Doms und einer vom Plakathersteller daneben errichteten, dem Dom an Größe nichts nachgebenden Zigarette bedeckt war. Er notierte: »Nichts geht über … So groß ist … Turmhoch über allen … Völlig unerreichbar …«

Da erschien Direktor Breitkopf im Türrahmen, nickte milde und sagte zu Fabian, der unergründlich den Kölner Dom fixierte: »Wozu wollen wir uns streiten, mein Lieber?«

»An mir hat es nicht gelegen, Herr Direktor.«

»Schwamm drüber! Ihr Prospekt für Detailhändler hat außerordentlich gefallen. Ich weiß es von mehreren Direktionsmitgliedern. Sie haben Phantasie und Geschmack, wird behauptet. Ihre Fähigkeit, durch Text Interesse zu erwecken, sei beträchtlich.«

Fabian stellte sich vor dem Chef auf. »Sie wollen mir eine Gehaltszulage aufdrängen?«

»Machen Sie keine Witze. Der Arzt hat mir das Lachen verboten, weil sonst die Narbe platzen könnte.«

Fischer fand, die Gelegenheit sei günstig. Er kam näher und erkundigte sich nach dem Befinden.

»Die Geschichte heilt sehr schwer«, bemerkte der Direktor. »Das liegt am Bauch, lieber Fischer. Seien Sie froh, daß Sie keinen Bauch haben. Sie mit Ihrem unterernährten Körper können einer Blinddarmoperation gefaßt ins Auge sehen.«

Fischer lachte geschmeichelt. Breitkopf wurde rege. Die Wunde sei noch immer nicht geheilt. Täglich müsse er zum Arzt. Der Schnitt reiche von hier bis da. Er zeigte die Entfernung auf der Weste. Und dann fragte er die Beiden: »Wollen Sie sich die Sache mal ansehen?«

Fischer dienerte. Fabian machte eine einladende Handbewegung. Breitkopf ging zur Tür und schob den Riegel vor. Dann zog er Jackett und Weste aus, warf sie aufs Sofa, streifte die Hosenträger ab, ließ die Hosen herunter und knöpfte die Unterhose auf. »Sie wissen ja, wie ein Mann aussieht«, sagte er und hob das Hemd hoch und klemmte es unters Kinn.

»Sie haben ja ein Korsett an, Herr Direktor«, rief Kollege Fischer.

»Das trage ich nur, damit der Leib zusammengehalten wird. Sonst hängt er herunter, und die Heilung wäre noch schwieriger als jetzt. Los, haken Sie mal die Ösen auf! Aber vorsichtig!«

Fischer waltete seines Amtes. Das Korsett lockerte sich. Breitkopf nahm es fort, schmiß es zu Jackett und Weste und erklärte befehlend: »Nun sehen Sie sich mal diese Schweinerei an!«

Die Bezeichnung war nicht unzutreffend. Quer über Breitkopfs Bauch, auf der südlichen Hälfte und dem Inhaber nicht sichtbar, klebten Wattebäusche und ein vergilbter Gazestreifen. Der Direktor entfernte die Dinge und legte die breite, mit Fäden gesteppte, entzündete Narbe bloß. »Sehen Sie sich's nur gründlich an«, sagte er.

Sie gingen vor dem haarigen nackten Menschen, der noch immer ihr Direktor war, in Kniebeuge. »Donnerwetter!« rief Fischer. Er tat, als sähe er den Pik von Teneriffa oder das achte Weltwunder. Breitkopf warf, soweit die Bemühung das Hemd mit dem Kinn festzuhalten, es zuließ, stolz den Kopf zurück. »Toll!« behauptete Fischer. »Und da liegen Sie nicht im Bett? Das ist ja unverantwortlich.«

»Man kennt seine Pflicht«, meinte der Chef.

»Können Sie eigentlich von dort oben aus die Narbe sehen?« erkundigte sich Fabian. Er kauerte noch immer. Breitkopf schüttelte das Haupt und sagte: »Nur im Spiegel. Ich kann doch nicht um die Ecke gucken.«

Fischer lachte, weil es scheinbar erwartet wurde, verlor das Gleichgewicht und saß kichernd in der Stube. An der Tür klinkte jemand. »Geschlossene Gesellschaft!« rief Fischer. Im Korridor entfernten sich Schritte. »Na, nun aber Schluß der Vorstellung!« sagte Fabian. Der Direktor kehrte ihnen die Rückseite zu und legte die Gaze und die Watte wieder vorsichtig über den Bauch. Die Angestellten holten das Korsett vom Sofa und banden es dem alten Nacktfrosch um. »Vorsichtig«, meinte er, »oben ins dritte Loch, unten ins zweite!«

Fabian fühlte das dringende Bedürfnis, Herrn Breitkopf einen Klaps auf die ausgedehnte, doppelbäckige Rückenpartie zu geben. Doch so einfach ist das Leben nicht, daß man unbedenklich seinen Regungen frönen dürfte! Selbstbeherrschung ist nötig. Wo kämen wir hin, wollten wir jedem nackten Hinterviertel, das sich uns aufdrängt, Eins versetzen! Während Fabian darüber nachdachte, was aus der Weltgeschichte Alles hätte werden können, wenn Josephine Beauharnais ihrem Bonaparte, späterem Napoleon I., gelegentlich, wenn nicht gar wiederholt und in regelmäßigen Abständen, den Podex vollgehauen hätte, zog sich der Direktor wieder an. Fischer hielt Weste und Jackett bereit. Breitkopf fuhr hinein, dankte flüchtig und fand sich langsam wieder im zugeknöpften Zustande zurecht. Er erwartete Rückäußerungen.

»Es war sehr interessant«, behauptete Fischer.

»Es war geradezu aufschlußreich«, meinte Fabian und lächelte dem dicken Mann ins Gesicht.

»Hoffentlich macht Ihnen nun Ihr Blinddarm nicht mehr zu schaffen«, fügte Fischer im Gratulationston hinzu.

»Aber der ist ja doch raus«, sagte Fabian, »oder sollte man Ihnen das Bauchfell aufgetrennt und zugenäht haben, ohne den Blinddarm herauszunehmen? Es kommen in dieser Hinsicht schreckliche Sachen vor. Ich weiß von Fällen, wo der Chirurg eine Pinzette und, ein anderes Mal, eine Schere zwischen den Därmen liegen ließ. Einem Bekannten meiner Portierleute passierte das sogar zweimal. Er machte daraufhin eine Eingabe an die Leitung des Krankenhauses: man solle doch, bequemlichkeitshalber, seinen Bauch zum Auf- und Zuknöpfen einrichten. Das Gesuch wurde meines Wissens abschlägig beschieden.«

»Machen Sie keine Witze mit dem armen Herrn Direktor!« rief Fischer. Breitkopf blickte Fabian streng an. »Reden wir von etwas Andrem.«

»Richtig, Sie waren vorhin so freundlich, eine Gehaltszulage zu erwähnen. Wann kann ich wohl damit rechnen?« fragte Fabian.

»Wer die Gehaltszulage erwähnte, waren Sie. Ich teilte Ihnen lediglich mit, daß die Firma mit Ihren Werbeentwürfen zufrieden ist. Das ist kein ausreichender Anlaß für Gehaltszulagen. Umso weniger, als Sie fast jeden Morgen zu spät in den Betrieb kommen. Sie verdienen Lob und Tadel gleichzeitig. Mit anderen Worten, Sie verdienen nicht mehr, als Sie verdienen.«

»Ich verdiene zu wenig! Was, glauben Sie, fange ich mit den zweihundertsiebzig Mark an, die Sie mir monatlich überreichen lassen?«

»Ich bin nicht neugierig«, antwortete Herr Breitkopf gereizt. »Die Privatangelegenheiten unserer Angestellten sind nicht meine Sache. Übrigens, warum kommen Sie regelmäßig zu spät? Haben Sie etwa noch einen Nebenberuf, Herr Fabian? Dazu bedürfte es einer ausdrücklichen Genehmigung.«

»Ich habe aber trotzdem einen.«

»Wie? Sie haben einen Nebenberuf? Dacht ich mir's doch! Was tun Sie denn?«

»Ich lebe«, sagte Fabian.

»Leben nennen Sie das?« schrie der Direktor. »In Bars und Tanzsälen treiben Sie sich rum! Leben nennen Sie das? Sie haben ja keinen Respekt vorm Leben!«

»Nur vor meinem Leben nicht, mein Herr!« rief Fabian

und schlug ärgerlich auf den Tisch. »Aber das verstehen Sie nicht, und das geht Sie nichts an! Es besitzt nicht jeder die Geschmacklosigkeit, die Tippfräuleins über den Schreibtisch zu legen. Verstehen Sie das?«

Fischer hatte sich auf seinen Stuhl gesetzt, war blaß geworden und tat, als schreibe er. Breitkopf hielt mit beiden Händen die Weste fest; er fürchtete offensichtlich, die Narbe könne vor Wut zerspringen. »Wir sprechen uns noch«, stieß er hervor, drehte sich um und wollte die Tür aufreißen. Sie öffnete sich nicht. Er rüttelte daran. Er bekam einen roten Kopf. Der Abgang war verunglückt.

»Sie ist verriegelt«, sagte Fabian. »Sie wurde von Ihnen verriegelt, des Blinddarms wegen.«

Der Direktor nickte, wurde noch röter, schob den Riegel zurück, riß die Tür auf, trat hinaus und warf sie zu.

»Da wackelt die Wand«, bemerkte Fabian und widmete sich erneut der Betrachtung des Kölner Doms und der daneben errichteten Zigarette.

Fischer schlug, nachträglich, die Hände über dem Kopf zusammen und rief: »Mensch, das grenzt ja an Majestätsbeleidigung. Dafür wurde man früher eingesperrt.«

»Dafür wird man heute ausgesperrt«, sagte Fabian.

»Na, Sie haben ja vorgebeugt. Er hat sicher eine Heidenangst, Sie könnten, wenn er Sie rausschmeißt, weitererzählen, daß er die Mädchen vom Büro langlegt. Ich dachte, ihn trifft der Schlag. Sie sind ein freches Luder! Aber was machen Sie, wenn er Ihnen trotzdem kündigt?«

»Denken Sie, ich habe mein Leben seit der Konfirmation damit verbracht, gute Propaganda für schlechte Zigaretten zu machen? Wenn ich hier fliege, such ich mir einen neuen Beruf. Auf einen mehr oder weniger kommt es mir nicht mehr an.«

»Erzählen Sie mal was von sich«, bat Fischer.

»Also. Während der Inflation hab ich für eine Aktiengesellschaft Börsenpapiere verwaltet. Ich mußte jeden Tag zweimal den Effektivwert der Papiere ausrechnen. Damit die Leute wußten, wie groß ihr Kapital war.«

»Und dann?«

»Dann hab ich mir für etwas Valuta einen Grünwarenladen gekauft.«

»Warum gerade einen Grünwarenladen?«

»Weil wir Hunger hatten! Überm Schaufenster stand: ›Doktor Fabians Feinkosthandlung‹. Frühmorgens, wenn es noch dunkel war, zogen wir mit einem wackligen Handwagen in die Markthalle.«

Fischer stand auf. »Wie? Doktor sind Sie auch?«

»Ich machte die Prüfung in dem gleichen Jahr, in dem ich beim Messeamt als Adressenschreiber eingestellt war.«

»Wie hieß denn Ihre Dissertation?«

»Sie hieß: Hat Heinrich von Kleist gestottert? Erst wollte ich anhand von Stiluntersuchungen nachweisen, daß Hans Sachs Plattfüße gehabt hat. Aber die Vorarbeiten dauerten zu lange. Genug. Dichten Sie lieber!« Er schwieg und ging vor dem Plakat auf und ab. Fischer schielte neugierig zu ihm hin. Doch er wagte nicht, das Gespräch zu erneuern. Seufzend drehte er sich im Stuhl herum und musterte seine Reimnotizen. Er beschloß, Brauchen auf Rauchen zu reimen, glättete das Schreibpapier, das vor ihm lag, und schloß, der Inspiration vertrauend, die Augen.

Aber da klingelte das Telefon. Er hob ab und sagte: »Ja. Er ist hier. Einen Augenblick, Doktor Fabian kommt sofort.« Und zu Fabian meinte er: »Ihr Freund Labude.«

Fabian nahm den Hörer. »Tag, Labude, was gibt's?«

»Seit wann betiteln dich die Zigarettenfritzen?« fragte der Freund.

»Ich habe aus der Schule geplaudert.«

»Geschieht dir recht. Kannst du heute zu mir kommen?«

»Ich komme.«

»In Wohnung Nummer Zwei. Auf Wiedersehen.«

»Auf Wiedersehen, Labude.« Er hängte ab. Fischer hielt ihn am Ärmel fest.

»Dieser Herr Labude ist doch Ihr Freund. Warum nennen Sie ihn eigentlich nicht beim Vornamen?«

»Er hat keinen«, sagte Fabian. »Die Eltern haben seinerzeit vergessen, ihm einen zu geben.«

»Er hat überhaupt keinen Vornamen?«

»Nein, denken Sie an! Er will sich seit Jahren, nachträglich, einen beschaffen. Aber die Polizei erlaubt es nicht.«

»Sie veralbern mich ja«, rief Fischer gekränkt.

Fabian klopfte ihm anerkennend auf die Schulter und sagte: »Sie merken alles.«

VIERTES KAPITEL

Frau Hohlfeld ist neugierig • Ein möblierter Herr liest Descartes • Der empörte Autobus

Als er sein Zimmer – achtzig Mark monatlich, Morgenkaffee inbegriffen, Licht extra – am Spätnachmittag betrat, fand er einen Brief von seiner Mutter auf dem Tisch. Baden konnte er nicht. Das warme Wasser war kalt. Er wusch sich nur, wechselte die Wäsche, zog den grauen Anzug an und überflog die Zeitung:

Ein sechzehnjähriges Mädchen war verhaftet worden. Sie hatte eine Bande junger Burschen organisiert, zum Stehlen angehalten, mit allen zehn Jungen geschlafen und alle zehn angesteckt. Ein Uhrmacher aus dem Norden war vor einer Woche von zwei Mitgliedern der Bande im Bett erstickt worden. Olga, die Sechzehnjährige, hatte nackt daneben gelegen und ein Küchenbeil für alle Fälle bereitgehalten. Der Mann war fünfzig Jahre alt gewesen, viele Mädchen der Gegend hatten ihn gekannt. Er hatte sie alle im Bett gehabt und nackt photographiert. Die Photos waren beschlagnahmt und ein Schrank voller Seidenwäsche, Strumpfbänder und Strümpfe war gefunden worden.

Olga hatte die Freunde am Abend, eine Stunde vor dem Mord, eingelassen. Diese Stunde hatte man gebraucht, ehe der Uhrmacher, mit dem Gesicht in die Kopfkissen gedrückt, erstickt war. Dann hatten sie sein Geld und die von ihm sorgfältig an mehreren Stellen der Wohnung versteckten Schmucksachen geraubt.

Übrigens sei, teilte die Polizeidirektion mit, das Mädchen schwanger, im fünften Monat. Gestanden hätten sie. Bereut hätte niemand.

Fabian warf die Zeitung in den Papierkorb, nahm den Brief seiner Mutter und setzte sich ans Fenster. Der Straßenlärm trommelte wie ein Regenguß an die Scheiben. In der dritten Etage übte jemand Klavier. Nebenan schrie der alte eingebildete Oberrechnungsrat seine Frau an. Fabian öffnete das Kuvert und las:

»Mein lieber, guter Junge!

Gleich zu Anfang und um Dich zu beruhigen, der Doktor hat gesagt, es ist nichts Schlimmes. Es ist wohl was mit den Drüsen. Und kommt bei älteren Leuten öfter vor. Mach Dir also meinetwegen keine Sorgen. Ich war erst sehr nervös. Aber nun wird es schon wieder werden mit dem alten Lehmann. Gestern war ich bißchen im Palais-Garten. Die Schwäne haben Junge. Im Parkcafé verlangen sie siebzig Pfennig für die Tasse Kaffee, so eine Frechheit.

Gott sei Dank, daß die Wäsche vorbei ist. Frau Hase sagte im letzten Augenblick ab. Einen Bluterguß hat sie glaub ich. Aber es ist mir gut bekommen. Morgen früh bringe ich den Karton zur Post. Hebe ihn gut auf und schnür ihn fester zu als das letzte Mal. Wie leicht kann unterwegs was wegkommen. Die Mieze sitzt mir auf dem Schoß, sie hat eben ein Stück Gurgel gefressen, und nun stößt sie mich mit dem Kopf und will mich nicht schreiben lassen. Wenn Du mir wieder wie vergangene Woche Geld in den Brief steckst, reiß ich Dir die Ohren ab. Wir reichen schon und Du brauchst Dein Geld selber.

Macht es Dir denn auch wirklich Spaß, für Zigaretten Reklame zu machen? Die Drucksachen, die Du schicktest, haben mir gut gefallen. Frau Thomas meinte, es ist doch ein Jammer, daß Du solches Zeug schreibst. Aber ich sagte das ist nicht seine Schuld. Wer heute nicht verhungern will, und wer will das schon der kann nicht warten, bis ihm der richtige Beruf durch den Schornstein fällt. Und dann habe ich noch gesagt, es ist ja nur ein Übergang.

Der Vater hat halbwegs zu tun. Es scheint aber was mit der Wirbelsäule zu sein. Er geht ganz krumm. Tante Martha brachte gestern ein Dutzend Eier aus dem Garten. Die Hühner legen fleißig. Das ist eine gute Schwester. Wenn sie nur nicht so viel Ärger mit dem Mann hätte.

Mein lieber Junge, wenn Du doch bald mal wieder nach Hause kommen könntest. Ostern warst Du da. Wie die Zeit vergeht. Da hat man nun ein Kind und hat eigentlich keins. Die paar Tage im Jahr, wo wir uns sehen. Am liebsten setzte ich mich gleich auf die Eisenbahn und käme hinüber. Früher war das schön. Fast jeden Abend vor dem Schlafengehen sehe ich mir die Bilder und die Ansichtskarten an. Weißt Du noch, wenn wir den Rucksack nahmen und loszogen? Einmal kamen wir mit einem ganzen Pfennig zurück. Da muß ich gleich lachen, während ich dran denke.

Na, auf Wiedersehen, mein gutes Kind. Vor Weihnachten wird es ja wohl nicht werden. Gehst Du immer noch so spät schlafen? Grüß Labude. Und er soll auf Dich aufpassen. Was machen die Mädchen? Sieh Dich vor. Der Vater läßt grüßen. Viele Grüße und Küsse von Deiner Mutter.«

Fabian steckte den Brief ein und blickte auf die Straße hinunter. Warum saß er hier in dem fremden, gottverlassenen Zimmer, bei der Witwe Hohlfeld, die das Vermieten früher nicht nötig gehabt hatte? Warum saß er nicht zu Hause, bei seiner Mutter? Was hatte er hier in dieser Stadt, in diesem verrückt gewordenen Steinbaukasten zu suchen? Blumigen Unsinn schreiben, damit die Menschheit noch mehr Zigaretten rauchte als bisher? Den Untergang Europas konnte er auch dort abwarten, wo er geboren worden war. Das hatte er davon, daß er sich einbildete, der Globus drehe sich nur, solange er ihm dabei zuschaue. Dieses lächerliche Bedürfnis, anwesend zu sein! Andere hatten einen Beruf, kamen vorwärts, heirateten, ließen ihre Frauen Kinder kriegen und glaubten, das gehöre zum Thema. Und er mußte, noch dazu freiwillig, hinterm Zaune stehen, zusehen und ratenweise verzweifeln. Europa hatte große Pause. Die Lehrer waren fort. Der Stundenplan war verschwunden. Der alte Kontinent würde das Ziel der Klasse nicht erreichen. Das Ziel keiner Klasse!

Da klopfte die Wirtin Hohlfeld, trat ins Zimmer und sagte: »Pardon, ich dachte, Sie wären noch nicht da.« Sie kam näher. »Haben Sie gestern nacht den Krach gehört, den Herr Tröger veranstaltet hat? Er hatte wieder Frauenzimmer mit oben. Das Sofa sieht aus! Ich werfe ihn hinaus, wenn das noch einmal vorkommt. Was soll die neue Untermieterin denken, die im andern Zimmer wohnt?«

»Wenn sie noch an den Storch glaubt, ist ihr nicht zu helfen.«

»Aber Herr Fabian, meine Wohnung ist doch kein Absteigequartier!«

»Gnädige Frau, es ist weithin bekannt, daß sich, von einem gewissen Alter ab, beim Menschen Bedürfnisse regen, die im Widerspruch zur Moral der Vermieterinnen stehen.«

Die Wirtin wurde ungeduldig. »Aber er hatte mindestens zwei Frauenzimmer bei sich!«

»Herr Tröger ist ein Wüstling, gnädige Frau. Das Beste wird

sein, Sie teilen ihm mit, er dürfe pro Nacht höchstens eine Dame mitbringen. Und wenn er sich nicht darnach richtet, lassen Sie ihn von der Sittenpolizei kastrieren.«

»Man geht mit der Zeit«, erklärte Frau Hohlfeld nicht ohne Stolz und rückte noch näher. »Die Sitten haben sich geändert. Man paßt sich an. Ich verstehe Manches. Schließlich, ich bin ja auch noch nicht so alt.«

Sie stand knapp hinter ihm. Er sah sie nicht, aber vermutlich wogte ihr unverstandener Busen. Das wurde von Tag zu Tag schlimmer. Fand sich denn wirklich niemand für sie? Nachts stand sie vermutlich, auf bloßen Füßen, vor dem Zimmer des Stadtreisenden Tröger und nahm, durchs Schlüsselloch, seinen Orgien Parade ab. Sie wurde langsam verrückt. Manchmal blickte sie ihn an, als wolle sie ihm die Hosen ausziehen. Früher war diese Sorte Damen fromm geworden. Er stand auf und sagte: »Schade, daß Sie keine Kinder haben.«

»Ich gehe schon.« Frau Hohlfeld verließ entmutigt das Zimmer.

Er sah an die Uhr. Labude war noch in der Bibliothek. Fabian trat zum Tisch. Bücher und Broschüren lagen in Stapeln darauf. Darüber, an der Wand, hing eine Stickerei mit der Inschrift: »Nur ein Viertelstündchen.« Er hatte, als er einzog, den Spruch vom Sofa entfernt und über den Büchern angebracht. Manchmal las er noch ein paar Seiten in irgendeinem der Bücher. Geschadet hatte es fast nie.

Er griff zu. Es war Descartes. Betrachtungen über die Grundlagen der Philosophie, so hieß das kleine Heft. Sechs Jahre waren es her, seit er sich damit befaßt hatte. Driesch hatte in der mündlichen Prüfung dergleichen wissen wollen. Sechs Jahre waren mitunter eine lange Zeit. Auf der anderen Straßenseite hatte ein Schild gehangen: Chaim Pines, Ein- und Verkauf von Fellen.

War das alles, was er von damals wußte? Bevor er vom Examinator aufgerufen wurde, war er, mit dem Zylinder eines anderen Kandidaten auf dem Kopf, durch die Korridore spaziert und hatte den Pedell erschreckt. Vogt, der Kandidat, war dann durchgefallen und nach Amerika gegangen.

Er setzte sich und schlug das Heft auf. Was hatte Descartes ihm mitzuteilen? »Schon vor Jahren bemerkte ich, wieviel Falsches ich von Jugend auf als wahr hingenommen hatte und wie zweifelhaft alles sei, was ich später darauf gründete. Darum war ich der Meinung, ich müsse einmal im Leben von Grund auf alles umstürzen und ganz von vorn anfangen, wenn ich je irgend etwas Festes und Bleibendes aufstellen wolle. Dieses schien mir aber eine ungeheure Aufgabe zu sein, und so wartete ich jenes reife, für wissenschaftliche Untersuchungen angemessene Alter ab. Darum habe ich so lange gezögert, daß ich jetzt eine Schuld auf mich laden würde, wenn ich die Zeit, die mir zu handeln noch übrig ist, mit Zaudern verbringen wollte. Das trifft sich nun sehr günstig. Mein Geist ist von allen Sorgen frei, und ich habe mir eine ruhige Muße verschafft. So ziehe ich mich in die Einsamkeit zurück und will ernst und frei diesen allgemeinen Umsturz aller meiner Meinungen unternehmen.«

Fabian blickte auf die Straße hinunter, sah den Autobussen nach, die, wie Elefanten auf Rollschuhen, die Kaiserallee entlang fuhren, und schloß vorübergehend die Augen. Dann blätterte er und überflog die Einleitung. Fünfundvierzig Jahre war Descartes alt gewesen, als er seine Revolution ankündigte. Am Dreißigjährigen Krieg hatte er sich ein bißchen beteiligt. Ein kleiner Kerl, mit immensem Schädel. »Von allen Sorgen frei.« Revolution in der Einsamkeit. In Holland. Tulpenbeete vorm Haus. Fabian lachte, legte den Philosophen beiseite und zog den Mantel an. Im Korridor begegnete er Herrn Tröger, dem Reisenden mit dem starken Frauenverbrauch. Sie zogen die Hüte.

Labudes zweite Wohnung lag im Zentrum. Wenige wußten davon. Hierhin zog er sich zurück, wenn ihm der Westen, die noble Verwandtschaft, die Damen der guten Gesellschaft und das Telefon auf die Nerven gingen. Und hier hing er seinen wissenschaftlichen und sozialen Neigungen nach.

»Wo hast du denn in der vorigen Woche gesteckt?« fragte Fabian.

»Danke gut«, sagte Labude und trank den Kognak, der vor ihm stand. »Ich war in Hamburg. Leda läßt grüßen.«

»Und wie befindet sich das Fräulein Braut?«

»Davon später.«

»Was vom Geheimrat gehört? Hat er deine Arbeit gelesen?«

»Nein. Er hatte keine Zeit, sondern Promotionen, Prüfungen, Vorlesungen, Seminare und Senatssitzungen. Bis er meine Habilitationsschrift gelesen hat, habe ich einen kniefreien Vollbart.« Labude schenkte sich ein und trank.

»Sei nicht nervös. Die Kerle werden sich wundern, wie du aus Lessings Gesammelten Werken das Gehirn und die Denkvorgänge des Mannes rekonstruiert hast, den sie, bis du kamst, als den Logos mit Freilauf dargestellt und noch nie verstanden haben.«

»Ich fürchte, sie werden sich zu sehr wundern. Die geweihte Logik eines toten Schriftstellers psychologisch auswerten, Denkfehler entdecken und individuell und als sinnvolle Vorgänge behandeln, den Typus des zwischen zwei Zeitaltern schwankenden genialen Menschen an einem längst verkaufsfertigen Klassiker demonstrieren, das sind Dinge, die sie nur ärgern werden. Warten wir ab. Lassen wir den ollen Sachsen in Ruhe. Fünf Jahre habe ich diesen Kerl seziert, auseinandergenommen und zusammengesetzt! Auch eine Beschäftigung für einen erwachsenen Menschen, im achtzehnten Jahrhundert wie im Müllkasten herumzufingern! Hol dir ein Glas!«

Fabian nahm ein Likörglas aus dem Schrank und schenkte sich ein. Labude blickte vor sich hin. »Heute morgen war ich dabei, wie sie in der Staatsbibliothek einen Professor festnahmen. Einen Sinologen. Er hat seit einem Jahr seltene Drucke und Bilder der Bibliothek gestohlen und verkauft. Er wurde blaß wie eine Wand, als man ihn verhaftete, und setzte sich erst mal auf die Treppe. Man fütterte ihn mit kaltem Wasser. Dann wurde er abtransportiert.«

»Der Mann hat den Beruf verfehlt«, sagte Fabian. »Wozu lernt er erst Chinesisch, wenn er zum Schluß vom Stehlen lebt? Es steht schlimm um die Zeit. Jetzt räubern schon die Philologen.«

»Trink aus und komm!« rief Labude.

Sie gingen an der Markthalle vorbei, durch tausend scheußliche Gerüche hindurch, zur Autobushaltestelle. Der Wagen war voll. Sie mußten stehen. Plötzlich fragte Labude sehr laut: »Was ist das für ein Gebäude, Jonathan?« und zeigte auf den Dom. Fabian blickte ihn erstaunt an. Der Freund kniff ein Auge zu. Aha, er wollte wieder einmal, wie früher, Unfug stiften. Sein Galgenhumor kam ins Rollen.

Fabian zeigte auf den Dom: »Das da? Das ist die Hauptfeuerwache.«

»Was ist das?« fragte der Andere und hielt die Hand ans Ohr. Er stellte sich auch noch schwerhörig.

»Die Hauptfeuerwache!« schrie Fabian.

Labude nickte lächelnd und meinte: »So, so. Freilich. Ich hätte es mir denken können.«

Die Insassen des Wagens sahen zum Fenster hinaus, schauten sich betroffen an und musterten die beiden jungen Männer bedenklich. Der Wagen hielt. Der Wagen fuhr weiter. »Und das?« Labude zeigte auf die Universität.

»Das ist eine Anstalt für schwachsinnige Kinder!«

Der Andere nickte freundlich dankend und sagte: »Schön haben sie's hier, die kleinen Idioten.« Humanes Lächeln vergoldete seine Züge. Die Fahrgäste wurden unruhig. »Ist ja ein Riesengebäude, Jonathan«, fügte er nachdenklich hinzu.

»Ja, der Schwachsinn ist hier sehr verbreitet. Da kommt übrigens das Rathaus!« Fabian zeigte auf die Staatsbibliothek.

»Das Rathaus? Liegt so still, nicht?«

»Die Herren vom Magistrat sind viel unterwegs. Ein paar erholen sich in der Schweiz, ein paar lassen sich operieren, und die Mehrzahl hat Gerichtsferien.« Ein Fahrgast lacht durch die Nase. Die Übrigen scheinen tief gekränkt.

»Wir stören die Herrschaften. Du mußt leiser sprechen«, brüllte Labude.

»Jawohl Vercingetorix!« rief Fabian. »Ich fürchte nur, du verstehst mich dann nicht.«

Der blonde Freund lächelte gewinnend. »Ganz wie du wünschst. Du kennst die Stadt ja wie deine Westentasche. Findest du nicht auch, daß sich mein Gehör gebessert hat?«

»Ganz bedeutend gebessert«, sagte Fabian.

»Ja Fleischessen bekommt mir nicht. Der Arzt riet davon ab. Es erzeuge Rheumatismus.«

Die Fahrgäste hockten versteinert. Man hatte den Eindruck, sie versäumten vor Empörung ihre Haltestellen. Der Autobus fuhr durchs Brandenburger Tor.

»Wer wohnt denn hier?« fragte Labude und zeigte auf die verwitterten Säulen.

»Das ist ein Verkehrsturm!«

»Und die Pferdchen obendrauf?«

»Ein Denkmal für die letzten Droschken.«

»Interessant, der Kutscher hat fast nichts an.«

»Das ist symbolisch zu verstehen«, brüllte Fabian. »Wegen der Steuern.«

Ein ernster würdiger Herr mit Kneifer hustete und wurde blau. Eine dicke Dame rutschte auf ihrem Sitz hin und her, als werde sie geröstet, und sagte aufklärend zu Labude: »Das Brandenburger Tor.«

Er lächelte ihr zu und rief: »Verzeihung, gnädige Frau. Hat es sehr weh getan?«

»Das Brandenburger Tor!« schrie die dicke Dame, und Tränen füllten ihre Augen.

»Mein Gott, ich muß sie getreten haben«, sagte Labude zu Fabian. Dieser hatte große Lust auszusteigen und antwortete: »Wir sind gleich da.«

»Was stellt das dar?« fragte Labude und zeigte auf den Tiergarten.

In dem Moment erhob sich jemand, fuchtelte Fabian mit dem Schirm vor der Nase herum und brüllte: »Wenn Sie ihm jetzt erzählen, das sei die Nationalgalerie, dann haue ich Ihnen Eins hinter die Ohren, daß Sie taubstumm werden! Verstanden?«

»Dankeschön!« Labude verbeugte sich freundlich und wohlerzogen vor dem schäumenden Herrn.

»Aber beruhigen Sie sich doch«, sagte Fabian, »ich werde doch noch wissen, daß dies das Tempelhofer Feld ist.«

Plötzlich waren alle Sitzplätze frei, sämtliche Fahrgäste waren aufgesprungen und schrien wütend durcheinander. Labude setzte sich und lächelte.

»Bei dem Dom ging dieses Affentheater los!« kreischte ein blasses Fräulein.

»Und die Universität wäre eine Anstalt für schwachsinnige Kinder!«

»Und die Staatsbibliothek wäre das Rathaus!«

»Und das Brandenburger Tor wäre ein Verkehrsturm!« heulte die dicke Dame und trocknete gerührt ihre Tränen auf.

Fabian trat auf die Plattform. »Herr Ober«, sagte er zu dem Schaffner, »wollen Sie, bitte, die Herrschaften im Wagen zur Ordnung rufen«, und sprang ab.

An der nächsten Haltestelle wartete Labude schon. »War sehr nett«, erklärte er. »Welch ein Temperament! Ein prächtiges Volk! Aber sie wissen alles besser.« Sie gingen die Budapester Straße entlang. An der Voßstraße trat Labude an ein wartendes Auto und fragte die darin sitzende, von kleinen schneeweißen Pekinghündchen umgebene Dame: »Können Sie mir, bitte, sagen, wie spät es ist?«

»Ich habe keine Uhr bei mir«, antwortete sie streng.

»Schade«, sagte Labude und blieb neben ihr stehen.

Da trat Fabian vor ihn hin, zog den Hut und fragte: »Können Sie mir, bitte, sagen, wie spät es ist?«

»Einen Augenblick!« Labude holte seine Uhr aus der Tasche und sagte: »Sieben vor Acht, mein Herr!«

»Dankeschön«, antwortete Fabian, hakte bei dem Freund unter und beide gingen langsam zum Potsdamer Platz.

»Das war Frau Generaldirektor Roth«, sagte Labude. »Morgen früh weiß es meine Mutter. Nein, ich glaube, sie ist verreist.«

FÜNFTES KAPITEL

Ein ernstes Gespräch am Tanzparkett • Fräulein Paula ist insgeheim rasiert • Frau Moll wirft mit Gläsern

In Haupts Sälen war, wie an jedem Abend, Strandfest. Punkt zehn Uhr stiegen, im Gänsemarsch, zwei Dutzend Straßenmädchen von der Empore herunter. Sie trugen bunte Badetrikots, gerollte Wadenstrümpfe und Schuhe mit hohen Absätzen. Wer sich derartig auszog, hatte freien Zutritt zum Lokal und erhielt einen Schnaps gratis. Diese Vergünstigungen waren in Anbetracht des darniederliegenden Gewerbes nicht zu verachten. Die Mädchen tanzten anfangs miteinander, damit die Männer etwas zu sehen hatten.

Das von Musik begleitete Rundpanorama weiblicher Fülle erregte die an der Barriere drängenden Kommis, Buchhalter und Einzelhändler. Der Tanzmeister schrie, man möge sich auf die Damen stürzen, und das geschah. Die dicksten und frechsten Frauenzimmer wurden bevorzugt. Die Weinnischen waren schnell besetzt. Die Barfräuleins hantierten mit dem Lippenstift. Die Orgie konnte beginnen.

Labude und Fabian saßen an der Rampe. Sie liebten dieses Lokal, weil sie nicht hierher gehörten. Das Nummernschild ihres Tischtelefons glühte ohne Unterbrechung. Der Apparat surrte. Man wollte sie sprechen. Labude hob den Hörer aus der

Gabel und legte ihn unter den Tisch. Sie hatten wieder Ruhe. Denn der Lärm, der übrigblieb, die Musik, das Gelächter und der Gesang waren nicht persönlich gemeint und konnten ihnen nichts mehr anhaben.

Fabian berichtete von der Zigarettenfabrik, von Breitkopfs Blinddarm und vom Kölner Dom. Labude blickte den Freund an und sagte: »Du müßtest endlich vorwärtskommen.«

»Ich kann doch nichts.«

»Du kannst Vieles.«

»Das ist dasselbe«, meinte Fabian. »Ich kann Vieles und will nichts. Wozu soll ich vorwärtskommen? Wofür und wogegen? Nehmen wir wirklich einmal an, ich sei der Träger einer Funktion. Wo ist das System, in dem ich funktionieren kann? Es ist nicht da, und nichts hat Sinn.«

»Doch, man verdient beispielsweise Geld.«

»Ich bin kein Kapitalist!«

»Eben deshalb.« Labude lachte ein bißchen.

»Wenn ich sage, ich bin kein Kapitalist, dann meine ich: Ich habe kein pekuniäres Organ. Wozu soll ich Geld verdienen? Was soll ich mit dem Geld anfangen? Um satt zu werden, muß man nicht vorwärtskommen. Ob ich Adressen schreibe, Plakate bedichte oder mit Rotkohl handle, ist mir und ist überhaupt gleichgültig. Sind das Aufgaben für einen erwachsenen Menschen? Rotkohl en gros oder en detail, wo steckt der Unterschied? Ich bin kein Kapitalist, wiederhole ich dir! Ich will keine Zinsen, und ich will keinen Mehrwert.«

Labude schüttelte den Kopf. »Das ist Indolenz. Wer Geld verdient und es nicht liebt, kann es gegen Macht eintauschen.«

»Was fang ich mit der Macht an?« fragte Fabian. »Ich weiß, du suchst sie. Aber was fange ich mit der Macht an, da ich nicht mächtig zu sein wünsche? Machthunger und Geldgier sind Geschwister, aber mit mir sind sie nicht verwandt.«

»Man kann die Macht im Interesse anderer verwenden.«

»Wer tut das? Dieser wendet sie für sich an. Jener für seine Familie, der Eine für seine Steuerklasse, der Andere für diejenigen, die blonde Haare haben, der Fünfte für solche, die über zwei Meter groß sind, der Sechste, um eine mathematische Formel an der Menschheit auszuprobieren. Ich pfeife auf Geld und Macht!« Fabian hieb mit der Faust auf die Brüstung, aber sie war gepolstert und plüschüberzogen. Der Faustschlag blieb stumm.

»Wenn es eine Gärtnerei gäbe, wie ich sie mir erträume! Ich brächte dich, an Händen und Füßen gefesselt, hin und ließe dir ein Lebensziel einpflanzen!« Labude war ernstlich bekümmert und legte die Hand auf den Arm des Freundes.

»Ich sehe zu. Ist das nichts?«

»Wem ist damit geholfen?«

»Wem ist zu helfen?« fragte Fabian. »Du willst Macht haben. Du willst, träumst du, das Kleinbürgertum sammeln und führen. Du willst das Kapital kontrollieren und das Proletariat einbürgern. Und dann willst du helfen, einen Kulturstaat aufzubauen, der dem Paradies verteufelt ähnlich sieht. Und ich sage dir: Noch in deinem Paradies werden sie sich die Fresse vollhauen! Davon abgesehen, daß es nie zustande kommen wird … Ich weiß ein Ziel, aber es ist leider keines. Ich möchte helfen, die Menschen anständig und vernünftig zu machen. Vorläufig bin ich damit beschäftigt, sie auf ihre diesbezügliche Eignung hin anzuschauen.«

Labude hob sein Glas und rief: »Viel Vergnügen!« Er trank, setzte ab und sagte: »Erst muß man das System vernünftig gestalten, dann werden sich die Menschen anpassen.«

Fabian trank und schwieg.

Labude fuhr erregt fort: »Das siehst du ein, nicht wahr? Natürlich siehst du das ein. Aber du phantasierst lieber von einem unerreichbaren vollkommenen Ziel, anstatt einem unvollkommenen, das sich verwirklichen läßt, zuzustreben. Es ist dir bequemer so. Du hast keinen Ehrgeiz, das ist das Schlimme.«

»Ein Glück ist das. Stell dir vor, unsere fünf Millionen Arbeitslosen begnügten sich nicht mit dem Anspruch auf Unterstützung. Stell dir vor, sie wären ehrgeizig!«

Da lehnten sich zwei Trikotengel über die Brüstung. Die eine Frau war dick und blond, und ihre Brust lag auf dem Plüsch, als sei serviert. Die andere Person war mager, und ihr Gesicht sah aus, als hätte sie krumme Beine. »Schenkt uns 'ne Zigarette«, sagte die Blonde. Fabian hielt die Schachtel hin, Labude gab Feuer. Die Frauen rauchten, blickten die jungen Männer abwartend an, und die Magere konstatierte nach einer Pause mit verrosteter Stimme: »Na ja, so ist das.«

»Wer spendiert 'nen Schnaps?« fragte die Dicke.

Sie gingen zu viert der Theke zu. Rebenlaub und gewaltige Weintrauben, alles aus Pappe, umsäumten den Pfad. Sie setzten sich in eine Ecke. Die Wand war mit der Pfalz bei Caub bemalt. Fabian dachte an Blücher, Labude bestellte Likör. Die Frauen flüsterten miteinander. Vermutlich verteilten sie die zwei Kavaliere. Denn unmittelbar darnach schleuderte die dicke Blonde den Arm um Fabian, legte eine Hand auf sein Bein und tat wie zu Hause. Die Magere trank ihr Glas auf einen Zug leer, zupfte Labude an der Nase und kicherte blöde. »Oben sind Nischen«, sagte sie, strich die blauen Trikothosen von den Schenkeln zurück und zwinkerte.

»Woher haben Sie so rauhe Hände?« fragte Labude.

Sie drohte mit dem Finger. »Nicht, was du denkst«, rief sie und verschluckte sich vor Schelmerei.

»Paula hat früher in einer Konservenfabrik gearbeitet«, sagte die Blonde, nahm Fabians Hand und fuhr sich mit dieser so lange über die Büste, bis die Brustwarzen groß und fest wurden. »Gehen wir dann ins Hotel?« fragte sie.

»Ich bin überall rasiert«, erläuterte die Magere und war nicht abgeneigt, den Nachweis zu erbringen. Labude hielt sie mühsam vor dem Äußersten zurück.

»Man schläft nachher besser«, sagte die Blondine zu Fabian und reckte die fetten Beine.

Lottchen von der Theke füllte die Gläser. Die Frauen tranken, als hätten sie acht Tage nichts gegessen. Die Musik drang gedämpft herüber. An der Bar saß ein riesenhafter Kerl und gurgelte mit Kirschwasser. Der Scheitel reichte ihm bis ins Rückgrat. Hinter der Pfalz bei Caub brannte eine elektrische Birne und besonnte den Rhein, wenn auch nur von hinten.

»Oben sind Nischen«, sagte die Magere wieder, und man stieg hinauf. Labude bestellte kalten Aufschnitt. Als der Teller mit Fleisch und Wurst vor den Mädchen stand, vergaßen sie alles Übrige und kauten drauflos. Unten im Saal wurde die schönste Figur prämiert. Die Frauen drehten sich mit ihren knappen Badeanzügen im Kreis, spreizten die Arme und die Finger und lächelten verführerisch. Die Männer standen wie auf dem Viehmarkt.

»Der erste Preis ist eine große Bonbonniere«, erklärte die kauende Paula, »und wer sie gekriegt hat, muß sie dann beim Geschäftsführer wieder abliefern.«

»Ich esse lieber, außerdem findet man meine Beine immer zu dick«, sagte die Blondine. »Dabei sind dicke Beine das Beste, was es gibt. Ich war mal mit einem russischen Fürsten zusammen, der schreibt mir noch jetzt Ansichtskarten.«

»Quatsch!« knurrte Paula. »Jeder Mann will was Andres. Ich habe einen Herrn gekannt, einen Ingenieur, der liebte Lungenkranke. Und Victorias Freund hat einen Buckel, und sie sagt, das braucht sie zum Leben. Da mach was dagegen. Ich finde, Hauptsache, man versteht seinen Kram.«

»Gelernt ist gelernt«, behauptete die Dicke und angelte das

letzte Stück Schinken von der Platte. Unten im Saal wurde gerade die schönste Figur ausgerufen. Die Kapelle spielte einen Tusch. Der Geschäftsführer überreichte der Siegerin eine große Bonbonniere. Sie dankte ihm beglückt, verneigte sich vor den klatschenden und johlenden Gästen und zog mit ihrem Geschenk davon, wahrscheinlich trug sie's ins Büro zurück.

»Warum arbeiten Sie eigentlich nicht mehr in Ihrer Konservenfabrik?« fragte Labude, und seine Frage klang recht vorwurfsvoll.

Paula schob den leeren Teller zurück, strich sich über den Magen und erzählte: »Erstens war es gar nicht meine Fabrik, und zweitens wurde ich abgebaut. Glücklicherweise wußte ich was über den Direktor. Er hatte ein vierzehnjähriges Mädchen verführt. Verführt ist übertrieben. Aber er glaubte den Zimt. Und dann rief ich ihn alle vierzehn Tage an, ich müsse fünfzig Mark haben, oder ich würde die Sache rumreden. Am nächsten Tag ging ich dann jedesmal zur Kasse und holte das Geld ab.«

»Das ist ja Erpressung!« rief Labude.

»Der Rechtsanwalt, den mir der Direktor auf den Hals schickte, fand das auch. Ich mußte einen Wisch unterschreiben, bekam hundert Mark, und aus war's mit der Lebensrente. Na ja, nun bin ich hier und lebe vom Bauch in den Mund.«

»Es ist furchtbar«, sagte Labude zu Fabian, »es ist schrecklich, wie viele Direktoren das Angestelltenverhältnis mißbrauchen.«

Die Dicke rief: »Ach Mensch, was redst du da. Wenn ich ein Mann wäre und ein Fabrikdirektor dazu, ich hätte dauernd Angestelltenverhältnisse.« Dann fuhr sie Fabian in die Haare, versetzte ihm einen Kuß, ergriff seine Hand und legte sie platt auf ihren satten Magen. Labude und Paula tanzten miteinander. Sie hatte tatsächlich krumme Beine.

In der Nachbarnische sang eine Frau laut und mit betrunkener Stimme:

»Die Liebe ist ein Zeitvertreib,
man nimmt dazu den Unterleib.«

Die Dicke sagte: »Die nebenan ist ’ne Marke. Sie gehört gar nicht hierher, kommt in teuren Pelzmänteln an, aber darunter trägt sie was ganz Durchsichtiges. Es soll eine reiche Frau aus dem Westen sein, sogar verheiratet. Sie holt sich junge Kerle in die Nische, bezahlt für sie und gibt an, daß die Wände rot werden.« Fabian erhob sich und blickte über die halbhohe Zwischenwand weg nebenan.

Dort saß in einem grünseidenen Badeanzug eine große gutgewachsene Frau und war, unter Absingung von Liedern, dabei, einen Reichswehrsoldaten, der sich verzweifelt wehrte, auszuziehen. »Kerl!« rief sie, »mach nicht so einen schlappen Eindruck! Los! Zeig den Ausweis!« Aber der brave Infanterist stieß sie zurück. Fabian fiel jene bekannte ägyptische Ministersgattin ein, die den armen Josef, den begabtesten Urenkel Abrahams, so schamlos belästigt hatte. Da stand die Grüne auf, packte ein Sektglas und taumelte zur Brüstung.

Es war nicht Frau Potiphar, sondern Frau Moll. Jene Irene Moll, deren Schlüssel er im Mantel hatte.

Schwankend stand sie an der Balustrade, hob das spitze Glas hoch und warf es in den Saal hinunter. Es zersprang auf dem Parkett. Die Musiker setzten die Instrumente ab. Die Tanzpaare hoben erschrocken die Köpfe. Alle blickten zu der Nische herauf.

Frau Moll streckte die Hand aus und rief: »Männer nennt sich das! Wenn man sie anpackt, gehn sie aus dem Leim! Meine sehr verehrten Damen, ich schlage vor, die Bande einzusperren. Meine sehr verehrten Damen, wir brauchen Männerbordelle! Wer dafür ist, der hebe die Hand!« Sie schlug sich emphatisch vor die Brust und bekam davon den Schlucken. Im Saal wurde gelacht. Der Geschäftsführer war schon unterwegs. Irene Moll fing an zu weinen. Das Schwarz der getuschten Wimpern verflüssigte sich, und die Tränen liniierten ihr Gesicht. »Laßt uns singen!« schrie sie schluchzend und schluckend. »Wir singen das schöne Lied vom Klavierspiel!« Sie breitete beide Arme aus und brüllte:

»Auch der Mensch ist nur ein Tier,
immer, und erst recht zu zweit.
Komm und spiel auf mir Klavier!
Komm und spieleee auf mir
die Schule der Geläufigkeit.
Dazu bin ich ja …«

Der Geschäftsführer hielt ihr den Mund zu, sie mißverstand die Bewegung und fiel ihm um den Hals. Dabei sah sie den zu ihr hinblickenden Fabian, riß sich los und schrie: »Dich kenn ich doch!« und wollte zu ihm. Aber der Reichswehrsoldat, der sich inzwischen erholt hatte, und der Geschäftsführer packten sie und drückten sie auf einen Stuhl. Im Saal wurde wieder musiziert und getanzt.

Labude hatte während der Szene gezahlt, gab Paula und der Dicken etwas Geld, faßte Fabian unter und zog ihn fort.

In der Garderobe fragte er: »Sie kennt dich wirklich?«

»Ja«, sagte Fabian, »sie heißt Moll, ihr Mann ist Rechtsanwalt und zahlt jede Summe, wenn man mit ihr schläft. Die Schlüssel dieser komischen Familie habe ich noch in der Tasche. Hier sind sie.«

Labude nahm die Schlüssel weg, rief: »Ich komme gleich wieder!« und lief in Hut und Mantel zurück.

SECHSTES KAPITEL

Der Zweikampf am Märkischen Museum • Wann findet der nächste Krieg statt? • Ein Arzt versteht sich auf Diagnose

Als sie auf der Straße standen, fragte Labude ärgerlich: »Hast du mit dieser Verrückten etwas gehabt?«

»Nein, ich war nur in ihrem Schlafzimmer, und sie zog sich aus. Plötzlich kam noch ein Mann hinzu, behauptete, mit ihr verehelicht zu sein, ich solle mich aber nicht stören lassen. Dann las er mir einen ungewöhnlichen Kontrakt vor, den die Beiden geschlossen hatten. Und dann ging ich.«

»Warum nahmst du die Schlüssel mit?«

»Weil die Haustür verschlossen war.«

»Ein schauderhaftes Weib«, sagte Labude. »Sie hing besoffen überm Tisch, und ich steckte ihr die Schlüssel schnell in die Handtasche.«

»Sie hat dir nicht gefallen?« fragte Fabian. »Sie ist doch sehr eindrucksvoll gewachsen, und das freche Konfirmandengesicht obendrauf wirkt so wunderbar unpassend.«

»Wenn sie häßlich wäre, hättest du die Schlüssel längst beim Portier abgegeben.« Labude zog den Freund weiter. Sie bogen langsam in eine Nebenstraße ein, kamen an einem Denkmal, auf dem Herr Schulze-Delitzsch stand, und am Märkischen Museum vorbei, der Steinerne Roland lehnte finster in einer

Efeuecke, und auf der Spree jammerte ein Dampfer. Oben auf der Brücke blieben sie stehen und blickten auf den dunklen Fluß und auf die fensterlosen Lagerhäuser. Über der Friedrichstadt brannte der Himmel.

»Lieber Stephan«, sagte Fabian leise, »es ist rührend, wie du dich um mich bemühst. Aber ich bin nicht unglücklicher als unsere Zeit. Willst du mich glücklicher machen, als sie es ist? Und wenn du mir einen Direktorenposten, eine Million Dollar oder eine anständige Frau, die ich lieben könnte, verschaffst, oder alle drei Dinge zusammen, es wird dir nicht gelingen.« Ein kleines schwarzes Boot, mit einer roten Laterne am Heck, trieb den Fluß entlang, der noch schwärzer war als das schwarze Boot auf ihm. Niemand schien zu steuern. Fabian legte die Hand auf die Schulter des Freundes. »Als ich vorhin sagte, ich verbrächte die Zeit damit, neugierig zuzusehen, ob die Welt zur Anständigkeit Talent habe, war das nur die halbe Wahrheit. Daß ich mich so herumtreibe, hat noch einen andern Grund. Ich treibe mich herum, und ich warte wieder, wie damals im Krieg, als wir wußten: Nun werden wir eingezogen. Erinnerst du dich? Wir schrieben Aufsätze und Diktate, wir lernten scheinbar, und es war gleichgültig, ob wir es taten oder unterließen. Wir sollten ja in den Krieg. Saßen wir nicht wie unter einer Glasglocke, aus der man langsam aber unaufhörlich die Luft herauspumpt? Wir begannen zu zappeln, doch wir zappelten nicht aus Übermut, sondern weil uns die Luft wegblieb. Erinnerst du dich? Wir wollten nichts versäumen, und wir hatten einen gefährlichen Lebenshunger, weil wir glaubten, es sei die Henkersmahlzeit.«

Labude lehnte am Geländer und blickte auf die Spree hinunter. Fabian ging erregt hin und her, als liefe er in seinem Zimmer auf und ab. »Erinnerst du dich?« fragte er. »Und ein halbes Jahr später waren wir marschbereit. Ich bekam acht Tage Urlaub und fuhr nach Graal. Ich fuhr hin, weil ich als Kind einmal dort gewesen war. Ich fuhr hin, es war Herbst, ich lief melancholisch über den schwankenden Boden der Erlenwälder. Die Ostsee war verrückt, und die Kurgäste konnte man zählen. Zehn passable Frauen waren am Lager, und mit sechsen schlief ich. Die nächste Zukunft hatte den Entschluß gefaßt, mich zu Blutwurst zu verarbeiten. Was sollte ich bis dahin tun? Bücher lesen? An meinem Charakter feilen? Geld verdienen? Ich saß in einem großen Wartesaal, und der hieß Europa. Acht Tage später fährt der Zug. Das wußte ich. Aber wohin er fuhr und was aus mir werden sollte, das wußte kein Mensch. Und jetzt sitzen wir wieder im Wartesaal, und wieder heißt er Europa! Und wieder wissen wir nicht, was geschehen wird. Wir leben provisorisch, die Inflation nimmt kein Ende!«

»Zum Donnerwetter!« rief Labude, »wenn alle so denken wie du, wird nie stabilisiert! Empfinde ich vielleicht den provisorischen Charakter der Epoche nicht? Ist dieses Mißvergnügen dein Privileg? Aber ich sehe nicht zu, ich versuche, vernünftig zu handeln.«

»Die Vernünftigen werden nicht an die Macht kommen«, sagte Fabian, »und die Gerechten noch weniger.«

»So?« Labude trat dicht vor den Freund und packte ihn mit beiden Händen am Mantelkragen. »Aber sollten sie es nicht trotzdem wagen?«

In diesem Augenblick hörten beide einen Schuß und einen Aufschrei, und kurz darnach drei Schüsse aus anderer Richtung. Labude rannte ins Dunkel, die Brücke entlang, auf das Museum zu. Wieder klang ein Schuß. »Viel Spaß!« sagte Fabian zu sich selber, während er lief, und suchte, obwohl sein Herz schmerzte, Labude zu erreichen.

Am Fuße des märkischen Roland kauerte ein Mann, fuchtelte mit dem Revolver und brüllte: »Warte nur, du Schwein!« Und dann schoß er wieder über die Straße weg auf einen unsichtbaren Gegner. Eine Laterne zerbrach. Glas klirrte aufs Pflaster. Labude nahm dem Mann die Waffe aus der Hand, und Fabian fragte: »Warum schießen Sie eigentlich im Sitzen?«

»Weil mich's am Bein erwischt hat«, knurrte der Mann. Es war ein junger stämmiger Mensch, und er trug eine Mütze. »So ein Mistvieh«, brüllte er. »Aber ich weiß, wie du heißt.« Und er drohte der Dunkelheit.

»Quer durch die Wade«, stellte Labude fest, kniete nieder, zog ein Taschentuch aus dem Mantel und probierte einen Notverband.

»Drüben in der Kneipe ging's los«, lamentierte der Verwundete. »Er schmierte ein Hakenkreuz aufs Tischtuch. Ich sagte was. Er sagte was. Ich knallte ihm eine hinter die Ohren. Der Wirt schmiß uns raus. Der Kerl lief mir nach und schimpfte auf die Internationale. Ich drehte mich um, da schoß er schon.«

»Sind Sie nun wenigstens überzeugt?« fragte Fabian und blickte auf den Mann hinunter, der die Zähne zusammenbiß, weil Labude an der Schußwunde hantierte.

»Die Kugel ist nicht mehr drin«, bemerkte Labude. »Kommt denn hier gar kein Auto? Es ist wie auf dem Dorf.«

»Nicht mal ein Schutzmann ist da«, stellte Fabian bedauernd fest.

»Der hätte mir gerade noch gefehlt!« Der Verletzte versuchte aufzustehen. »Damit sie wieder einen Proleten einsperren, weil er so unverschämt war, sich von einem Nazi die Knochen kaputtschießen zu lassen.«

Labude hielt den Mann zurück, zog ihn wieder zu Boden und befahl dem Freund, ein Taxi zu besorgen. Fabian rannte davon, quer über die Straße, um die Ecke, den nächtlichen Uferweg entlang.

In der nächsten Nebenstraße standen Wagen. Er gab dem Schofför den Auftrag, zum Märkischen Museum zu fahren, am Roland gäbe es eine Fuhre. Das Auto verschwand. Fabian folgte zu Fuß. Er atmete tief und langsam. Das Herz schlug wie verrückt. Es hämmerte unterm Jackett. Es schlug im Hals. Es pochte unterm Schädel. Er blieb stehen und trocknete die Stirn. Dieser verdammte Krieg! Dieser verdammte Krieg! Ein krankes Herz dabei erwischt zu haben, war zwar eine Kinderei, aber Fabian genügte das Andenken. In der Provinz zerstreut sollte es einsame Gebäude geben, wo noch immer verstümmelte Soldaten lagen. Männer ohne Gliedmaßen, Männer mit furchtbaren Gesichtern, ohne Nasen, ohne Münder. Krankenschwestern, die vor nichts zurückschreckten, füllten diesen entstellten Kreaturen Nahrung ein, durch dünne Glasröhren, die sie dort in wuchernd vernarbte Löcher spießten, wo früher einmal ein Mund gewesen war. Ein Mund, der hatte lachen und sprechen und schreien können.

Fabian bog um die Ecke. Drüben war das Museum. Das Auto hielt davor. Er schloß die Augen und entsann sich schrecklicher Photographien, die er gesehen hatte und die mitunter in seinen Träumen auftauchten und ihn erschreckten. Diese armen Ebenbilder Gottes! Noch immer lagen sie in jenen von der Welt isolierten Häusern, mußten sich füttern lassen und mußten weiterleben. Denn es war ja Sünde, sie zu töten. Aber es war recht gewesen, ihnen mit Flammenwerfern das Gesicht zu zerfressen. Die Familien wußten nichts von diesen Männern und Vätern und Brüdern. Man hatte ihnen gesagt, sie wären vermißt. Das war nun fünfzehn Jahre her. Die Frauen hatten wieder geheiratet. Und der Selige, der irgendwo in der Mark Brandenburg durch Glasröhren gefüttert wurde, lebte zu Hause nur noch als hübsche Photographie überm Sofa, ein Sträußchen im Gewehrlauf, und darunter saß der Nachfolger und ließ sich's schmecken. Wann gab es wieder Krieg? Wann würde es wieder soweit sein?

Plötzlich rief jemand »Hallo!« Fabian öffnete die Augen und suchte den Rufer. Der lag auf der Erde, hatte sich auf den Ellbogen gestützt und preßte seine Hand aufs Gesäß.

»Was ist denn mit Ihnen los?«

»Ich bin der Andre«, sagte der Mann. »Mich hat's auch erwischt.«

Da stellte sich Fabian breitbeinig hin und lachte. Von der anderen Seite her, aus dem Gemäuer des Museums, lachte ein Echo mit.

»Entschuldigen Sie«, rief Fabian, »meine Heiterkeit ist nicht gerade höflich.« Der Mann zog ein Knie hoch, schnitt eine Grimasse, betrachtete die Hände, die voll Blut waren, und sagte verbissen: »Wie's beliebt. Der Tag wird kommen, wo Ihnen das Lachen vergeht.«

»Warum stehst du denn da herum?« schrie Labude und kam ärgerlich über die Straße.

»Ach Stephan«, sagte Fabian, »hier sitzt die andre Hälfte des Duells mit einem Steckschuß im Allerwertesten.«

Sie riefen den Schofför und transportierten den Nationalsozialisten ins Auto, neben den kommunistischen Spielgefährten. Die Freunde kletterten hinterdrein und gaben dem Schofför Anweisung, sie zum nächsten Krankenhaus zu bringen. Das Auto fuhr los.

»Tut's sehr weh?« fragte Labude.

»Es geht«, antworteten die beiden Verwundeten gleichzeitig und musterten sich finster.

»Volksverräter!« sagte der Nationalsozialist. Er war größer als der Arbeiter, etwas besser gekleidet und sah etwa wie ein Handlungsgehilfe aus.

»Arbeiterverräter!« sagte der Kommunist.

»Du Untermensch!« rief der eine.

»Du Affe!« rief der andere.

Der Kommis griff in die Tasche.

Labude faßte sein Handgelenk. »Geben Sie den Revolver her!« befahl er. Der Mann sträubte sich. Fabian holte die Waffe heraus und steckte sie ein.

»Meine Herren«, sagte er. »Daß es mit Deutschland so nicht weitergehen kann, darüber sind wir uns wohl alle einig. Und daß man jetzt versucht, mit Hilfe der kalten Diktatur unhaltbare Zustände zu verewigen, ist eine Sünde, die bald genug ihre Strafe finden wird. Trotzdem hat es keinen Sinn, wenn Sie einander Reservelöcher in die entlegensten Körperteile schießen. Und wenn Sie besser getroffen hätten und nun ins Leichenschauhaus führen, statt in die Klinik, wäre auch nichts Besonderes erreicht. Ihre Partei«, er meinte den Faschisten, »weiß nur, wogegen sie kämpft, und auch das weiß sie nicht genau. Und Ihre Partei«, er wandte sich an den Arbeiter, »Ihre Partei …«

»Wir kämpfen gegen die Ausbeuter des Proletariats«, erklärte dieser, »und Sie sind ein Bourgeois.«

»Freilich«, antwortete Fabian, »ich bin ein Kleinbürger, das ist heute ein großes Schimpfwort.«

Der Handlungsgehilfe hatte Schmerzen, saß, zur Seite geneigt, auf der heilen Sitzhälfte und hatte Mühe, mit seinem Kopf nicht an den des Gegners zu stoßen.

»Das Proletariat ist ein Interessenverband«, sagte Fabian. »Es ist der größte Interessenverband. Daß Ihr Euer Recht wollt, ist Eure Pflicht. Und ich bin Euer Freund, denn wir haben denselben Feind, weil ich die Gerechtigkeit liebe. Ich bin Euer Freund, obwohl Ihr drauf pfeift. Aber, mein Herr, auch wenn *Sie* an die Macht kommen, werden die Ideale der Menschheit im Verborgenen sitzen und weiterweinen. Man ist noch nicht gut und klug, bloß weil man arm ist.«

»Unsere Führer ...« begann der Mann.

»Davon wollen wir lieber nicht reden«, unterbrach ihn Labude.

Das Auto hielt. Fabian klingelte am Portal des Krankenhauses. Der Portier öffnete. Krankenwärter kamen und trugen die Verletzten aus dem Wagen. Der wachthabende Arzt gab den Freunden die Hand.

»Sie bringen mir zwei Politiker?« fragte er lächelnd. »Heute nacht sind insgesamt neun Leute eingeliefert worden, einer mit einem schweren Bauchschuß. Lauter Arbeiter und Angestellte. Ist Ihnen auch schon aufgefallen, daß es sich meist um Bewohner von Vororten handelt, um Leute, die einander kennen? Diese politischen Schießereien gleichen den Tanzbodenschlägereien zum Verwechseln. Es handelt sich hier wie dort um Auswüchse des deutschen Vereinslebens. Im übrigen hat man den Eindruck, sie wollen die Arbeitslosenziffer senken, indem sie einander totschießen. Merkwürdige Art von Selbsthilfe.«

»Man kann es verstehen, daß das Volk erregt ist«, meinte Fabian.

»Ja, natürlich.« Der Arzt nickte. »Der Kontinent hat den Hungertyphus. Der Patient beginnt bereits zu phantasieren und um sich zu schlagen. Leben Sie wohl!« Das Portal schloß sich.

Labude gab dem Schofför Geld und schickte den Wagen weg. Sie gingen schweigend nebeneinander. Plötzlich blieb Labude stehen und sagte: »Ich kann jetzt noch nicht nach Hause gehen. Komm, wir fahren ins Kabarett der Anonymen.«

»Was ist das?«

»Ich kenne es auch noch nicht. Ein findiger Kerl hat Halbverrückte aufgelesen und läßt sie singen und tanzen. Er zahlt ihnen ein paar Mark, und sie lassen sich dafür vom Publikum beschimpfen und auslachen. Wahrscheinlich merken sie es gar nicht. Das Lokal soll sehr besucht sein. Das ist ja auch verständlich. Es gehen sicher Leute hin, die sich darüber freuen, daß es Menschen gibt, die noch verrückter sind als sie selber.«

Fabian war einverstanden. Er blickte noch einmal zum Krankenhaus zurück, über dem der Große Bär funkelte. »Wir leben in einer großen Zeit«, sagte er, »und sie wird jeden Tag größer.«

SIEBTES KAPITEL

Verrückte auf dem Podium • Die Todesfahrt von Paul Müller • Ein Fabrikant in Badewannen

Vor dem Kabarett parkten viele Privatautos. Ein rotbärtiger Mann, der einen Pleureusenhut trug und eine riesige Hellebarde hielt, lehnte an der Tür des Lokals und rief: »Immer herein in die Gummizelle!« Labude und Fabian traten ein, gaben die Garderobe ab und fanden nach langem Suchen in dem überfüllten, verqualmten Raum an einem Ecktisch Platz.

Auf der wackligen Bühne machte ein zwecklos vor sich hinlächelndes Mädchen Sprünge. Es handelte sich offenbar um eine Tänzerin. Sie trug ein giftgrünes selbstgeschneidertes Kleid, hielt eine Ranke künstlicher Blumen und warf sich und die Ranke in regelmäßigen Zeitabständen in die Luft. Links von der Bühne saß ein zahnloser Greis an einem verstimmten Klavier und spielte die Ungarische Rhapsodie.

Ob der Tanz und das Klavierspiel zueinander in Beziehung standen, war nicht ersichtlich. Das Publikum, ausnahmslos elegant gekleidet, trank Wein, unterhielt sich laut und lachte.

»Fräulein, Sie werden dringend am Telefon verlangt!« schrie ein glatzköpfiger Herr, der mindestens Generaldirektor war. Die Andern lachten noch mehr als vorher. Die Tänzerin ließ sich nicht aus der Ruhe bringen und fuhr fort zu lächeln und zu springen. Da hörte das Klavierspiel auf. Die Rhapsodie war zu Ende. Das Mädchen auf der Bühne warf dem Klavierspieler einen bösen Blick zu und hüpfte weiter, der Tanz war noch nicht aus.

»Mutter, dein Kind ruft!« kreischte eine Dame, die ein Monokel trug.

»Ihr Kind auch«, bemerkte jemand von einem entfernten Tisch.

Die Dame drehte sich um. »Ich habe keine Kinder.«

»Da können die aber lachen!« rief man aus dem Hintergrund.

»Ruhe!« brüllte jemand Andres. Der Wortwechsel hörte auf.

Das Mädchen tanzte noch immer, obwohl ihr längst die Beine wehtun mußten. Schließlich fand sie selber, es sei genug, landete in einem mißlungenen Knicks, lächelte noch alberner als vorher und breitete die Arme aus. Ein dicker Herr im Smoking stand auf. »Gut, sehr gut! Sie können morgen zum Teppichklopfen kommen!«

Das Publikum lärmte und klatschte. Das Mädchen knickste wieder und wieder. Da kam ein Mann aus der Kulisse, zog die Tänzerin, die sich heftig sträubte, von der Bühne und trat selber an die Rampe.

»Bravo, Caligula!« rief eine Dame aus der ersten Tischreihe.

Caligula, ein rundlicher junger Jude mit Hornbrille, wandte sich an den Herrn, der neben der Ruferin saß. »Ist das Ihre Frau?« fragte er.

Der Herr nickte.

»Dann sagen Sie Ihrer Frau, sie soll die Schnauze halten!« sagte Caligula. Man applaudierte. Der Mann in der ersten Tischreihe wurde rot. Seine Frau fühlte sich geschmeichelt.

»Ruhe, ihr Armleuchter!« rief Caligula und hob die Hände. Es wurde ruhig. »War die Tanzdarbietung nicht geradezu ein Erlebnis?«

»Jawohl«, brüllten alle.

»Aber es kommt noch besser. Jetzt schicke ich einen heraus, der Paul Müller heißt. Er ist aus Tolkewitz. Das liegt in Sachsen. Paul Müller spricht sächsisch und gibt vor, Rezitator zu sein. Er ist kein Komiker. Sein Repertoire enthält nur ernste Werke. Er wird Ihnen eine Ballade vortragen. Machen Sie sich auf das Äußerste gefaßt. Paul Müller aus Tolkewitz ist, wenn nicht alles täuscht, verrückt. Ich habe keine Kosten gescheut, diese wertvolle Kraft für mein Kabarett zu gewinnen. Denn ich kann es nicht dulden, daß nur im Zuschauerraum Verrückte sind.«

»Das geht entschieden zu weit!« rief ein Besucher, dessen Gesicht mit Schmißnarben verziert war. Er war aufgesprungen und zog sich empört das Jackett straff.

»Hinsetzen!« sagte Caligula und verzog den Mund. »Wissen Sie, was Sie sind? Ein Idiot!«

Der Akademiker rang nach Luft.

»Im übrigen«, fuhr der Kabarettinhaber fort, »im übrigen meine ich Idiot nicht in beleidigendem Sinn, sondern als Charakteristikum.«

Die Leute lachten und klatschten. Der Herr mit den Schmissen und der Empörung wurde von seinen Bekannten auf den Stuhl gezogen und beschwichtigt. Caligula nahm eine Klingel in die Hand, schellte wie ein Nachtwächter und rief: »Paul Müller, erscheine!« Dann verschwand er.

Aus dem Hintergrund nahte ein langaufgeschossener, ungewöhnlich blasser Mensch in abgerissener Kleidung.

»Tag, Müller!« brüllte man.

»Er ist zu schnell gewachsen«, meinte jemand.

Paul Müller verbeugte sich, zeigte herausfordernden Ernst im Gesicht, fuhr sich durch die Haare und preßte dann die Hände vor die Augen. Er sammelte sich. Plötzlich zog er die Hände vom Gesicht fort, streckte sie weit von sich, spreizte die Finger, riß die Augen rund auf und sagte: »Die Todesfahrt von Paul Müller.« Dann trat er noch einen Schritt vor.

»Fall nicht runter!« rief die Dame, der von Caligula eigentlich befohlen war, die Schnauze zu halten.

Paul Müller machte aus Trotz noch ein Schrittchen, blickte verächtlich auf das Publikum da unten und begann wieder: »Die Todesfahrt von Paul Müller.«

»Das war der Graf von Hohenstein.
Der sperrte seine Tochter ein.
Sie liebte einen Offizier.
Der Vater sprach: ›Du bleibst bei mir!‹«

In diesem Augenblick warf jemand aus dem Publikum ein Stück Würfelzucker auf die Bühne. Paul Müller bückte sich, steckte den Zucker ein und fuhr mit unheilschwangerer Stimme fort:

»Da half nur Flucht, und die Komteß
entfloh in ihrem 10 PS.
Sie steuerte durch Nacht und Not.
Doch auf dem Kühler saß der Tod!«

Wieder warf man Zucker auf die Bühne. Vermutlich saßen Stammgäste in dem Raum, die den Gewohnheiten der Künstler Rechnung trugen. Andere Gäste folgten dem Beispiel, und allmählich kam ein Würfelzuckerbombardement zustande, dem Müller nur dadurch zu begegnen wußte, daß er sich dauernd bückte.

Es entwickelte sich ein Balladenvortrag mit Kniebeugen. Auch mit aufgerissenem Mund versuchte Müller, den ihm zufliegenden Zucker aufzufangen. Sein Gesicht wurde immer drohender. Seine Stimme klang immer schwärzer. Man entnahm der Rezitation, daß in jener schrecklichen Nacht nicht nur die Komteß Hohenstein Auto fuhr, um zu ihrem Offizier zu gelangen, sondern daß auch der Geliebte in seinem Wagen unterwegs war und sich dem Schloß näherte, wo er das Fräulein vermutete, während sie ihm doch entgegeneilte. Da die zwei Liebenden die gleiche Landstraße benutzten, da es sich ferner um eine ausgesprochen regnerische, neblige Nacht handelte, und da das Gedicht »Todesfahrt« hieß, war mit großer Wahrscheinlichkeit zu befürchten, daß die beiden Autos zusammenstoßen würden. Paul Müller beseitigte auch den leisesten Zweifel hierüber.

»Mach den Mund zu, sonst fallen dir die Sägespäne aus dem Schädel!« brüllte eine Stimme. Aber das Autounglück war nicht mehr aufzuhalten.

»Das Auto jenes Offizieres
kam links gefahren, rechts kam ihres.
Der Nebel war entsetzlich dick.
Und so vollzog sich das Geschick.
Von links ein Schrei,
        von rechts ein Schrei –«

»Das macht nach Adam Riese zwei!« schrie jemand. Die Leute johlten und klatschten. Sie hatten von Paul Müller genug und waren auf den Ausgang der Tragödie nicht länger neugierig.

Er deklamierte weiter. Aber man sah nur, daß er den Mund bewegte. Zu hören war nichts, die Todesfahrt ging im Lärm der Überlebenden unter. Da packte den dürren Balladendichter die blasse Wut. Er sprang vom Podium und rüttelte eine Dame derartig an den Schultern, daß ihr die Zigarette aus dem Mund und in den blauseidenen Schoß fiel. Sie sprang schreiend auf. Ihr Begleiter erhob sich ebenfalls und schimpfte. Es klang, als belle ein Hund. Paul Müller gab dem Kavalier einen Stoß, daß er in den Stuhl zurücktaumelte.

Da tauchte Caligula auf. Er war wütend und glich einem knirschenden Tierbändiger, zog den Mann aus Tolkewitz an der Krawatte und führte ihn ins Künstlerzimmer.

»Pfui Teufel«, sagte Labude, »unten Sadisten und oben Verrückte.«

»Dieser Sport ist international«, meinte Fabian, »in Paris gibt es dieselbe Sache. Dort schreien die Zuschauer: ›Tue-le!‹ und dann schiebt sich eine riesengroße hölzerne Hand aus der Kulisse und schaufelt den Ärmsten aus dem Gesichtskreis. Er wird weggefegt.«

»Caligula nennt sich der Bursche. Er kennt sich aus. Sogar in der römischen Geschichte.« Labude stand auf und ging. Er hatte genug. Auch Fabian erhob sich. Da schlug ihn jemand derb auf die Schulter. Er drehte sich um. Der Mann mit den Schmissen stand vor ihm, strahlte über das ganze Gesicht und rief vergnügt: »Alter Junge, wie geht's dir denn?«

»Danke, gut.«

»Nein, wie ich mich freue, dich altes Haus mal wiederzusehen!« Der Akademiker gab Fabian einen Freudenstoß vor den Brustkasten, genau auf einen der Hemdknöpfe.

»Kommen Sie«, meinte Fabian, »prügeln wir uns draußen weiter!« Dann drängte er sich, zwischen Stühlen hindurch, in den Vorraum. »Mein Lieber«, sagte er zu Labude, der sich den Mantel anzog, »wir wollen schnell machen. Eben hat mich einer ununterbrochen geduzt.« Sie nahmen die Hüte. Aber es war schon zu spät.

Der Mann mit den Schmissen schob eine sommersprossige Frau vor sich her, als könne sie nicht allein laufen, und sagte zu ihr: »Siehst du, Meta, der Herr war auf dem Pennal unser Primus.« Und zu Fabian sagte er: »Das ist meine Frau, alter Knabe. Meine bessere Hälfte gewissermaßen. Wir leben in Remscheid. Ich habe den Assessor an den Nagel gehängt und bin im Geschäft meines Schwiegervaters. Wir machen Badewannen. Wenn du mal eine brauchen solltest, kannst du sie zum Engrospreis haben. Haha! Ja, es geht mir gut. Danke. Glückliche Ehe, Wohnung in einem Zweifamilienhaus, großer Garten dahinter, nicht ganz ohne Bargeld, Kind haben wir auch, aber noch nicht lange.«

»Es ist erst so groß«, entschuldigte sich Meta und zeigte mit den Händen, wie klein das Kind war.

»Es wird schon noch wachsen«, tröstete Labude. Die Frau blickte ihn dankbar an und hängte sich bei ihrem Mann ein.

»Also, alter Schwede«, fing der Akademiker wieder an, »nun erzähle mal, was du die ganze Zeit über gemacht hast.«

»Nichts Besonderes«, bemerkte Fabian. »Augenblicklich bastle ich an einer Weltraumrakete. Ich will mir mal den Mond ansehen.«

»Ausgezeichnet!«, rief der Mann, der in die Badewannen eingeheiratet hatte. »Deutschland allen voran! Und wie geht's deinem Bruder?«

»Sie überschütten mich mit frohen Neuigkeiten, mein Herr«, sagte Fabian. »Ein Brüderchen habe ich mir schon lange gewünscht. Nur eine bescheidene Zwischenfrage: Wo sind Sie eigentlich aufs Gymnasium gegangen?«

»In Marburg natürlich.«

Fabian hob bedauernd die Schultern. »Es soll eine bezaubernde Stadt sein, aber ich kenne Marburg leider gar nicht.«

»Dann entschuldigen Sie vielmals«, knarrte der Andere. »Kleine Verwechslung, täuschende Ähnlichkeit, nichts für ungut.« Er knallte die Absätze zusammen, befahl: »Komm, Meta!« und entfernte sich. Meta blickte Fabian verlegen an, nickte Labude zu und folgte dem Gemahl.

»So ein dämlicher Affe!« Fabian war entrüstet. »Spricht wildfremde Leute an und tut familiär. Ich habe diesen Caligula im Verdacht, daß die Anpöbelei zu seiner Kabarettregie gehört.«

»Das glaube ich nicht«, meinte Labude. »Die Badewannen waren sicher echt und das entsetzlich kleine Kind auch.«

Sie gingen heimwärts. Labude schaute trübselig aufs Pflaster. »Es ist eine Schande«, sagte er nach einer Weile. »Dieser gewesene Assessor hat eine Wohnung, einen Garten, einen Beruf, eine Frau mit Sommersprossen und was noch alles. Und unsereins vegetiert herum wie ein Landstreicher ohne Land, man hat noch keinen festen Beruf, man hat kein festes Einkommen, man hat kein festes Ziel und nicht mal eine feste Freundin.«

»Du hast doch Leda.«

»Und was mich besonders aufbringt«, fuhr Labude fort, »so ein Kerl hat ein eignes, selbstgemachtes Kind.«

»Sei nicht neidisch«, sagte Fabian, »dieser juristisch vorgebildete Badewannenfabrikant ist ein Ausnahmefall. Wer von den Leuten, die heute dreißig Jahre alt sind, kann heiraten? Der Eine ist arbeitslos, der Andere verliert morgen seine Stellung. Der Dritte hat noch nie eine gehabt. Unser Staat ist darauf, daß Generationen nachwachsen, momentan nicht eingerichtet. Wem es dreckig geht, der bleibt am besten allein, statt Frau und Kind an seinem Leben proportional zu beteiligen. Und wer trotzdem andere mit hineinzieht, der handelt mindestens fahrlässig. Ich weiß nicht, von wem der Satz stammt, daß geteiltes Leid halbes Leid sei, aber wenn der Quatschkopf noch leben sollte, dann wünsche ich ihm zweihundert Mark monatlich und eine achtköpfige Familie. Da soll er sein Leid so lange durch acht dividieren, bis er schwarz wird.« Fabian sah den Freund von der Seite an. »Übrigens, wozu bedrückt dich das? Dein Vater gibt dir doch Geld. Und wenn du die Venia legendi hast, wirst du noch ein paar Groschen dazu verdienen. Dann heiratest du Leda, und deinen Vaterfreuden steht nichts mehr im Wege.«

»Es gibt ja auch noch andere Schwierigkeiten außer den ökonomischen«, sagte Labude, blieb stehen und winkte einem Taxi. »Sei mir nicht böse, wenn ich jetzt allein sein will.

Kannst du mich morgen bei meinen Eltern abholen? Ich muß dir Verschiedenes erzählen.« Er drückte dem Freund Etwas in die Hand und stieg in den wartenden Wagen.

»Handelt es sich um Leda?« fragte Fabian durchs offene Fenster.

Labude nickte und senkte den Kopf. Das Auto fuhr an.

Der Andere blickte dem Wagen nach. »Ich komme!« rief er. Doch das Auto war schon weit weg, und das rote Schlußlicht konnte ein Glühwürmchen sein. Dann besann er sich und stellte fest, was er in der Hand hielt. Es war ein Fünfzigmarkschein.

ACHTES KAPITEL

Studenten treiben Politik • Labude sen. liebt das Leben • Die Ohrfeige an der Außenalster

Labudes Eltern bewohnten im Grunewald einen großen griechischen Tempel. Eigentlich war es kein Tempel, sondern eine Villa. Und eigentlich bewohnten sie die Villa gar nicht. Die Mutter war viel auf Reisen, meist im Süden, in einem Landhaus bei Lugano. Erstens gefiel es ihr am Lago di Lugano besser als am Grunewaldsee. Und zweitens fand Labudes Vater, die zarte Gesundheit seiner Frau erfordere südlichen Aufenthalt. Er liebte seine Frau sehr, besonders in ihrer Abwesenheit. Seine Zuneigung wuchs im Quadrat der Entfernung, die zwischen ihnen lag.

Er war ein bekannter Verteidiger. Da seine Klienten viel Geld und viele Prozesse hatten, hatte auch er viele Prozesse und viel Geld. Die Aufregungen des Berufs, den er liebte, genügten ihm nicht. Fast jede Nacht saß er in Spielklubs. Die Ruhe, die sein Haus verbreitete, war ihm höchst zuwider. Und die vorwurfsvollen Augen seiner Frau brachten ihn zur Verzweiflung. Da Beide befürchteten, den anderen anzutreffen, mieden Beide die Villa, so oft das möglich war. Und Stephan, der Sohn, mußte, wenn er seinen Eltern begegnen wollte, auf die Gesellschaften gehen, die sie im Winter gaben. Da ihn diese Veranstaltungen von Jahr zu Jahr mehr abstießen, bis er sie endlich nicht mehr besuchte, traf er seine Eltern nur noch aus Versehen.

Das meiste, was er über den Vater wußte, hatte er einmal von einer jungen Schauspielerin erfahren. Das war auf einem Maskenball gewesen, und sie hatte ihm sehr eingehend den Mann geschildert, der sie damals finanzierte. Leichtfertige Frauen versuchen ja gelegentlich, Liebhaber zu erwerben, indem sie die intimen Sitten und Gebräuche der ehemaligen Besitzer ausplaudern. Im Laufe des Gesprächs hatte es sich herausgestellt, daß von Justizrat Labude die Rede gewesen war, und Stephan hatte das Fest fluchtartig verlassen.

Fabian kam nicht gern in die Grunewaldvilla. Er empfand den Aufwand, den solche Häuser mit sich treiben lassen, als albern. Er konnte sich überhaupt nicht vorstellen, daß man mitten in derartigem Luxus das Gefühl, man sei nur auf Besuch, jemals loswerden könne. Und er fand es, von allen anderen Gründen abgesehen, schon deshalb vollkommen in der Ordnung, daß sich Labudes Eltern in dem Wohnmuseum entfremdet hatten.

»Schrecklich«, sagte er zu dem Freund, der am Schreibtisch saß, »jedesmal, wenn ich hierherkomme, erwarte ich, daß mir euer Diener Filzpantoffel überzieht und mit einer Schloßführung beginnt. Falls du mir erzählen solltest, daß der Große Kurfürst auf diesem Stuhl hier in die Schlacht von Fehrbellin geritten ist, könnte ich mich bereit erklären, es zu glauben. Im übrigen danke ich dir für das Geld.«

Labude winkte ab. »Du weißt, daß ich mehr davon habe, als notwendig ist. Lassen wir das. Ich bat dich hierher, weil ich dir erzählen will, was mir in Hamburg passiert ist.«

Fabian stand auf und setzte sich aufs Sofa. Jetzt befand er sich hinter Labudes Rücken, und der Freund brauchte ihn während des Sprechens nicht anzusehen.

Sie blickten beide zum Fenster hinaus, auf grüne Bäume und auf rote Villendächer. Das Fenster war offen, und manchmal kam ein Vogel, spazierte auf dem Fensterbrett hin und her, musterte mit schief gehaltenem Kopf das Zimmer und flog wieder in den Garten zurück. Außerdem hörte man, wie jemand mit einem Rechen die Kieswege harkte.

Labude sah starr in die Zweige des nächsten Baumes. »Rassow schrieb mir, er spräche im Hamburger Auditorium Maximum, vor Studenten aller Richtungen, über das Thema ›Tradition und Sozialismus‹. Und er schlug mir vor, als Korreferent oder im Rahmen der Diskussion von meinen politischen Plänen zu erzählen. Ich fuhr hinüber. Der Vortrag begann. Rassow berichtete den Studenten von seiner Rußlandreise und von seinen Erfahrungen und Gesprächen mit russischen Künstlern und Wissenschaftlern. Er wurde von den Vertretern der sozialistischen Studentenschaft wiederholt unterbrochen. Anschließend sprach ein Kommunist und wurde seinerseits von den Bürgerlichen gestört. Dann kam ich an die Reihe. Ich skizzierte die kapitalistische Situation Europas und stellte die Forderung auf, daß die bürgerliche Jugend sich radikalisieren und daß sie den kontinentalen Ruin, der von allen Seiten, passiv oder aktiv, vorbereitet wird, aufhalten müsse. Diese Jugend, sagte ich, sei im Begriff, in absehbarer Zeit die Führerschaft in Politik, Industrie, Grundbesitz und Handel zu übernehmen, die Väter hätten abgewirtschaftet, und es sei unsere Aufgabe, den Kontinent zu reformieren: durch internationale Abkommen, durch freiwillige Kürzung des privaten Profits, durch Zurückschraubung des Kapitalismus und der Technik auf ihre vernünftigen Maße, durch Steigerung der sozialen Leistungen, durch kulturelle Vertiefung der Erziehung und des Unterrichts. Ich sagte, diese neue Front, diese Querverbindung der Klassen sei möglich, da die Jugend, wenigstens ihre Elite, den hemmungslosen Egoismus verabscheue und außerdem klug genug sei, eine Zurückführung in organische Zustände einem unvermeidlichen Zusammenbruch des Systems vorzuziehen. Wenn es schon ohne Klassenherrschaft nicht abgehe, sagte ich, dann solle man sich für das Regime unserer Altersklasse entscheiden. Bei den Vertretern der extremen Gruppen erntete mein Vortrag die übliche Heiterkeit. Aber als Rassow den Antrag zur Bildung einer radikalbürgerlichen Initiative einbrachte, fand das doch Beifall. Die Gruppe kam zustande. Wir entwarfen einen Aufruf, der an alle europäischen Universitäten verschickt werden wird. Rassow, ich und ein paar Andere wollen die deutschen Hochschulen besuchen, Vorträge halten und analoge Gruppen bilden. Wir hoffen, mit den sozialistischen Studenten eine Art Kartellverbindung einzugehen. Wenn wir an allen Universitäten Gruppen gebildet haben, werden von diesen auch andere intellektuelle Körperschaften bearbeitet. Die Sache kommt in Gang. Ich habe dir gestern nichts davon erzählt, weil ich ja deine Skepsis zur Genüge kenne.«

»Ich freue mich«, sagte Fabian, »ich freue mich sehr, daß du nun an die Verwirklichung deines Planes herangehen kannst. Hast du dich schon mit der Gruppe der Unabhängigen Demokraten in Verbindung gesetzt? In Kopenhagen ist ein ›Club Europa‹ gebildet worden, notier es dir. Und ärgere dich nicht zu sehr über meine Zweifel an der Gutartigkeit der Jugend. Und sei mir nicht böse, wenn ich nicht glaube, daß sich Vernunft und Macht jemals heiraten werden. Es handelt sich leider um eine Antinomie. Ich bin der Überzeugung, daß es für die Menschheit, so wie sie ist, nur zwei Möglichkeiten gibt. Entweder ist man mit seinem Los unzufrieden, und dann schlägt man einander tot, um die Lage zu verbessern, oder man ist, und das ist eine rein theoretische Situation, im Gegenteil mit sich und der Welt einverstanden, dann bringt man sich aus Langeweile um. Der Effekt ist derselbe. Was nützt das göttliche System, solange der Mensch ein Schwein ist? Aber was meinte Leda dazu?«

»Sie enthielt sich jeder Meinung. Denn sie war gar nicht dabei.«

»Warum denn nicht?«

»Sie wußte nicht, daß ich in Hamburg war.«

Fabian erhob sich erstaunt, setzte sich aber schweigend wieder hin.

Labude breitete die Arme aus und hielt sich an den Ecken der Schreibtischplatte fest. »Ich wollte Leda überraschen. Ich wollte sie heimlich beobachten. Denn ich war mißtrauisch geworden. Wenn man in jedem Monat nur zwei Tage und eine Nacht beisammen ist, dann wird die Beziehung unterminiert, und wenn so ein Zustand, wie bei uns, jahrelang dauert, geht die Beziehung in die Brüche. Das hat mit der Qualität der Partner nicht sehr viel zu tun, der Vorgang ist zwangsläufig. Ich machte dir vor Monaten einmal Andeutungen, daß Leda sich verändert habe. Sie fing an, sich zu verstellen. Sie markierte. Die Begrüßung auf dem Bahnhof, die Zärtlichkeit des Gesprächs, die Leidenschaft im Bett, alles war nur noch Theater.«

Labude hob den Kopf kerzengerade. Er sprach sehr leise. »Natürlich entfremdet man sich. Man weiß nicht mehr, welche Sorgen der Andere hat. Man kennt die Bekannten nicht, die er findet. Man sieht nicht, daß er sich verwandelt, und weswegen er's tut. Briefe sind zwecklos. Und dann reist man hin, gibt sich einen Kuß, geht ins Theater, fragt nach Neuigkeiten, verbringt eine Nacht miteinander und trennt sich wieder. Vier Wochen später vollzieht sich derselbe Unfug. Seelische Nähe, anschließend Geschlechtsverkehr nach dem Kalender, mit der Uhr in der Hand. Es ist unmöglich. Sie in Hamburg, ich in Berlin, die Liebe krepiert an der Geographie.«

Fabian nahm eine Zigarette und strich das Zündholz behutsam an, als fürchte er, der Reibfläche weh zu tun.

»Ich habe in den letzten Monaten vor jeder dieser Zusammenkünfte Angst gehabt. Ich hätte Leda, wenn sie mit geschlossenen Augen dalag, sich zitternd unter mir bewegte und mich mit den Armen umklammerte, das Gesicht wie eine Maske abreißen mögen. Sie log. Aber wen wollte sie belügen? Nur mich, oder sich selber auch? Da sie, obwohl ich sie brieflich wiederholt dazu aufforderte, Erklärungen vermied, mußte ich tun, was ich getan habe. Ich verabschiedete mich in der Nacht, in der wir die Initiativgruppe gegründet hatten, von Rassow und den Andern sehr bald und begab mich zu dem Haus, in dem Leda wohnt. Die Fenster waren dunkel. Vielleicht schlief sie schon. Aber mir war nicht nach Logik zumute. Ich wartete.«

Labudes Stimme schwankte. Er griff auf den Schreibtisch, nahm mehrere Bleistifte und rollte sie nervös zwischen den Händen. Das hölzerne, klappernde Geräusch begleitete den Fortgang des Berichts. »Die Straße ist breit und nur an einer Stelle bebaut. Die andere Seite grenzt an Blumenbeete, Wiesen, Wege und Gebüsch, und dahinter liegt die Außenalster. Dem Haus gegenüber steht eine Bank. Dorthin setzte ich mich, rauchte zahllose Zigaretten und wartete. So oft jemand die Straße entlang kam, dachte ich, das müsse Leda sein. So saß ich von zwölf Uhr nachts bis drei Uhr morgens, ersann heftige Gespräche und böse Bilder. Und die Zeit verging. Kurz nach Drei bog ein Taxi in die Straße und hielt vor dem Haus. Ein großer schlanker Mann stieg aus und bezahlte den Schofför. Dann sprang eine Frau aus dem Wagen, eilte zur Tür, schloß auf, trat ins Haus, hielt die Tür, bis der Mann gefolgt war, und schloß von innen wieder zu. Das Auto lenkte um und fuhr in die Stadt zurück.«

Labude war aufgestanden. Er warf die Bleistifte auf den Schreibtisch, ging rasch im Zimmer auf und ab und machte in der äußersten Ecke, dicht vor der Wand, halt. Er blickte auf das Tapetenmuster und zeichnete es mit dem Finger nach. »Es war Leda. In ihren Fenstern wurde Licht. Ich sah, wie sich zwei Schatten hinter den Gardinen bewegten. Das Wohnzimmer wurde wieder dunkel. Jetzt erhellte sich das Schlafzimmer. Die Balkontür stand halb offen. Manchmal hörte ich Leda lachen. Du entsinnst dich, sie lacht so merkwürdig hoch. Manchmal war es ganz still, droben im Haus und unten auf meiner Straße, und ich hörte bloß, wie mein Herz schlug.«

In diesem Augenblick wurde die Tür aufgerissen. Justizrat Labude trat ein, ohne Hut und Mantel. »Tag, Stephan!« sagte er, kam näher und gab seinem Sohn die Hand. »Lange nicht gesehen, was? War ein paar Tage unterwegs. Mußte mal ausspannen. Die Nerven, die Nerven. Komme eben zurück. Wie geht's? Siehst schlecht aus. Sorgen? Was über die Habilitationsschrift gehört? Nein? Langweilige Bande. Hat Mutter geschrieben? Mag noch paar Wochen bleiben. Heißt mit Recht Paradiso, das Nest. Hat's die Frau gut. Tag, Herr Fabian. Seriöse Gespräche, wie? Gibt es ein Fortleben nach dem Tode? Im Vertrauen gesagt, es gibt keins. Muß alles vor dem Tode erledigt werden. Alle Hände voll zu tun. Tag und Nacht.«

»Fritz, nun komm aber endlich!« rief im Treppenhaus eine Frauenstimme.

Der Justizrat zuckte die Achseln. »Da habt ihr's. Kleine Sängerin, großes Talent, keine Beschäftigung. Kann sämtliche Opern auswendig. Bißchen laut auf die Dauer. Na, Wiedersehen. Amüsiert euch lieber, statt die Menschheit zu erlösen. Wie gesagt, das Leben muß noch vor dem Tode erledigt werden. Zu näheren Auskünften gern bereit. Nicht so ernst, mein Junge.« Er gab beiden die Hand, ging und warf die Tür ins Schloß.

Labude hielt sich nachträglich die Ohren zu, trat an den Schreibtisch, dachte eine Weile nach und fuhr dann in seiner Erzählung fort. »Gegen fünf Uhr früh begann es zu regnen. Nach Sechs hörte es auf. Der Himmel wurde hell, und der Tag fing an. In dem Schlafzimmer brannte noch immer Licht. Das sah im Morgengrauen seltsam aus. Um Sieben verließ der Mensch das Haus. Er pfiff, als er aus der Tür trat, und blickte nach oben. Leda stand in ihrem japanischen Schlafrock auf dem Balkon und winkte. Er winkte wieder. Sie breitete den Schlafrock für einen Moment weit auseinander, damit er ihren Körper noch einmal sehe. Er warf Kußhändchen, es war zum Speien. Er ging pfeifend die Straße hinunter. Ich senkte den Kopf. Oben wurde die Balkontür geschlossen.«

Fabian wußte nicht, wie er sich verhalten sollte. Er blieb sitzen. Plötzlich hob Labude den Arm und schlug mit der Faust auf den Schreibtisch. »Diese Kanaille!« schrie er. Fabian sprang vom Sofa auf, aber der Andere winkte ab und sagte ganz ruhig: »Schon gut. Höre weiter. Mittags telefonierte ich. Sie war erfreut, daß ich wieder einmal da sei. Warum ich nicht geschrieben habe. Ob ich um fünf Uhr kommen wolle. Die wissenschaftlichen Arbeiter hörten seit ein paar Wochen früher auf. Ich lief durchs Hafenviertel, bis es soweit war. Dann fuhr ich hin. Sie hatte Tee und Kuchen zurechtgestellt und begrüßte mich zärtlich. Ich trank eine Tasse Tee und sprach über gleichgültige Dinge. Dann begann sie sich automatisch zu entkleiden, nahm den Kimono um und legte sich auf die Couch. Da fragte ich, wie sie darüber dächte, wenn wir unsere Beziehung lösten. Sie fragte, was mit mir los sei. Es gelte doch für ausgemacht, daß wir heirateten, sobald ich mich habilitiert habe. Ob ich sie nicht mehr liebe. Ich erklärte, daß es sich darum jetzt nicht handle. Die zunehmende Entfremdung, an der sie die Schuld trage, lasse das Auseinandergehen ratsam erscheinen.

Sie räkelte sich, gab dem Schlafrock Gelegenheit, zur Seite zu gleiten, und meinte mit kindischer Stimme, ich sei so kalt.

Und die Entfremdung scheine, wie die eindeutige Situation eindeutig beweise, eher an mir als an ihr zu liegen. Sie gab zu, daß es schwer sei, die Strecke zwischen Hamburg und Berlin seelisch zu überbrücken. Und auch in sexueller Beziehung gebe es Konflikte. Wenn sie mich haben wolle, sei ich nicht da, und wenn ich da sei, müsse die Liebe wie ein Mittagbrot erledigt werden, ob man Hunger habe oder nicht. Aber wenn wir erst verheiratet wären, würde das anders. Ich solle übrigens nicht böse sein. Sie habe vor mehreren Wochen einen ärztlichen Eingriff vornehmen lassen. Sie wolle unsere Kinder als meine Frau zur Welt bringen, nicht vorher. Mitgeteilt habe sie mir den kleinen Unfall nicht, um mich nicht zu ängstigen. Sie sei aber wieder auf dem Posten, und ich solle mich nun endlich neben sie setzen. Sie habe Sehnsucht.

Von wem war das wieder rückgängig gemachte Kind? fragte ich. Sie setzte sich auf und zog ein gekränktes Gesicht.

Und wer war der Mann, der heute nacht bei dir schlief? fragte ich weiter.

Du siehst Gespenster, sagte sie. Du bist eifersüchtig, es ist geradezu albern.

Da gab ich ihr eine Ohrfeige und ging fort. Sie lief hinter mir her, die Treppe hinunter, bis vor die Tür. Dort stand sie, nackt, im wehenden Schlafrock, nachmittags gegen Sechs, und rief, ich solle bleiben. Aber ich rannte davon und fuhr zur Bahn.«

Fabian trat hinter Labude und legte die Hände auf die Schultern des Freundes. »Warum hast du mir das nicht schon gestern erzählt?«

»Na, ich komme schon drüber weg«, sagte Labude. »Mich so zu belügen.«

»Aber was hätte sie tun sollen? Die Wahrheit sagen?«

»Ich kann nicht mehr darüber nachdenken. Mir ist, als sei ich schwer krank gewesen!«

»Du bist noch krank«, meinte Fabian. »Du hast sie noch lieb.«

»Das ist wahr«, sagte Labude. »Aber ich bin schon mit ganz anderen Kerlen fertig geworden als mit mir.«

»Wenn sie dir nun schreibt?«

»Der Fall ist erledigt. Ich habe fünf Jahre damit zugebracht, unter einer falschen Voraussetzung zu leben, das reicht. Das Schlimmste habe ich dir noch nicht gesagt. Sie liebt mich nicht, und sie hat mich nie lieb gehabt! Erst jetzt, nach dem Schlußstrich, geht plötzlich die Rechnung auf. Erst als sie neben mir lag und mich kaltblütig belog, verstand ich die vergangenen Jahre. In fünf Minuten verstand ich alles. Zu den Akten!« Labude schob den Freund zur Tür. »Jetzt gehen wir. Ruth Reiter hat uns eingeladen. Komm, ich habe Verschiedenes nachzuholen.«

»Wer ist Ruth Reiter?«

»Ich lernte sie heute kennen. Sie hat ein Atelier und bildhauert, wenn man ihr glauben darf.«

»Modellstehen wollte ich schon immer mal«, sagte Fabian und zog den Mantel an.

NEUNTES KAPITEL

Sonderbare junge Mädchen • Ein Todeskandidat wird lebendig • Das Lokal heißt »Cousine«

»Endlich ein paar Männer!« rief die Reiter. »Macht's euch bequem. Die Kulp hat gerade gestöhnt, so ginge das nicht weiter. Sie hat zwei Tage keinen Mann gehabt, und der letzte war auch bloß ein Verkehrsunfall. Sie ist Modezeichnerin, und der Kerl hätte ihr, ohne die kleine Gegenleistung, keinen Auftrag gegeben. Ein beinahe impotenter Lebegreis war's, sagt sie.«

»Das sind die Schlimmsten«, meinte Labude. »Sie probieren ununterbrochen, um nachzusehen, ob sich der Schaden inzwischen behoben hat.« Er blickte sich nach dem Mädchen um, das Kulp hieß. Sie hockte, mit hochgezogenen Beinen, auf einer Chaiselongue und winkte ihm.

Labude setzte sich neben die Kulp. Fabian wartete unschlüssig. Das Atelier war groß. In der Mitte des Raumes, unter der Lampe, vor einer Reihe von Skulpturen, stand ein rohgezimmerter Tisch, und auf dem Tisch saß eine nackte, dunkelhaarige Frau. Die Reiter kauerte sich auf einen Schemel, nahm den Skizzenblock und zeichnete. »Abendakt«, erläuterte sie, ohne sich umzudrehen. »Heißt Selow. Neue Position, mein Schatz! Stehend, Beine breit, Oberkörper rechtwinklig drehen. So, Hände im Nacken verschränken. Halt!« Die nackte Frau, die Selow hieß, hatte sich aufgerichtet und stand nun breitbeinig auf dem Tisch. Sie war vorzüglich gebaut und blickte gleichgültig, aus schwermütigen Augen, vor sich hin. »Baron, was zu trinken, mich friert«, sagte sie plötzlich.

»Wahrhaftig, Fräulein Selow hat überall Gänsehaut«, pflichtete Fabian bei. Er war nähergetreten und stand vor dem Modell wie ein Kunstkenner vor einer weiblichen Bronze.

»Berühren verboten!« Die Stimme der Bildhauerin klang äußerst unfreundlich.

Fräulein Kulp, die sich in Labudes Armen wie in warmem Badewasser dehnte, rief Fabian zu: »Hand von der Butter. Der Baron ist eifersüchtig. Sie hat mit dem Abendakt ein gutgehendes Verhältnis.«

»Halt den Rand!« knurrte die Reiter. »Labude, wenn Sie mit der Kulp etwas Unaufschiebbares vorhaben sollten, genieren Sie sich nicht. Ich habe nur diesen Raum, aber der ist an Kummer gewöhnt.«

Labude äußerte, er habe moralische Bedenken.

»Was es so alles gibt«, meinte die Kulp traurig.

Die Reiter blickte vorübergehend von ihrem Block hoch und sah Fabian an. »Falls Sie sich an der Kulp beteiligen wollen, halten Sie sich ran! Ihr braucht weiter nichts dazu als einen Groschen. Labude wählt Wappen. Sie nehmen Zahl. Die Kulp wirft den Groschen hoch, das regt ihr Sonnengeflecht an. Und wer oben liegt, hat den Vortritt.«

»Welche tiefe Wahrheit!« rief die Kulp. »Aber einen Groschen? Du verdirbst mir die Preise!«

Fabian sagte höflich, er sei kein Freund von Glücksspielen.

Die nackte Frau stampfte mit dem Fuß auf. »Was zu trinken!«

»Battenberg, neben deinem Lehnstuhl steht ein Tischchen, und auf dem Tischchen steht Gin. Gib doch mal was rüber.«

»Gern«, sagte eine Stimme. Hinter den Statuen klirrte es. Dann trat ein fremdes Mädchen in den Lichtkreis der Lampe und reichte dem Abendakt ein gefülltes Glas.

Fabian war überrascht. »Wie viele weibliche Wesen sind eigentlich hier?« fragte er.

»Ich bin das einzige«, erklärte Fräulein Battenberg und lachte. Fabian sah ihr ins Gesicht und fand, sie passe nicht in das Milieu. Sie spazierte wieder hinter die Plastiken. Er folgte ihr. Sie setzte sich in den Lehnstuhl. Er stellte sich neben eine Diana aus Gips, legte den Arm um die Hüfte der trainierten Göttin und schaute durch das Atelierfenster auf die Bogen und Veduten der Jugendstilgiebel. Man hörte den Baron kommandieren. »Letzte Position, mein Schatz. Rumpfbeuge vorwärts, Knie einknicken, Gesäß heraus, Hände auf die Knie, gut, halt!« Und aus der vorderen Hälfte des Ateliers klangen kleine, zugespitzte Schreie. Fräulein Kulp litt vorübergehend an Atemnot.

»Wie kommen eigentlich Sie in diesen Saustall?« fragte Fabian.

»Ruth Reiter und ich sind aus derselben Stadt. Wir gingen in die gleiche Schule. Neulich trafen wir uns zufällig auf der Straße. Und weil ich noch nicht lange in Berlin bin, lud sie mich zu Informationszwecken ein. Ich bin das letzte Mal hier oben. Die Information hat genügt.«

»Das freut mich«, sagte er. »Ich bin kein ausgesprochener Tugendbewahrer, und trotzdem betrübt es mich, wenn ich sehen muß, daß eine Frau unter ihrem Niveau lebt.«

Sie sah ihn ernst an. »Ich bin kein Engel, mein Herr. Unsere Zeit ist mit den Engeln böse. Was sollen wir anfangen? Wenn wir einen Mann liebhaben, liefern wir uns ihm aus. Wir trennen uns von allem, was vorher war, und kommen zu ihm.

Da bin ich, sagen wir freundlich lächelnd. Ja, sagt er, da bist du, und kratzt sich hinterm Ohr. Allmächtiger, denkt er, nun habe ich sie auf dem Hals. Leichten Herzens schenken wir ihm, was wir haben. Und er flucht. Die Geschenke sind ihm lästig. Erst flucht er leise, später flucht er laut. Und wir sind allein wie nie zuvor. Ich bin fünfundzwanzig Jahre alt, und von zwei Männern wurde ich stehengelassen. Stehengelassen wie ein Schirm, den man absichtlich irgendwo vergißt. Stört Sie meine Offenheit?«

»Es geht vielen Frauen so. Wir jungen Männer haben Sorgen. Und die Zeit, die übrigbleibt, reicht fürs Vergnügen, nicht für die Liebe. Die Familie liegt im Sterben. Zwei Möglichkeiten gibt es ja doch nur für uns, Verantwortung zu zeigen. Entweder der Mann verantwortet die Zukunft einer Frau, und wenn er in der nächsten Woche die Stellung verliert, wird er einsehen, daß er verantwortungslos handelte. Oder er wagt es, aus Verantwortungsgefühl, nicht, einem zweiten Menschen die Zukunft zu versauen, und wenn die Frau darüber ins Unglück gerät, wird er sehen, daß auch diese Entscheidung verantwortungslos war. Das ist eine Antinomie, die es früher nicht gab.«

Fabian setzte sich aufs Fensterbrett. Gegenüber war ein Fenster erleuchtet. Er blickte in ein mäßig möbliertes Zimmer. Eine Frau saß am Tisch und stützte den Kopf in die Hand. Und ein Mann stand davor, gestikulierte mit den Armen, bewegte schimpfend den Mund, riß den Hut von einem Haken und verließ den Raum. Die Frau nahm die Hände vom Gesicht und starrte auf die Tür. Dann legte sie den Kopf auf den Tisch, ganz langsam und ganz ruhig, als warte sie auf ein niederfallendes Beil. Fabian wandte sich ab und betrachtete das Mädchen, das neben ihm im Lehnstuhl saß. Auch sie hatte die Szene drüben im anderen Haus beobachtet und sah ihn traurig an.

»Schon wieder ein verhinderter Engel«, meinte er.

»Der zweite Mann, den ich liebte und damit belästigte«, sagte sie leise, »ging eines schönen Abends aus der Wohnung, um einen Brief in den Kasten zu werfen. Er ging die Treppe hinunter und kam nicht wieder.« Sie schüttelte den Kopf, als verstehe sie das Erlebnis noch immer nicht.

»Ich wartete drei Monate darauf, daß er vom Briefkasten zurückkehre. Komisch, nein? Dann schickte er eine Ansichtskarte aus Santiago, mit vielen herzlichen Grüßen. Meine Mutter sagte: ›Du bist eine Dirne!‹ und als ich zu bedenken gab, daß sie ihren ersten Mann mit achtzehn Jahren und das erste Kind mit neunzehn Jahren gehabt habe, rief sie entrüstet: ›Das war etwas ganz Andres!‹ Freilich, das war etwas ganz Anderes.«

»Warum sind Sie nach Berlin gekommen?«

»Früher verschenkte man sich und wurde wie ein Geschenk bewahrt. Heute wird man bezahlt und eines Tages, wie jede bezahlte und benutzte Ware, weggetan. Bezahlung ist billiger, denkt der Mann.«

»Früher war das Geschenk etwas ganz Anderes als die Ware. Heut ist das Geschenk eine Ware, die null Mark kostet. Diese Billigkeit macht den Käufer mißtrauisch. Sicher ein faules Geschäft, denkt er. Und meist hat er recht. Denn später präsentiert ihm die Frau die Rechnung. Plötzlich soll er den moralischen Preis des Geschenks rückvergüten. In seelischer Valuta. Als Lebensrente zu zahlen.«

»Genauso ist es«, sagte sie. »Genauso denken die Männer. Aber warum nennen Sie dann dieses Atelier einen Saustall? Hier sind doch die Frauen so ähnlich, wie ihr sie haben wollt! Oder etwa nicht? Ich weiß, was euch zu eurem Glück noch fehlt. Wir sollen zwar kommen und gehen, wann ihr es wollt. Aber wir sollen weinen, wenn ihr uns fortschickt. Und wir sollen selig sein, wenn ihr uns winkt. Ihr wollt den Warencharakter der Liebe, aber die Ware soll verliebt sein. Ihr zu allem berechtigt und zu nichts verpflichtet, wir zu allem verpflichtet und zu nichts berechtigt, so sieht euer Paradies aus. Doch das geht zu weit. Oh, das geht zu weit!« Fräulein Battenberg putzte sich die Nase. Dann fuhr sie fort: »Wenn wir euch nicht behalten dürfen, wollen wir euch auch nicht lieben. Wenn ihr uns kaufen wollt, dann sollt ihr teuer dafür bezahlen.« Sie schwieg. Ihr liefen kleine Tränen übers Gesicht.

»Sie sind deswegen nach Berlin gekommen?« fragte Fabian.

Sie weinte geräuschlos.

Er trat neben sie und streichelte ihre Schulter. »Sie verstehen auch nichts von Geschäften«, sagte er und blickte zwischen zwei Gipsfiguren in den anderen Teil des Ateliers. Der Abendakt saß auf dem Tisch und trank Gin. Die Bildhauerin beugte sich über die nackte Frau und küßte sie auf den wenig gewölbten Bauch und auf die Brust. Die Selow trank inzwischen das Glas leer und strich der Freundin gleichgültig über den Rükken. Diese küßte, jene trank, keine schien recht zu wissen, was die andere tat. Und im Hintergrund, auf der Chaiselongue, lagen die Kulp und Labude, zu einem flüsternden Knäuel verwickelt.

Jetzt klingelte es draußen. Die Reiter richtete sich auf und ging mit schweren Schritten hinaus. Die Selow zog die Strümpfe an. Ein riesiger Mann kam durch die Tür. Er atmete keuchend, hatte ein Holzbein und ging an einem Stock.

»Ist die Kulp da?« fragte er. Die Reiter nickte. Er zog ein paar Geldscheine aus der Tasche, gab sie der Bildhauerin und sagte: »Ihr andern solltet eine Stunde fortgehen. Die Selow kannst du mir eventuell noch dalassen.« Er sank auf einen Stuhl und lachte schwerfällig. »Nein, nein, Baron, es war nur Spaß.«

Die Kulp kroch von der Chaiselongue, strich sich das Kleid glatt und gab dem Mann die Hand. »Tag, Wilhelmy, noch immer nicht tot?«

Wilhelmy wischte sich den Schweiß von der Stirn und schüttelte den Kopf.

»Lange kann's aber nicht mehr dauern. Sonst ist das Geld früher zu Ende als ich.« Er gab auch ihr ein paar Geldscheine. »Selow!« rief er, »sauf den Gin nicht aus! Und zieh dich schneller an.«

»Geht in die ›Cousine‹. Ich komme nach«, sagte die Kulp. Dann rüttelte sie Labude munter. »Mein Lieber, du wirst jetzt rausgeschmissen. Hier ist einer, dem die Ärzte erzählt haben, daß er noch in diesem Monat stirbt. Er lauert auf den Tod wie unsereins auf die Periode. Ich helf ihm bloß ein Viertelstündchen warten. Später treff ich euch wieder.«

Labude stand auf. Die Reiter holte ihren Mantel. Fabian kam mit Fräulein Battenberg hinter den Plastiken vor. Die Selow war mit Anziehen fertig. Sie gingen. Der Todeskandidat und die Kulp blieben zurück.

»Hoffentlich prügelt er sie nicht so sehr wie beim letzten Mal«, sagte die Bildhauerin auf der Treppe. »Es bringt ihn auf, daß Andere länger leben dürfen als er.«

»Die hat nichts dagegen, die liebt die Keile«, meinte die Selow. »Und außerdem, von ihrer Zeichnerei kann sie nicht leben und nicht sterben.«

»Feine Berufe haben wir!« Die Reiter lachte wütend.

Die ›Cousine‹ war ein Klublokal, in dem vorwiegend Frauen verkehrten. Sie tanzten miteinander. Sie saßen Arm in Arm auf kleinen grünen Sofas. Sie sahen einander tief in die Augen. Sie tranken Schnaps, und manche trugen Smokingjacken und hochgeschlossene Blusen, um den Männern recht ähnlich zu sein. Die Inhaberin hieß wie ihr Lokal, rauchte schwarze Zigarren und vermittelte Bekanntschaften. Sie ging von Tisch zu Tisch, begrüßte die Gäste, erzählte handfeste Witze und soff wie ein Budiker.

Labude schien sich vor Fabian und vor sich selber zu schämen. Er tanzte mit dem Abendakt, setzte sich dann mit der Frau an die Theke und drehte dem Freund den Rücken. Ruth Reiter war eifersüchtig, nahm sich aber zusammen. Sie blickte ganz selten nach der Bar, sah blaß aus und begann zu trinken. Später schob sie an einen anderen Tisch und unterhielt sich dort mit einer älteren Dame, die schrecklich geschminkt war und, wenn sie lachte, derartig gackerte, daß jeder, der es hörte, dachte: Gleich legt sie ein Ei.

»Ich kann unser Gespräch noch nicht vergessen«, sagte Fabian zu Fräulein Battenberg. »Halten Sie wirklich alle Frauen, die hier versammelt sind, für gebürtige Abnormitäten? Die Blondine da drüben war jahrelang die Freundin eines Schauspielers, bis er sie ruckartig an die Luft setzte. Dann ging sie ins Büro und schlief mit dem Prokuristen. Sie kriegte ein Kind und verlor den Posten. Der Prokurist leugnete die Vaterschaft. Das Kind wurde aufs Land gegeben. Die Blondine bekam eine neue Stellung. Aber sie hat, vielleicht für immer, mindestens vorübergehend, von den Männern genug, und Mancher, die außer ihr hier sitzt, erging es ähnlich. Die Eine findet keinen Mann, dic Andere findet zu viele, die Dritte hat panische Angst vor den Folgen. Hier sitzen viele Frauen, die mit den Männern nur böse sind. Die Selow, die mit meinem Freunde zusammenhockt, gehört auch zu dieser Sorte. Sie ist nur lesbisch, weil sie mit dem andern Geschlecht schmollt.«

»Wollen Sie mich nach Haus bringen?« fragte Fräulein Battenberg.

»Es gefällt Ihnen hier nicht?«

Sie schüttelte den Kopf.

Da ging die Tür auf, die Kulp taumelte ins Lokal. Vor dem Tisch, an dem die Bildhauerin saß, blieb sie stehen und öffnete den Mund. Sie schrie nicht, sie sprach nichts. Sie brach zusammen. Die Frauen drängten sich neugierig um die Ohnmächtige. Die Cousine brachte Whisky. »Der Wilhelmy hat sie wieder geschlagen«, sagte die Reiter.

»Ein Hoch auf die Männer!« schrie ein Mädchen und lachte hysterisch.

»Holt den Doktor aus dem Hinterzimmer!« rief die Cousine. Man rannte durcheinander. Der Klavierspieler, der ebenso witzig wie betrunken war, intonierte den Trauermarsch von Chopin.

»Das soll der Doktor sein?« fragte Fräulein Battenberg. Durch die Seitentür trat eine große, magere Dame im Abendkleid, das Gesicht glich einem weißgepuderten Totenkopf.

»Ja, das ist ein medizinisch vorgebildeter Mann«, sagte Fabian. »Er war sogar einmal Korpsstudent. Sehen Sie die Schmisse unterm Puder? Jetzt ist er Morphinist und hat polizeiliche Erlaubnis, Frauenkleidung zu tragen. Er lebt davon, daß er Morphiumrezepte verschreibt. Eines Tages werden sie ihn erwischen, dann vergiftet er sich.«

Man trug die Kulp ins Hinterzimmer. Der Doktor im Abendkleid folgte. Der Klavierspieler begann einen Tango. Die Bildhauerin holte den Abendakt zum Tanz, preßte die Freundin eng an sich und sprach heftig auf sie ein. Die Selow war völlig betrunken, hörte kaum zu und schloß die Augen. Plötzlich riß sie sich los, überquerte schwankend das Parkett, schlug den Klavierdeckel zu, daß das Instrument jammerte, und brüllte: »Nein!«

Es wurde totenstill. Die Bildhauerin stand allein auf der Tanzfläche und hatte die Hände ineinandergekrampft.

»Nein!« brüllte die Selow noch einmal. »Ich habe genug davon. Bis dahin. Ich will einen Mann haben! Einen Mann will ich haben! Steig mir doch den Buckel runter, du geile Ziege!« Sie zerrte Labude von seinem Hocker, gab ihm einen Kuß, hieb sich den Hut auf den Kopf und zog den jungen Mann, kaum daß er den Mantel mitnehmen konnte, zur Tür. »Es lebe der kleine Unterschied!« schrie sie. Dann waren die beiden verschwunden.

»Es ist wirklich besser, wenn wir gehen.« Fabian erhob sich, legte Geld auf den Tisch und half der Battenberg beim Anziehen. Als sie gingen, stand Ruth Reiter, auch der Baron genannt, noch immer auf dem Tanzparkett. Niemand wagte es, sich ihr zu nähern.

ZEHNTES KAPITEL

Topographie der Unmoral • Die Liebe höret nimmer auf! • Es lebe der kleine Unterschied!

»Wieso ist dieser Mensch Ihr Freund?« fragte sie auf der Straße.

»Sie kennen ihn doch gar nicht!« Er ärgerte sich über ihre Frage und er ärgerte sich über seine Antwort. Sie gingen schweigend nebeneinander. Nach einer Weile sagte er: »Labude hat Pech gehabt. Er ist nach Hamburg gefahren und hat zugesehen, wie ihn seine zukünftige Gattin betrogen hat. Er organisiert gern. Seine Zukunft war, nach der familiären Seite, bis auf die fünfte Stelle nach dem Komma ausgerechnet. Und nun stellt sich über Nacht heraus, es war alles falsch. Er will das rasch vergessen und versucht es zunächst auf horizontale Art.«

Sie blieben vor einem Geschäft stehen. Der Laden war trotz der nächtlichen Stunde hell erleuchtet, und die Kleider und Blusen und Lackgürtel lagen zwischen den dunklen Häusern wie auf einer kleinen, von der Sonne beschienenen Insel.

»Können Sie mir sagen, wie spät es ist?« fragte jemand neben ihnen. Fräulein Battenberg erschrak und faßte den Arm ihres Begleiters. »Zehn nach zwölf«, sagte Fabian.

»Danke schön. Da muß ich mich beeilen.« Der junge Mann, der sie angesprochen hatte, bückte sich und nestelte umständlich an einem Schnürsenkel. Dann richtete er sich wieder auf und fragte verlegen lächelnd: »Haben Sie zufällig fünfzig Pfennige einstecken, die Sie entbehren könnten?«

»Zufällig ja«, antwortete Fabian und gab ihm ein Zweimarkstück.

»Oh, das ist schön. Haben Sie vielen Dank, mein Herr. Da brauche ich nicht bei der Heilsarmee zu übernachten.« Der Fremde zuckte entschuldigend die Achseln, lüftete den Hut und lief hastig davon.

»Ein gebildeter Mensch«, meinte Fräulein Battenberg.

»Ja, er fragte nach der Zeit, ehe er uns anbettelte.«

Sie setzten ihren Weg fort. Fabian wußte nicht, wo das Mädchen wohnte. Er ließ sich führen, obwohl er die Gegend besser kannte als sie. »Das Schlimmste an der Geschichte ist das«, sagte er. »Labude hat, allerdings fünf Jahre zu spät, bemerkt, daß ihn Leda, eben jene Frau aus Hamburg, niemals lieb hatte. Sie hat ihn nicht betrogen, weil er zu selten bei ihr war. Sie betrog ihn, weil sie ihn nicht liebte. Er stand ihr nur individuell nahe, er war nicht ihr Typus. Es gibt auch den umgekehrten Fall. Man kann jemanden mögen, weil er den richtigen Typus verkörpert, aber man kann seine Individualität nicht leiden.«

»Und daß jemand in jeder Beziehung der Richtige ist, kommt das nicht vor?«

»Man soll nicht gleich das Äußerste hoffen«, erwiderte Fabian. »Und was führt Sie, außer Ihrem kriegerischen Vorsatz, nach Sodom und Gomorrha?«

»Ich bin Referendar«, erklärte sie. »Meine Dissertation betraf eine Frage zum internationalen Filmrecht, und eine große Berliner Filmgesellschaft will mich in ihrer Vertragsabteilung volontieren lassen. Hundertfünfzig Mark im Monat.«

»Werden Sie doch Filmschauspielerin!«

»Wenn es sein muß, auch das«, sagte sie entschlossen. Und beide lachten. Sie gingen durch die Geisbergstraße. Nur selten durchquerte ein Auto die Nachtruhe. In den Vorgärten dufteten Blumenbeete. In einer Haustür streichelte sich ein Liebespaar.

»Sogar der Mond scheint in dieser Stadt«, bemerkte die Kennerin des internationalen Filmrechts.

Fabian drückte ihren Arm ein wenig. »Ist es nicht fast wie zu Hause?« fragte er. »Aber Sie täuschen sich. Der Mondschein und der Blumenduft, die Stille und der kleinstädtische Kuß im Torbogen sind Illusionen. Dort drüben, an dem Platz, ist ein Café, in dem Chinesen mit Berliner Huren zusammensitzen, nur Chinesen. Da vorn ist ein Lokal, wo parfümierte homosexuelle Burschen mit eleganten Schauspielern und smarten Engländern tanzen und ihre Fertigkeiten und den Preis bekanntgeben, und zum Schluß bezahlt das Ganze eine blondgefärbte Greisin, die dafür mitkommen darf. Rechts an der Ecke ist ein Hotel, in dem nur Japaner wohnen, daneben liegt ein Restaurant, wo russische und ungarische Juden einander anpumpen oder sonstwie übers Ohr hauen. In einer der Nebenstraßen gibt es eine Pension, wo sich nachmittags minderjährige Gymnasiastinnen verkaufen, um ihr Taschengeld zu erhöhen. Vor einem halben Jahr gab es einen Skandal, der nur schlecht vertuscht wurde; ein älterer Herr fand in dem Zimmer, das er zu Vergnügungszwecken betrat, zwar, wie er erwartet hatte, ein sechzehnjähriges entkleidetes Mädchen vor, aber es war leider seine Tochter, und das hatte er nicht erwartet … Soweit diese riesige Stadt aus Stein besteht, ist sie fast noch wie einst. Hinsichtlich der Bewohner gleicht sie längst einem Irrenhaus. Im Osten residiert das Verbrechen, im Zentrum die Gaunerei, im Norden das Elend, im Westen die Unzucht, und in allen Himmelsrichtungen wohnt der Untergang.«

»Und was kommt nach dem Untergang?«

Fabian pflückte einen kleinen Zweig, der über ein Gitter hing, und gab zur Antwort: »Ich fürchte, die Dummheit.«

»In der Stadt, aus der ich bin, ist die Dummheit schon eingetroffen«, sagte das Mädchen. »Aber was soll man tun?«

»Wer ein Optimist ist, soll verzweifeln. Ich bin ein Melancholiker, mir kann nicht viel passieren. Zum Selbstmord neige ich nicht, denn ich verspüre nichts von jenem Tatendrang, der Andere nötigt, so lange mit dem Kopf gegen die Wand zu rennen, bis der Kopf nachgibt. Ich sehe zu und warte. Ich warte auf den Sieg der Anständigkeit, dann könnte ich mich zur Verfügung stellen. Aber ich warte darauf, wie ein Ungläubiger auf Wunder. Liebes Fräulein, ich kenne Sie noch nicht. Trotzdem, oder vielleicht gerade deswegen, möchte ich Ihnen für den Umgang mit Menschen eine Arbeitshypothese anvertrauen, die sich bewährt hat. Es handelt sich um eine Theorie, die nicht richtig zu sein braucht. Aber sie führt in der Praxis zu verwendbaren Ergebnissen.«

»Und wie lautet Ihre Hypothese?«

»Man halte hier jeden Menschen, mit Ausnahme der Kinder und Greise, bevor das Gegenteil nicht unwiderleglich bewiesen ist, für verrückt! Richten Sie sich darnach. Sie werden bald erfahren, wie nützlich der Satz sein kann.«

»Soll ich bei Ihnen damit beginnen?« fragte sie.

»Ich bitte darum«, meinte er.

Sie schwiegen und überquerten den Nürnberger Platz. Ein Auto bremste dicht vor ihnen. Das Mädchen zitterte. Sie gingen in die Schaperstraße. In einem verwahrlosten Garten schrien Katzen. An den Rändern der Fußsteige standen Alleebäume, bedeckten den Weg mit Dunkelheit und verbargen den Himmel.

»Ich bin angelangt«, sagte sie und machte vor dem Hause Nummer 17 halt. In dem Hause, in dem auch Fabian wohnte!

Er verbarg seine Verwunderung und fragte, ob er sie wiedersehen dürfe.

»Wollen Sie es wirklich?«

»Unter einer Bedingung: daß auch Sie es wünschen.«

Sie nickte und legte einen Augenblick lang den Kopf an seine Schulter. »Ich will es auch.« Er drückte ihre Hand. »Diese Stadt ist so groß«, flüsterte sie und schwieg unschlüssig. »Werden Sie mich falsch verstehen, wenn ich Sie bitte, für eine halbe Stunde zu mir hinaufzukommen? Das Zimmer ist mir noch so fremd. Kein Wort klingt nach und keine Erinnerung, denn ich habe darin noch mit niemandem gesprochen, und nichts ist da, woran es mich erinnern könnte. Und vor den Fenstern schwanken nachts schwarze Bäume.«

Fabian sagte lauter, als er wollte: »Ich komme gern mit. Schließen Sie nur auf.« Sie steckte den Schlüssel ins Schloß und drehte um. Doch ehe sie die Tür aufschob, wandte sie sich noch einmal zu ihm. »Ich bin sehr in Sorge, daß Sie mich mißverstehen.« Er drückte die Tür auf und schaltete die Treppenbeleuchtung ein. Dann ärgerte er sich, daß er sich dadurch verraten haben könnte. Aber sie wurde nicht stutzig, schloß hinter ihm ab und ging voraus. Er folgte und amüsierte sich über die Heimlichkeit, mit der er heute dieses Haus betrat. In welcher Etage mochte sie wohnen? Sie blieb tatsächlich vor der Tür seiner Wirtin, vor der Tür der Witwe Hohlfeld, stehen und öffnete.

Im Flur brannte Licht. Zwei junge Mädchen in rosa Hemdhöschen spielten mit einem grünen Luftballon Fußball. Sie erschraken und begannen vor Schreck zu kichern. Fräulein Battenberg stand starr. Da ging die Toilettentür auf, und Herr Tröger, der sinnliche Stadtreisende, erschien im Pyjama.

»Halten Sie Ihren Harem besser unter Verschluß«, brummte Fabian.

Herr Tröger grinste, trieb die Mädchen in seinen Serail und riegelte ab. Fabian legte die Hand versehentlich auf die Klinke zu seinem eigenen Zimmer.

»Um Gottes willen«, flüsterte Fräulein Battenberg. »Da wohnt jemand anderes.«

»Pardon«, sagte Fabian und folgte ihr durch den Korridor in den letzten Raum. Er legte Hut und Mantel aufs Sofa, sie hängte ihren Mantel in den Schrank. »Eine fürchterliche Bude«, sagte sie lächelnd. »Und achtzig Mark im Monat.«

»Ich zahle genau so viel«, tröstete er.

Nebenan wurde gelärmt. Die Sprungfedern knirschten unwillig. »Die Nachbarschaft habe ich gratis«, meinte sie.

»Bohren Sie ein Loch in die Wand und verlangen Sie Eintritt.«

»Ach, ich bin so froh«, sie rieb sich die Hände wie vor einem Kamin. »Wenn ich allein bin, wirkt dieser Salon noch viel gräßlicher. Ich bin Ihnen sehr dankbar. Wollen Sie sich mal die schaurigen Bäume anschauen?«

Sie traten ans Fenster. »Heute sind sogar die Bäume freundlicher«, stellte sie fest. Dann sah sie ihn an und murmelte: »Das macht, weil ich sonst allein bin.« Er zog sie behutsam an sich und gab ihr einen Kuß. Sie küßte ihn wieder. »Nun wirst du denken, daß ich dich deshalb bat mitzukommen.«

»Freilich denke ich das«, gab er zur Antwort. »Aber du wußtest es selber noch nicht.«

Sie rieb ihre Wange an der seinen und blickte durchs Fenster.

»Wie heißt du eigentlich?« fragte er.

»Cornelia.«

Als sie nebeneinander im Bett lagen, sagte er ehrlich bekümmert, während er ihr mit den Händen über das Gesicht strich und dabei die Augen schloß, um das Gepräge des Gesichts zu spüren: »Weißt du noch, daß wir heute abend einmal in einem

Atelier saßen, hinter Göttinnen aus Gips, und daß du erzähltest, wie du die Männer für ihren Egoismus bestrafen willst?«

Sie drückte lauter kleine Küsse auf seine Hände. Dann holte sie tief Atem und antwortete: »An dem Vorsatz hat sich nichts geändert, wirklich nicht. Aber mit dir mach ich eine Ausnahme. Mir ist ganz so, als ob ich dich liebhabe.«

Er setzte sich hoch. Aber sie zog ihn wieder zu sich herab. »Vorhin, als wir uns umarmten, hab ich geweint«, flüsterte sie. Und als sie sich dessen erinnerte, traten ihr von neuem Tränen in die Augen, aber sie lächelte unter diesen Tränen, und er war seit langem wieder einmal beinahe glücklich. »Ich habe geweint, weil ich dich liebhabe. Aber daß ich dich liebhabe, das ist meine Sache, hörst du? Und es geht dich nichts an. Du sollst kommen und gehen, wann du willst. Und wenn du kommst, will ich mich freuen, und wenn du gehst, will ich nicht traurig sein. Das versprech ich dir.« Sie drängte sich an ihn und preßte ihren Körper an den seinen, daß Beiden der Atem verging. »So«, rief sie, »und jetzt hab ich Hunger!«

Er zog ein so verdutztes Gesicht, daß sie lachte.

Sie erklärte ihm die Sache. »Das ist so: wenn ich wen liebhabe, ich meine, wenn mich jemand liebgehabt hat, aber du verstehst mich schon, ja? dann hab ich hinterher immer fürchterlichen Hunger. Der Hunger hat nur einen Haken. Ich habe nichts zu essen da. Ich konnte ja nicht wissen, daß ich in dieser fürchterlichen Stadt so bald solchen Hunger bekäme.« Sie lag auf dem Rücken und lächelte die Zimmerdecke an, die Engelsköpfe aus Stuck inbegriffen.

Fabian stand auf und meinte: »Da müssen wir eben einbrechen.« Dann hob er sie aus dem Bett, öffnete die Tür und zog die widerstrebende Cornelia in den Korridor. Sie sträubte sich, aber er faßte sie unter, und sie spazierten, Adam und Eva zum Verwechseln ähnlich, den Flur entlang, bis vor Fabians Tür.

»Das ist ja entsetzlich«, jammerte sie und wollte entfliehen. Aber er drückte die Klinke nieder und transportierte das Mädchen in sein Zimmer. Sie klapperte kläglich mit den Zähnen. Er machte Licht, verbeugte sich und äußerte feierlich: »Herr Doktor Fabian erlaubt sich, Fräulein Doktor Battenberg in seinen Gemächern willkommen zu heißen.« Dann warf er sich auf sein Bett und biß vor Vergnügen ins Kopfkissen.

»Nein!« sagte sie hinter ihm, »das ist nicht möglich.« Aber dann glaubte sie es doch und begann Schuhplattler zu tanzen.

Er stand auf und sah ihr zu. »Du darfst dir nicht so laut hintendrauf klatschen«, erklärte er würdevoll.

»Das ist bei Schuhplattler nicht anders«, meinte sie und tanzte weiter, so echt und so laut es ging. Dann schritt sie gemessen zum Tisch, setzte sich auf einen Stuhl, tat dabei, als ob sie ihr Kleid glattstriche, obwohl sie, augenfällig genug, nichts Derartiges anhatte, und sagte: »Bitte, die Speisekarte.«

Er schleppte Teller, Messer, Gabel, Brot und Wurst und Keks herbei und markierte, während sie aß, den aufmerksamen Oberkellner. Später stöberte sie auf seinem Bücherbrett herum, klemmte sich Lektüre unter den rechten Arm, bot ihm den linken und befahl majestätisch: »Bringen Sie mich unverzüglich in mein Appartement zurück.«

Bevor sie das Licht auslöschten, verabredeten sie noch, daß sie ihn am nächsten Morgen wecken solle. Man entschied sich dafür, daß sie ihn, bis er munter sei, am Ohr zupfen werde.

»Werden sich die Leute freuen, wenn ich mit dem Glockenschlag ins Büro trete«, sagte er begeistert.

Abends wollten sie sich dann wieder in der Wohnung treffen. Wer zuerst da wäre, würde neben seine Türklinke ein Bleistiftkreuz kritzeln. Man nahm sich vor, die Witwe Hohlfeld nach Möglichkeit nichts merken zu lassen.

Dann löschte Cornelia das Licht aus. Sie bettete sich neben

ihn und sagte: »Komm!« Er streichelte ihren Körper. Sie nahm seinen Kopf in ihre Hände, preßte den Mund auf sein Ohr und flüsterte: »Komm! Was rief die Selow? Es lebe der kleine Unterschied!«

ELFTES KAPITEL

Die Überraschung in der Fabrik • Der Kreuzberg und ein Sonderling • Das Leben ist eine schlechte Angewohnheit

Punkt acht Uhr durchquerte Fabian, stolz wie ein Marathonsieger im Ziel, die Toreinfahrt, nickte dem Portier vergnügt zu und rief: »Der Direktor schon da?« Der Portier legte den Finger an die Schirmmütze und schüttelte schläfrig den Kopf. Fabian strahlte vor Selbstbewußtsein. Er sprang die Treppe hoch, rannte durch die leeren Korridore und segelte ins Reklamebüro. Fischer, der seinen Begabungsmangel durch Pünktlichkeit zu ersetzen pflegte, war auch noch nicht da. Die Tatsache glich einem Rckord.

Fabian nahm an seinem Schreibtisch Platz. Er wollte der Direktion ein Preisausschreiben vorschlagen und überflog die Notizen dazu. Die Fabrik sollte dem Einzelhandel hunderttausend sehr billige Sonderpackungen zugänglich machen. Die Schachteln sollten numeriert sein und Zigaretten sechs verschiedener Sorten ohne jeden Schriftaufdruck enthalten. Die Käuferschaft sollte erraten, wieviel Zigaretten der sechs bekannten Marken der Firma in der Packung enthalten wären. Wer eine billige Schachtel erwarb, mußte, wenn er die Aufgabe lösen und einen der Preise gewinnen wollte, notgedrungen je eine der sechs Spezialpackungen kaufen, die seit langem im

Handel waren, also sechs Packungen außer der billigen Sonderschachtel. Wenn sich hunderttausend Interessenten fanden, konnten automatisch sechshunderttausend andere Packungen, insgesamt siebenhunderttausend Schachteln, umgesetzt werden. Dazu kam die allgemeine Absatzsteigerung, die einem geschickt propagierten Kundenfang zu folgen pflegt. Fabian begann eine ungefähre Kalkulation aufzustellen.

Da erschien Fischer, rief: »Nanu?« und blickte dem Kollegen neugierig über die Schulter.

»Der Entwurf fürs Preisausschreiben«, sagte Fabian. »Passen Sie auf, von heute ab bin ich ebenso pünktlich wie Sie.«

Fischer zog das graue Lüsterjackett an, das er im Büro trug. »Wie wollen Sie das machen?«

»Ich habe seit gestern einen schönen neuen Wecker«, meinte Fabian.

»Teuer?«

»Nein.«

»Keinen Garantieschein gekriegt?«

»Auch nicht.«

»Das ist bedenklich.« Fischer wiegte den Kopf. »Darf ich Ihnen nachher mal meine Zweizeiler zeigen?«

»Gern. Heute habe ich Sinn für Lyrik.«

Da klopfte es. Der Hausbote Schneidereit, ein ältliches, wackliges Faktotum, auch der Erfinder des Plattfußes geheißen, schob sich ins Zimmer. Er legte mürrisch einen großen gelben Brief auf Fabians Schreibtisch und entfernte sich wieder.

Der Brief enthielt Fabians Papiere, eine Anweisung an die Hauptkasse und ein kurzes Schreiben mit diesem Inhalt:

»Sehr geehrter Herr, die Firma sieht sich veranlaßt, Ihnen unter dem heutigen Tage die Kündigung auszusprechen. Das am Monatsende zahlbare Gehalt wird Ihnen schon heute an der Kasse ausgefolgt werden. Wir haben uns erlaubt, aus freien Stücken in der Anlage ein Zeugnis beizufügen, und wollen auch an dieser Stelle gern bekunden, daß Sie für die propagandistische Tätigkeit besonders qualifiziert erscheinen. Die Kündigung ist eine bedauerliche Folge der vom Aufsichtsrat beschlossenen Senkung des Reklamebudgets. Wir danken Ihnen für die dem Unternehmen geleistete Arbeit und wünschen Ihnen für Ihr weiteres Fortkommen das Beste.« Unterschrift. Aus.

Fabian saß minutenlang, ohne sich zu rühren. Dann stand er auf, zog sich an, steckte den Brief in den Mantel und sagte zu Fischer: »Auf Wiedersehen. Lassen Sie sich's gut gehen.«

»Wo wollen Sie denn hin?«

»Man hat mir eben gekündigt.«

Fischer sprang auf. Er war grün im Gesicht. »Was Sie nicht sagen! Das hat Ihnen Breitkopf eingebrockt. So ein Ignorant!«

»Intrigant, meinen Sie«, verbesserte Fabian.

Fischer trat auf den gekündigten Kollegen zu und drückte ihm mit feuchter Hand sein Bedauern aus. »Na, zum Glück läßt Sie die Sache kalt. Sie sind ein patenter Kerl, und zweitens haben Sie keine Frau am Hals. Aber Ihren neuen Wecker können Sie nun nicht brauchen.«

»Das bedaure ich am meisten«, sagte Fabian und setzte den Hut auf.

Plötzlich stand Direktor Breitkopf im Zimmer, zögerte, als er sah, daß Fischer nicht allein war, und wünschte schließlich einen guten Morgen.

»Guten Morgen, Herr Direktor«, grüßte Fischer und verbeugte sich zweimal.

Fabian tat, als sehe er Breitkopf nicht, wandte sich dem Kollegen zu und sagte: »Auf dem Schreibtisch liegt mein Preisausschreiben-Projekt. Ich vermach es Ihnen.« Fischer dankte betreten. »Und wenn Sie Herrn Direktor Breitkopf treffen sollten«, fuhr Fabian fort, »so richten Sie ihm doch aus, daß Sie von mir gebeten worden seien, ihm etwas auszurichten, was Sie nicht auszurichten wagten. Sagen Sie ihm, es habe sich um einen klassischen Imperativ gehandelt, den man normalerweise nicht ganz wörtlich meint, sondern dessen man sich nur rhetorisch bedient, um jenen Grad von gewährter Hochschätzung auszudrücken, der beträchtlich unter Null liegt.« Damit verließ Fabian seine Wirkungsstätte und holte sich an der Kasse zweihundertsiebzig Mark. Bevor er auf die Straße trat, blieb er minutenlang im Tor stehen. Lastautos ratterten vorbei. Ein Depeschenbote sprang vom Rad und eilte ins gegenüberliegende Gebäude. Das Nebenhaus war von einem Gerüst vergittert. Maurer standen auf den Laufbrettern und verputzten den grauen, bröckligen Bewurf. Eine Reihe bunter Möbelwagen bog schwerfällig in die Seitenstraße. Der Depeschenbote kam zurück, stieg hastig auf sein Rad und fuhr weiter. Fabian stand im Torbogen, griff in die Tasche, ob das Geld noch drin sei, und dachte: Was wird mit mir? Dann ging er, da er nicht arbeiten durfte, spazieren.

Er lief kreuz und quer durch die Stadt, trank gegen Mittag, Hunger hatte er nicht, bei Aschinger eine Tasse Kaffee und setzte sich von neuem in Bewegung, obwohl er sich lieber traurig in den tiefen Wald verkrochen hätte. Aber wo war hier ein tiefer Wald? Er lief und lief und rannte sich den Kummer in den Stiefelsohlen ab. Auf der Belle Alliance-Straße erkannte er das Haus wieder, in dem er zwei Semester lang als Student gelebt hatte. Es stand wie ein alter Bekannter da, den man lange nicht gesehen hat und der verlegen abwartet, ob man ihn grüßen wird oder nicht. Fabian stieg die Treppen hinauf und sah nach, ob die alte Geheimratswitwe noch immer hier wohne. Aber es war ein fremdes Schild an der Tür. Er kehrte um. Die alte Dame war ganz weißhaarig und sehr schön gewesen. Er entsann sich des regelmäßigen dummen Greisinnengesichts. Im Inflationswinter hatte er kein Geld zum Heizen gehabt. Er hatte, im Mantel vergraben, dort oben gehockt und an einem Vortrag über Schillers moralästhetisches System gearbeitet. Sonntags war er gelegentlich von der alten Dame zum Mittagessen eingeladen und über die familiären Vorgänge in ihrem umfangreichen Bekanntenkreis aufgeklärt worden. Vorher, damals und heute, er war stets ein armes Luder gewesen, und er hatte große Aussichten, eines zu bleiben. Seine Armut war schon eine schlechte Angewohnheit, wie bei anderen das Krummsitzen oder das Nägelkauen.

Gestern nacht, bevor er einschlief, hatte er noch gedacht: Vielleicht sollte man doch eine kleine Tüte Ehrgeiz säen in dieser Stadt, wo Ehrgeiz so rasch Früchte trug; vielleicht sollte man sich selber doch ein wenig ernster nehmen und in dem wackligen Weltgebäude, als ob alles in Ordnung sei, eine lauschige Dreizimmerwohnung einrichten; vielleicht war es Sünde, das Leben zu lieben und kein seriöses Verhältnis mit ihm zu haben. Cornelia, der weibliche Referendar, hatte daneben gelegen und ihm noch im Schlaf die Hand gedrückt. Mitten in der Nacht, hatte sie ihm am Morgen berichtet, sei sie zusammengefahren und erwacht. Denn er habe sich im Bett aufgesetzt und energisch erklärt: »Ich werde die Annoncen leuchten lassen!« Dann sei er wieder zurückgesunken.

Er stieg langsam auf das Plateau des Kreuzberges und setzte sich auf eine Bank, die der Pflege des Publikums empfohlen war. Auf einem Schild stand: Bürger, schont eure Anlagen! Der Magistrat hatte den außerordentlich zweideutigen Satz unterschrieben, der Magistrat mußte es wissen. Fabian betrachtete den riesigen Stamm eines Baumes. Die Rinde war von tausend senkrechten Falten zerpflückt. Sogar die Bäume hatten Sorgen. Zwei kleine Schüler gingen an der Bank vorbei. Der eine, der die Hände auf dem Rücken verschränkt hielt, fragte gerade empört: »Soll man sich das gefallen lassen?« Der Andere ließ sich mit der Antwort Zeit. »Gegen die Bande kannst du gar nichts machen«, meinte er schließlich. Was sie weiter sprachen, war nicht mehr zu hören.

Von der anderen Seite des Platzes näherte sich eine merkwürdige Gestalt: ein alter Herr, mit einem weißen Knebelbart und mit einem schlecht gerollten Schirm. Statt eines Mantels trug er eine grünliche, verschossene Pelerine, und der Kopf gipfelte in einem steifen grauen Hut, der vor Jahren schwarz gewesen sein mochte. Der Pelerinenträger steuerte auf die Bank zu, ließ sich, eine Begrüßungsformel murmelnd, neben Fabian nieder, hustete umständlich und zeichnete mit dem Schirm Kreise in den Sand. Er machte einen der Kreise zu einem Zahnrad, brachte dessen Mittelpunkt mit dem Zentrum eines anderen Kreises durch eine Gerade in Verbindung, komplizierte die Skizze durch Kurven und Linien immer mehr, schrieb Formeln daneben und darüber, rechnete, strich durch, rechnete von neuem, unterstrich eine Zahl zweimal und fragte: »Verstehen Sie was von Maschinen?«

»Bedaure«, sagte Fabian. »Wer mich sein Grammophon aufziehen läßt, kann sicher sein, daß es nie mehr funktioniert. Mechanische Feuerzeuge, mit denen ich mich befasse, brennen nicht. Bis zum heutigen Tage halte ich den elektrischen Strom, wie mir der Name zu bestätigen scheint, für eine Flüssigkeit. Und wie es möglich ist, auf der einen Seite geschlachtete Ochsen in elektrisch betriebene Metallgehäuse zu sperren und auf der Rückseite Cornedbeef herauszudestillieren, werde ich niemals begreifen. – Übrigens erinnert mich Ihre Pelerine an meine Internatszeit. Jeden Sonntag marschierten wir in solchen Pelerinen und mit grünen Mützen nach der Martin Luther-Kirche zum Gottesdienst. Während der Predigt schliefen wir alle bis auf den, der die anderen wecken mußte, wenn der Organist den Choral intonierte oder wenn der Hauslehrer auf die Empore kam.« Fabian blickte auf die Pelerine des Nachbarn und spürte, wie dieses Kleidungsstück die Vergangenheit alarmierte. Er sah den blassen dicken Direktor vor sich, wie der jeden Morgen, zu Beginn der Andacht, bevor er sich setzte und das Gesangbuch aufschlug, die Knie einknickte und mit der Hand an die Hose faßte, um sich zu vergewissern, ob der sündige Erdenrest noch anwesend sei. Und er sah sich selber abends durchs Tor der Anstalt schleichen, durch die dämmerigen Straßen, an den Kasernen vorbei, über den Exerzierplatz rennen, die Treppe eines Mietshauses hinaufjagen und auf eine Klingel drücken. Er hörte die zitternde Stimme seiner Mutter hinter der Tür: »Wer ist denn draußen?« Und er hörte sich, außer Atem, rufen: »Ich bin's, Mama! Ich wollte bloß nachsehen, ob's dir heute besser geht.«

Der alte Herr fuhr mit der Spitze seines schlecht gerollten Schirmes so lange über den Sand, bis die Rechnung weggewischt war. »Vielleicht verstehen Sie mich, da Sie von Maschinen nichts verstehen«, sagte er. »Ich bin ein sogenannter Erfinder, Ehrenmitglied von fünf wissenschaftlichen Akademien. Die Technik verdankt mir erhebliche Fortschritte. Ich habe der Textilindustrie dazu verholfen, pro Tag fünfmal soviel Tuch herzustellen als früher. An meinen Maschinen haben viele Leute Geld verdient, sogar ich.« Der alte Herr hustete und zupfte sich nervös am Spitzbart. »Ich erfand friedliche Maschinen und merkte nicht, daß es Kanonen waren. Das konstante Kapital wuchs unaufhörlich, die Produktivität der Betriebe nahm zu, aber, mein Herr, die Zahl der beschäftigten Arbeiter nahm ab. Meine Maschinen waren Kanonen, sie setzten ganze Armeen von Arbeitern außer Gefecht. Sie zertrümmerten den Existenzanspruch von Hunderttausenden. Als ich in Manchester war, sah ich, wie die Polizei auf Ausgesperrte losritt. Man schlug mit Säbeln auf ihre Köpfe. Ein kleines Mädchen wurde von einem Pferd niedergetrampelt. Und ich war daran schuld.« Der alte Herr schob den steifen Hut aus der Stirn und hustete. »Als ich zurückkam, stellte mich meine Familie unter Kuratel. Es paßte ihnen nicht, daß ich Geld wegzuschenken begann und daß ich erklärte, ich wolle mit Maschinen nichts mehr zu schaffen haben. Und dann ging ich fort. Sie haben zu leben, sie wohnen in meinem Haus am Starnberger See, ich bin seit einem halben Jahr verschollen. Vorige Woche las ich in der Zeitung, daß meine Tochter ein Kind geboren hat. So bin ich nun Großvater geworden und laufe wie ein Strolch durch Berlin.«

»Alter schützt vor Klugheit nicht«, sagte Fabian. »Leider sind nicht alle Erfinder so sentimental.«

»Ich dachte daran, nach Rußland zu fahren und mich zur Verfügung zu stellen. Aber ohne Paß darf man nicht hinüber. Und wenn man meinen Namen erfährt, hält man mich erst recht zurück. In meiner Brusttasche sind Skizzen und Berechnungen für eine Webstuhlanlage, die alle bisherigen Textilmaschinen in den Schatten stellt. Millionenwerte stecken in meiner geflickten Tasche. Aber lieber will ich verhungern.« Der alte Herr schlug sich stolz an die Brust und hustete wieder. »Heute abend übernachte ich Yorckstraße 93. Kurz bevor das Tor geschlossen wird, betrete ich das Haus. Wenn der Portier fragt, wohin ich will, sage ich, ich besuche Grünbergs. Die Leute wohnen in der vierten Etage. Der Mann ist Oberpostschaffner. Ich steige hinauf. Ich gehe an der Wohnung der Familie Grünberg vorbei und klettere zum Dachboden. Dort setze ich mich auf die Treppe. Vielleicht ist die Bodentür offen. Manchmal liegt gar eine alte Matratze in irgendeiner Ecke. Morgen früh verschwinde ich dann wieder.«

»Woher kennen Sie Grünbergs?«

»Aus dem Adreßbuch«, antwortete der Erfinder. »Ich muß doch einen Hausbewohner nennen können, falls sich der Portier nach meinen Absichten erkundigt. Am nächsten Morgen kommt der Schwindel häufig raus. Aber die jahrhundertealte Aufforderung, vor einem grauen Haupte aufzustehen und die Alten zu ehren, hat Früchte getragen, bis zu den Portiers hinab. Außerdem wechsle ich täglich meine Adresse. Im Winter erteilte ich an einer Privatschule Physikunterricht. Es wurde leider ein Aufklärungskursus gegen die Wunder der Technik daraus. Das gefiel weder den Schülern noch dem Direktor. Ich zog es vor, mich ein Vierteljahr lang in Postämtern zu wärmen. Jetzt brauche ich die Postämter nicht mehr. Es ist warm. Jetzt sitze ich stundenlang auf den Bahnhöfen und schaue den Menschen zu, die fortreisen, ankommen und zurückbleiben. Das ist alles sehr unterhaltend. Ich sitze da und bin froh, daß ich lebe.«

Fabian notierte seine Adresse und gab sie dem alten Mann. »Heben Sie sich den Zettel gut auf. Und wenn Sie mal ein Portier vorzeitig von der Stiege holt, kommen Sie zu mir. Sie können auf meinem Sofa schlafen.«

Der alte Herr las den Zettel und fragte: »Was wird Ihre Wirtin dazu sagen?«

Fabian zuckte die Achseln.

»Wegen meines Hustens brauchen Sie sich nicht zu ängstigen«, meinte der Alte. »Wenn ich nachts in den dunklen Treppenhäusern sitze, huste ich überhaupt nicht. Ich nehme mich dann zusammen, um die Hausbewohner nicht zu erschrecken. Eine komische Lebensführung, was? Ich habe arm angefangen, ich war später ein reicher Mann, ich bin jetzt wieder ein armer Teufel, es spielt keine Rolle. Wie's kommt, wird's gefressen. Ob mich die Sonne auf meiner Terrasse in Leoni bescheint oder hier auf dem Kreuzberg, das ist mir so egal wie der Sonne.« Der alte Herr hustete und streckte die Beine weit von sich. Fabian stand auf und sagte, er müsse weiter.

»Was sind Sie eigentlich von Beruf?« fragte der Erfinder.

»Arbeitslos«, erwiderte Fabian und schritt einer Allee zu, die in die Straßen Berlins zurückführte.

Als er am Abend, taumelig von dem vielstündigen Marsch, die Wohnung betrat, wollte er sofort zu Cornelia und ihr sein Malheur berichten. Schon die bloße Vorstellung von der kommenden Szene rührte ihn tief. Vielleicht hatte er auch nur Hunger.

Frau Hohlfeld, die Wirtin, vereitelte sein Vorhaben. Sie stand im Korridor und flüsterte, unnötig geheimnisvoll, aber das war ihre Art, Labude sei da. Labude saß in Fabians Zimmer und hatte offensichtlich Kopfschmerzen. Er sei gekommen, sich zu entschuldigen, weil er gestern nacht ohne Gruß den Tisch und das Lokal verlassen habe. Faktisch wollte er etwas ganz anderes. Er wollte wissen, wie Fabian über die Sache mit der Selow dachte.

Labude war ein moralischer Mensch, und es war immer schon sein Ehrgeiz gewesen, seinen Lebenslauf ohne Konzept und ohne Fehler gleich ins Reine zu schreiben. Er hatte als Kind niemals die Löschblätter bekritzelt. Sein Sinn für Moral war eine Konsequenz der Ordnungsliebe. Die Hamburger Enttäuschung hatte sein privates Ordnungssystem und in der Folge seine Moral lädiert. Der seelische Stundenplan war gefährdet. Dem Charakter fehlte das Geländer. Nun kam er, der die Ziele liebte und brauchte, zu Fabian, dem Fachmann der Planlosigkeit. Er hoffte, von ihm zu lernen, wie man Unruhe erfahren und trotzdem ruhig bleiben kann.

»Du siehst schlecht aus«, sagte Fabian.

»Ich habe die Nacht kein Auge zugemacht«, gestand der Freund. »Diese Selow ist schwermütig und ordinär, beides in einem Atem. Sie kann stundenlang auf dem Diwan sitzen und Schweinereien vor sich hinmurmeln, als bete sie eine Litanei. Es ist nicht zum Anhören. Alkohol trinkt sie in solchen Mengen, daß man vom bloßen Zuschauen besoffen wird. Dann fällt ihr wieder ein, daß sie mit einem Mann allein in der Wohnung ist, und man möchte sich gegen Hagelschlag versichern. Dabei empfindet sie bestimmt nicht wie eine normale Frau. Für lesbisch halte ich sie aber auch nicht. Ich glaube, obwohl das komisch klingt, sie ist homosexuell.«

Fabian ließ den Freund reden. Und weil er sich über nichts wunderte, wurde der Andere ruhig. »Morgen fahre ich auf zwei Tage nach Frankfurt«, erzählte Labude noch, bevor er sich verabschiedete. »Rassow kommt auch hin, wir wollen dort eine Initiativgruppe einrichten. Inzwischen mag das Mädchen in der Wohnung Nummer Zwei bleiben. Ihr ist es in den letzten Monaten verdammt dreckig gegangen. Sie soll sich mal ausschlafen. Auf Wiedersehen, Jakob.« Dann ging er.

Fabian betrat Cornelias Zimmer. Was würde sie zu der Kündigung sagen? Aber Ruth Reiter, die Bildhauerin, saß da, sah elend aus, war gar nicht erstaunt, ihm hier zu begegnen, und resümierte, was sie der Battenberg ausführlich schon berichtet hatte: Die kleine Kulp war in die Charité gebracht worden. Sie hatte innere Verletzungen davongetragen, und Wilhelmy, der Todeskandidat mit dem Holzbein, lag seit gestern nacht im Atelier, kriegte keine Luft, keuchte und beschäftigte sich mit Sterben.

Cornelia hatte ein paar Tassen, Teller und Bestecke aus ihrem Koffer geholt, etwas zum Essen besorgt und den Tisch hübsch garniert. Sogar eine weiße Decke und ein Blumenstrauß waren vorrätig. Die Reiter sagte, sie gehe jetzt. Aber ehe sie es vergesse: Ob denn niemand wisse, wo der junge Labude wohne. Es war klar, daß sie nur deshalb gekommen war. Sie hatte gehofft, von ihrer Schulfreundin Fabians Adresse und durch Fabian Labudes Wohnung zu erfahren, da ihr das Personal der Grunewaldvilla keine Auskunft hatte geben können.

»Ich weiß, wo er wohnt«, meinte Fabian. »Außerdem hat er bis vor wenigen Minuten nebenan in meinem Zimmer gesessen. Die Adresse darf ich nicht sagen.«

»Er war hier?« rief die Bildhauerin. »Auf Wiedersehen!« Sie rannte davon.

»Ihr fehlt die Selow«, sagte Cornelia.

»Ihr fehlt die schlechte Behandlung«, sagte Fabian.

»Mir nicht.« Sie küßte ihn und zog ihn an den Tisch, daß er ihre Vorbereitungen zum Abendessen bewundere. »Gefällt dir das?« fragte sie.

»Großartig. Sehr schön. Sei übrigens so nett und sage mir immer, wenn es etwas zum Bewundern gibt. Hast du etwa ein neues Kleid an? Kenne ich diese Ohrringe schon? Trugst du auch gestern den Scheitel in der Mitte? Was mir gefällt, merke ich nicht. Du mußt mich mit der Nase darauf stoßen.«

»Du hast nichts als Fehler«, rief sie. »Jeden einzelnen deiner Fehler könnte ich hassen, alle miteinander habe ich lieb.« Während des Essens erzählte sie, daß sie morgen ihren Posten antreten solle. Sie war heute einer Reihe von Kollegen, Dramaturgen, Produktionsleitern und Direktoren vorgestellt worden und beschrieb das merkwürdige, weitläufige Haus, in dem bis unters Dach wichtige Leute saßen, aus einer Konferenz in die andere stürzten und der Entwicklung des Tonfilms das Leben sauer machten. Fabian verschob die Mitteilung auf später.

Als sie mit dem Essen fertig waren, stellte sie einen Teller mit zwei belegten Broten beiseite und sagte lächelnd: »Die eiserne Ration.«

»Du bist rot geworden«, rief er.

Sie nickte. »Manchmal merkst du also doch, wenn es etwas zum Bewundern gibt.«

Er schlug einen kleinen Spaziergang vor. Sie zog sich an. Er überlegte inzwischen, wie er ihr die Kündigung beibringen wollte. Aber der Spaziergang kam nicht zustande. Als sie vor dem Haus standen, hustete jemand hinter ihnen, und ein fremder Mann wünschte guten Abend. Es war der Erfinder mit der Pelerine. »Die Beschreibung, die Sie mir von Ihrem Sofa gegeben haben, hat mir für heute den Spaß an sämtlichen Treppen und Dachböden verdorben«, erzählte er. »Ich habe um die Yorckstraße einen Bogen gemacht und bin hierhergekommen. Eigentlich mache ich mir Vorwürfe, daß ich Sie behellige, denn schließlich sind Sie selber arbeitslos.«

»Arbeitslos bist du?« fragte Cornelia. »Ist das wahr?«

Der alte Herr entschuldigte sich umständlich, er habe gedacht, die junge Dame wisse Bescheid.

»Heute morgen hat man mir gekündigt.« Fabian ließ Cornelias Arm los. »Zum Abschied bekam ich zweihundertsiebzig Mark in die Hand gedrückt. Wenn ich meine Miete vorausbezahlt habe, bleiben uns noch hundertneunzig Mark. Gestern hätte ich darüber gelacht.«

Als sie den alten Herrn aufs Sofa gepackt und ihm die Stehlampe danebengestellt hatten, denn er wollte an seiner geheimen Maschine herumrechnen, wünschten sie ihm gute Nacht und gingen in Cornelias Zimmer. Fabian kam noch einmal zurück und brachte dem Gast ein paar belegte Brote.

»Ich verspreche Ihnen, nicht zu husten«, flüsterte der Alte.

»Hier darf gehustet werden. Ihr Zimmernachbar geht noch ganz anderen Vergnügungen nach, ohne daß die Wirtin, eine gewisse Frau Hohlfeld, die es früher nicht nötig gehabt hat, deshalb aus dem Bett kippte. Nur wie wir's morgen früh machen, weiß ich noch nicht. Die Wirtin findet ihre Möbel reizend, und daß ein Fremder die ganze Nacht auf ihrem Sofa biwakiert, würde sie ernstlich erzürnen. Schlafen Sie gut. Ich wecke Sie morgen früh. Bis dahin wird mir schon was Passendes einfallen.«

»Gute Nacht, junger Freund«, bemerkte der Alte und holte seine kostbaren Papiere aus der Tasche. »Empfehlen Sie mich dem Fräulein Braut.«

Cornelia schien so glücklich, daß Fabian sich wunderte. Eine Stunde später fraß sie bereits die eiserne Ration auf. »Ach, ist das Leben schön!« sagte sie. »Wie denkst du über die Treue?«

»Kau erst hinter, bevor du so große Worte aussprichst!« Er saß neben ihr, hielt seine Knie umschlungen und blickte auf das ausgestreckte Mädchen nieder. »Ich glaube, ich warte nur auf die Gelegenheit zur Treue, und dabei dachte ich bis gestern, ich wäre dafür verdorben.«

»Das ist ja eine Liebeserklärung«, sagte sie leise.

»Wenn du jetzt heulst, zieh ich dir die Hosen stramm!« drohte er.

Sie kugelte aus dem Bett, zog ihren kleinen rosafarbenen Schlüpfer an und stellte sich vor Fabian hin. Sie lächelte unter Tränen. »Ich heule«, murmelte sie. »Nun halte auch du dein Versprechen.« Dann bückte sie sich. Er zog sie aufs Bett. Sie sagte: »Mein Lieber, mein Lieber! Mach dir keine Sorgen.«

ZWÖLFTES KAPITEL

Der Erfinder im Schrank • Nicht arbeiten ist eine Schande • Die Mutter gibt ein Gastspiel

Als er am nächsten Morgen den Erfinder wecken wollte, war der schon aufgestanden, gewaschen und angezogen, saß am Tisch und rechnete.

»Haben Sie gut geschlafen?«

Der alte Mann war vorzüglicher Laune und schüttelte ihm die Hand. »Das geborene Schlafsofa«, sagte er und streichelte die braune Sofalehne, als handle sich's um einen Pferderücken. »Muß ich jetzt verschwinden?«

»Ich will Ihnen einen Vorschlag machen«, meinte Fabian. »Während ich bade, bringt die Wirtin das Frühstück ins Zimmer, und da darf sie Ihnen nicht begegnen, sonst gibt's Krach. Wenn sie wieder draußen ist, sind Sie mir wieder willkommen. Dann können Sie ruhig noch ein paar Stunden hierbleiben. Ich werde Sie allerdings allein lassen, weil ich mich um Arbeit kümmern muß.«

»Das macht nichts«, erklärte der Alte. »Ich werde in den Büchern blättern, wenn Sie erlauben. Wohin gehe ich aber, während Sie baden?«

»Ich dachte, in den Schrank«, sagte Fabian. »Der Schrank als Wohnstätte, das war bis heute ein Privileg der Ehebruchslustspiele. Brechen wir mit der Tradition, verehrter Gastfreund! Ist Ihnen mein Vorschlag angenehm?«

Der Erfinder öffnete den Schrank, blickte skeptisch hinein und fragte: »Pflegen Sie sehr lange zu baden?«

Fabian beruhigte ihn, schob den Wintermantel und den zweiten Anzug, den er besaß, beiseite und hieß den Gast einsteigen. Der alte Herr nahm seine Pelerine um, setzte den Hut auf, klemmte den Schirm unter den Arm und kroch in den Schrank, der in allen Fugen krachte. »Und wenn sie mich hier findet?«

»Dann ziehe ich am Ersten aus.«

Der Erfinder stützte sich auf den Schirm, nickte und sagte: »Nun scheren Sie sich in die Wanne!«

Fabian schloß den Schrank zu, nahm vorsichtshalber den Schlüssel an sich und rief im Korridor: »Frau Hohlfeld, das Frühstück!« Als er das Badezimmer betrat, saß schon Cornelia, über und über eingeseift, in der Wanne und lachte. »Du mußt mir den Rücken abreiben«, flüsterte sie. »Ich habe so entsetzlich kurze Ärmchen.«

»Die Reinlichkeit wird zum Vergnügen«, bemerkte Fabian und seifte ihr den Rücken. Später vergalt sie ihm Gleiches mit Gleichem. Zum Schluß saßen sich beide im Wasser gegenüber und spielten hohen Seegang. »Schrecklich«, sagte er, »in meinem Schrank steht inzwischen der König der Erfinder und wartet auf seine Befreiung. Ich muß mich beeilen.« Sie kletterten aus der Wanne und frottierten einander, bis die Haut brannte. Dann trennten sie sich.

»Auf Wiedersehen am Abend«, flüsterte sie.

Er küßte sie. Er verabschiedete sich von ihren Augen, von ihrem Mund und Hals, von jedem Körperteil einzeln. Dann lief er in sein Zimmer. Das Frühstück war eingetroffen. Er sperrte den Schrank auf. Der alte Herr stieg mit steifen Beinen heraus und hustete lange, um das Versäumte nachzuholen.

»Nun der zweite Teil der Komödie«, sagte Fabian, ging in den Korridor, öffnete die Flurtür, schlug sie wieder zu und rief: »Großartig, Onkel, daß du mich mal besuchst. Tritt bitte näher!« Er komplimentierte die imaginäre Person ins Zimmer und nickte dem verwunderten Erfinder zu. »So, nun sind Sie offiziell eingetroffen. Nehmen Sie Platz. Hier ist eine zweite Tasse.«

»Und Ihr Onkel bin ich außerdem.«

»Verwandtschaftliche Beziehungen wirken auf Wirtinnen immer schmerzstillend«, erläuterte Fabian.

»Aber der Kaffee ist gut. Darf ich mir ein Brötchen nehmen?« Der alte Herr begann den Schrank zu vergessen. »Wenn ich nicht unter Kuratel stünde, machte ich Sie zu meinem Universalerben, geehrter Herr Neffe«, sagte er und aß mit großer Andacht.

»Ihr hypothetischer Antrag ehrt mich«, entgegnete Fabian. Sie stießen auf Drängen des neuen Onkels mit den Kaffeetassen an und riefen: »Prost!«

»Ich liebe das Leben«, gestand der Alte und wurde fast verlegen. »Ich liebe das Leben erst recht, seit ich arm bin. Manchmal könnte ich vor Freude in den Sonnenschein hineinbeißen oder in die Luft, die in den Parks weht. Wissen Sie, woran das liegt? Ich denke oft an den Tod, und wer tut das heute? Niemand denkt an den Tod. Jeder läßt sich von ihm überraschen wie von einem Eisenbahnzusammenstoß oder einer anderen unvorhergesehenen Katastrophe. So dumm sind die Menschen geworden. Ich denke täglich an ihn, denn täglich kann er winken. Und weil ich an ihn denke, liebe ich das Leben. Es ist eine herrliche Erfindung, in Erfindungen bin ich sachverständig.«

»Und die Menschen?«

»Der Globus hat die Krätze«, knurrte der Alte.

»Das Leben lieben und zugleich die Menschen verachten, das

geht selten gut aus«, sagte Fabian und stand auf. Er verließ den Gast, der noch immer Kaffee trank, bat Frau Hohlfeld, den Onkel nicht zu stören, und ging zum Arbeitsamt seines Bezirks.

Nachdem er drei Beamte absolviert hatte, das heißt nach zwei Stunden, erfuhr er, daß er fehl am Ort sei und sich an eine westliche Filiale zu wenden habe, die speziell für Büroangestellte bestimmt war. Er fuhr mit dem Autobus zum Wittenbergplatz und ging in das angegebene Lokal. Die Auskunft war falsch gewesen. Er geriet mitten in eine Schar arbeitsloser Krankenschwestern, Kindergärtnerinnen und Stenotypistinnen und erregte, als einziger männlicher Besucher, die größte Aufmerksamkeit.

Er zog sich zurück, trat auf die Straße und fand, ein paar Hausnummern weiter, einen Laden, der wie das Geschäft eines Konsumvereins aussah, jetzt aber eben jene Filiale des Arbeitsamtes darstellte, in der er sich melden sollte. Hinter dem ehemaligen Ladentisch saß ein Beamter, davor standen, in langer Kette, erwerbslose Angestellte, legten, einer nach dem anderen, die Stempelkarte vor und erhielten den erforderlichen Kontrollvermerk.

Fabian war erstaunt, wie sorgfältig diese Arbeitslosen gekleidet waren, manche konnten geradezu elegant genannt werden, und wer ihnen auf dem Kurfürstendamm begegnet wäre, hätte sie fraglos für freiwillige Müßiggänger gehalten. Vermutlich verbanden die Leute den morgendlichen Gang zur Stempelstelle mit einem Bummel durch die vornehmen Geschäftsstraßen. Vor den Schaufenstern stehen zu bleiben, kostete noch immer nichts, und wer wollte erkennen, ob sie nichts kaufen konnten oder ob sie es nur nicht wollten? Sie trugen ihre Feiertagsanzüge, und sie taten recht daran, denn wer hatte so viele Feiertage wie sie?

Ernst und auf Haltung erpicht, standen sie in Reih und Glied und warteten, bis sie ihre Stempelkarte wieder einstecken durften. Dann gingen sie hinaus, als verließen sie eine zahnärztliche Klinik. Manchmal schimpfte der Beamte und legte eine Karte beiseite. Ein Gehilfe trug sie in den Nebenraum. Dort thronte ein Inspektor und zog unregelmäßige Besucher der Kontrollstelle zur Rechenschaft. Von Zeit zu Zeit trat eine Art von Portier aus der Tür und rief einen Namen.

Fabian las die Drucksachen, die an den Wänden hingen. Es war verboten, Armbinden zu tragen. Es war verboten, Umsteigebilletts der Straßenbahn von den Erstinhabern zu übernehmen und weiter zu benutzen. Es war verboten, politische Debatten hervorzurufen und sich an ihnen zu beteiligen. Es wurde mitgeteilt, wo man für dreißig Pfennige ein ausgesprochen nahrhaftes Mittagessen erhalten könne. Es wurde mitgeteilt, für welche Anfangsbuchstaben sich die Kontrolltage verschoben hatten. Es wurde mitgeteilt, für welche Berufszweige die Nachweisadressen und die Auskunftszeiten geändert worden waren. Es wurde mitgeteilt. Es war verboten. Es war verboten. Es wurde mitgeteilt.

Das Lokal leerte sich allmählich. Fabian legte dem Beamten seine Papiere vor. Der Mann sagte, Propagandisten seien hier nicht üblich, und er empfehle Fabian, sich an die Stelle zu wenden, die für freie Berufe, Wissenschaftler und Künstler zuständig sei. Er nannte die Adresse.

Fabian fuhr mit dem Autobus bis zum Alexanderplatz. Es war fast Mittag. Er geriet in der neuen Filiale in eine sehr gemischte Gesellschaft. Den Anschlägen entnahm er, daß es sich möglicherweise um Ärzte, Juristen, Ingenieure, Diplomlandwirte und Musiklehrer handelte.

»Ich bin jetzt bei der Krisenfürsorge«, sagte ein kleiner Herr. »Ich kriege 24,50 Mark. Auf jeden Kopf meiner Familie kommen in der Woche 2,72 Mark, und auf einen Tag für einen Menschen 38 Pfennige. Ich habe es in meiner reichlichen Freizeit genau ausgerechnet. Wenn das so weitergeht, fange ich nächstens an einzubrechen.«

»Wenn das so leicht wäre«, seufzte sein Nachbar, ein kurzsichtiger Jüngling. »Sogar Stehlen will gelernt sein. Ich habe wegen literarischen Hochverrats ein Jahr gesessen. Also, es gibt erfreulichere Milieus.«

»Es ist mir egal, wenigstens vorher«, erklärte der kleine Herr erregt. »Meine Frau kann den Kindern nicht mal ein Stück Brot in die Schule mitgeben. Ich sehe mir das nicht länger mit an.«

»Als ob Stehlen Sinn hätte«, sagte ein großer, breiter Mensch, der am Fenster lehnte. »Wenn der Kleinbürger nichts zu fressen hat, will er gleich zum Lumpenproletariat übergehen. Warum denken Sie nicht klassenbewußt, Sie kleine häßliche Figur? Merken Sie noch immer nicht, wo Sie hingehören? Helfen Sie die politische Revolution vorbereiten.«

»Bis dahin sind meine Kinder verhungert.«

»Wenn man Sie einsperrt, weil Sie geklaut haben, verhungern Ihre werten Herren Kinder noch rascher«, sagte der Mann am Fenster. Der kurzsichtige Jüngling lachte und schaukelte entschuldigend mit den Schultern.

»Meine Sohlen sind völlig zerrissen«, sagte der kleine Herr. »Wenn ich jedesmal hierherlaufe, sind die Schuhe in einer Woche hin, und zum Fahren habe ich kein Geld.«

»Kriegen Sie keine Stiefel von der Wohlfahrt?« fragte der Kurzsichtige.

»Ich habe so empfindliche Füße«, erklärte der kleine Herr.

»Hängen Sie sich auf!« meinte der Mann am Fenster.

»Er hat einen so empfindlichen Hals«, sagte Fabian.

Der Jüngling hatte ein paar Münzen auf den Tisch gelegt und zählte sein Vermögen. »Die Hälfte des Geldes geht regelmäßig für Bewerbungsschreiben drauf. Porto braucht man. Rückporto braucht man. Die Zeugnisse muß ich mir jede Woche zwanzigmal abschreiben und beglaubigen lassen. Kein Mensch schickt die Papiere zurück. Nicht einmal Antwort erhält man. Die Bürofritzen legen sich vermutlich mit meinem Rückporto Briefmarkensammlungen an.«

»Aber die Behörden tun, was sie tun können«, sagte der Mann am Fenster. »Unter anderem haben sie Gratiszeichenkurse für Arbeitslose eingerichtet. Das ist eine wahre Wohltat, meine Herren. Erstens lernt man Äpfel und Beefsteaks malen, und zweitens wird man davon satt. Die Kunsterziehung als Nahrungsmittel.«

Der kleine Herr, dem jeder Humor abhanden gekommen zu sein schien, sagte bedrückt: »Das nützt mir gar nichts. Ich bin nämlich Zeichner.«

Dann ging ein Beamter durch den Warteraum, und Fabian erkundigte sich, vorsichtig geworden, ob er Aussicht habe, hier abgefertigt zu werden. Der Beamte fragte nach dem Ausweis des regionalen Arbeitsamts. »Sie haben sich noch nicht gemeldet? Das müssen Sie vorher erledigen.«

»Jetzt geh ich wieder dorthin, wo ich vor fünf Stunden die Tournee begonnen habe«, sagte Fabian. Aber der Beamte war nicht mehr da.

»Die Bedienung ist zwar höflich«, meinte der Jüngling, »aber daß die Auskünfte immer stimmen, kann kein Mensch behaupten.«

Fabian fuhr mit dem Autobus zum Arbeitsamt seines Wohnbezirks. Er hatte bereits eine Mark Fahrgeld verbraucht und blickte vor Wut nicht aus dem Fenster.

Als er ankam, war das Amt geschlossen. »Zeigen Sie mal Ihre Papiere her«, sagte der Portier. »Vielleicht kann ich Ihnen behilflich sein.« Fabian gab dem Biedermann das Zettelpaket.

»Aha«, erklärte der Türsteher nach eingehender Lektüre. »Sie sind ja gar nicht arbeitslos.«

Fabian setzte sich auf einen der bronzenen Meilensteine, welche die Einfahrt zierten.

»Sie haben bis zum Monatsende gewissermaßen bezahlten Urlaub. Das Geld haben Sie doch von Ihrer Firma erhalten?«

Fabian nickte.

»Dann kommen Sie mal in vierzehn Tagen wieder«, schlug der andere vor. »Bis dahin können Sie es ja mit Bewerbungsschreiben probieren. Lesen Sie die Stellenangebote in den Zeitungen. Viel Sinn hat es nicht, aber man soll's nicht beschreien.«

»Glückliche Reise«, sprach Fabian, nahm die Papiere in Empfang und begab sich in den Tiergarten, wo er ein paar Brötchen verzehren wollte. Zu guter Letzt verfütterte er sie aber an die Schwäne, die mit ihren Jungen im Neuen See spazieren fuhren.

Als er gegen Abend das Zimmer betrat, fand er seine Mutter vor. Sie saß auf dem Sofa, legte ein Buch beiseite und sagte: »Da staunst du, mein Junge.«

Man umarmte sich. Sie fuhr fort: »Ich mußte nachsehen, was du machst. Vater paßt inzwischen auf, daß niemand ins Geschäft kommt. Ich hatte Sorgen um dich. Du beantwortest meine Briefe nicht mehr. Zehn Tage hast du nicht geschrieben. Es ließ mir keine Ruhe, Jakob.«

Er setzte sich neben die Mutter, streichelte ihre Hände und erklärte, es gehe ihm gut.

Sie betrachtete ihn prüfend. »Komme ich dir ungelegen?« Er schüttelte den Kopf. Sie stand auf. »Die Wäsche habe ich schon in den Schrank geräumt. Deine Wirtin könnte mal reinemachen. Ist sie noch immer zu fein dazu? Was denkst du, was ich mitgebracht habe?« Sie öffnete den Spankorb und legte Pakete auf den Tisch. »Blutwurst«, sagte sie, »ein Pfund, aus der Breiten Straße, du weißt schon. Kaltes Schnitzel. Leider kann man hier nicht in die Küche, sonst würde ich's aufbraten. Schinkenspeck. Eine halbe Salamiwurst. Tante Martha läßt grüßen. Ich war gestern bei ihr im Garten. Paar Stück Seife aus dem Laden. Wenn das Geschäft bloß nicht so schlecht ginge. Ich glaube, die Leute waschen sich nicht mehr. Und hier eine Krawatte, gefällt sie dir?«

»Du bist so gut«, sagte Fabian. »Aber du sollst nicht so viel Geld für mich ausgeben.«

»Quatsch mit Sauce«, sagte die Mutter und legte die Eßwaren auf einen Teller. »Sie mag uns ein bißchen Tee kochen, deine Gnädige. Ich hab's ihr schon erzählt. Morgen abend fahre ich zurück. Ich bin mit dem Personenzug gekommen. Die Zeit verging schnell. Ein Kind war im Abteil. Wir haben viel gelacht. Was macht dein Herz? Du rauchst zu viel! Überall stehen leere Zigarettenschachteln herum.«

Fabian sah der Mutter zu. Sie hantierte vor lauter Rührung wie ein Gendarm.

»Ich mußte gestern daran denken«, sagte er, »wie das damals war, als ich im Internat steckte, und du warst krank, und ich rannte abends davon, über den Exerzierplatz, nur um zu sehen, wie es dir ginge. Einmal, das weiß ich noch, schobst du einen Stuhl vor dir her und stütztest dich darauf, sonst hättest du mir gar nicht öffnen können.«

»Du hast viel durchgemacht mit deiner Mutter«, sagte sie. »Man müßte sich öfter sehen. Wie geht's in der Fabrik?«

»Ich habe ihnen ein Preisausschreiben vorgeschlagen. Daran können sie eine Viertelmillion verdienen.«

»Für zweihundertsiebzig Mark im Monat, diese Bande.« Die Mutter war empört. Dann klopfte es. Frau Hohlfeld brachte den Tee, stellte das Tablett auf den Tisch und sagte: »Ihr Onkel ist schon wieder da.«

»Dein Onkel?« fragte die Mutter erstaunt.

»Ich habe mich auch schon gewundert«, erklärte die Wirtin.

»Hoffentlich haben Sie sich dabei keinen Schaden getan, gnädige Frau«, erwiderte Fabian, und Frau Hohlfeld entfernte sich gekränkt. Fabian holte den Erfinder ins Zimmer und sagte: »Mama, das ist ein alter Freund von mir. Er hat gestern auf dem Sofa geschlafen, und ich habe ihn zu meinem Onkel ernannt, um das Verfahren abzukürzen.« Er wandte sich an den Erfinder. »Das ist meine Mutter, lieber Onkel. Die beste Frau des Jahrhunderts. Nehmen Sie Platz. Aus dem Sofa wird heute freilich nichts. Aber ich möchte Sie für morgen einladen, wenn es Ihnen recht ist.«

Der alte Herr setzte sich, hustete, stülpte den Hut auf den Schirmknauf und drückte Fabian ein Kuvert in die Hand. »Stekken Sie das rasch ein«, bat er. »Es ist meine Maschine. Man ist hinter mir her. Meine Familie will mich wieder einmal ins Irrenhaus bringen. Sie hofft wahrscheinlich, mir dabei die Notizen abzujagen und zu Geld zu machen.«

Fabian steckte den Briefumschlag ein. »Man will Sie ins Irrenhaus sperren?«

»Ich habe nichts dagegen«, bemerkte der Alte. »Man hat seine Ruhe dort. Der Park ist wundervoll. Der leitende Arzt ist ein erträglicher Kerl, selber bißchen verrückt und spielt ausgezeichnet Schach. Ich war schon zweimal dort. Wenn mir's zu dumm wird, rück ich wieder aus. Entschuldigen Sie, meine Dame«, sagte er zu der Mutter. »Ich mache Ihnen Ungelegenheiten. Erschrecken Sie nicht, wenn man mich abholt. Es wird gleich klingeln. Ich bin soweit. Die Papiere sind gut aufgehoben. Verrückt bin ich übrigens nicht, ich bin meinen werten Angehörigen eher zu vernünftig. Lieber Freund, falls Sie Ihre Adresse ändern sollten, schreiben Sie mir ein paar Zeilen nach Burgendorf in die Heilanstalt.«

Es klingelte.

»Da sind sie schon«, rief der Alte.

Frau Hohlfeld ließ zwei Herren eintreten.

»Ich bitte die Störung zu entschuldigen«, sagte der eine und verbeugte sich. »Vollmachten, die Sie gern einsehen können, veranlassen mich, Herrn Professor Kollrepp aus Ihrem Kreise zu entfernen. Unten wartet mein Auto.«

»Wozu die Umstände, lieber Sanitätsrat? Sie sind dünner geworden. Ich merkte es schon gestern, daß ihr mir auf der Spur wart. Tag, Winkler. Da wollen wir mal in Ihren Wagen klettern. Wie geht's meiner lieben Familie?«

Der Arzt hob die Schultern.

Der Alte ging zum Schrank hinüber, öffnete ihn, sah hinein und schloß die Tür wieder. Dann trat er zu Fabian und nahm dessen Hand. »Ich danke Ihnen sehr.« Er schritt zur Tür. »Sie haben einen guten Sohn«, sagte er zu der alten Frau. »Das kann nicht jeder von sich behaupten.« Dann verließ er das Zimmer. Der Arzt und der Wärter folgten ihm. Fabian und seine Mutter blickten durchs Fenster. Ein Auto stand vor dem Haus. Die drei Männer traten aus der Tür. Der Schofför half dem alten Erfinder in einen Staubmantel. Die Pelerine wurde verstaut.

»Ein komischer Mann«, sagte die Mutter, »aber verrückt ist er nicht.« Das Auto fuhr davon. »Warum sah er eigentlich in den Schrank?«

»Ich habe ihn heute früh in den Schrank gesperrt, damit die Wirtin nichts merkte«, sagte der Sohn.

Die Mutter goß Tee ein. »Aber leichtsinnig ist es trotzdem von dir, wildfremde Leute hier schlafen zu lassen. Wie schnell kann etwas passieren. Hoffentlich hat er deine Sachen im Schrank nicht schmutzig gemacht.«

Fabian schrieb sich die Adresse der Irrenanstalt auf das Kuvert und schloß es weg. Dann setzte er sich zum Essen.

Nach dem Abendbrot sagte er: »Komm, mach dich fertig. Wir gehen ins Kino.« Während sich die Mutter anzog, besuchte er Cornelia und erzählte ihr, daß seine Mutter da sei. Die Freundin war müde und lag schon im Bett. »Ich schlafe, bis du aus dem Kino zurück bist«, meinte sie. »Siehst du dann noch einmal zu mir herein?« Er versprach es.

Der Tonfilm, den Fabian und seine Mutter sahen, war ein albernes Theaterstück, das in zwei Dimensionen verlief. Abgesehen davon war nicht gespart worden, der vorgeführte Luxus überschritt jede Grenze. Man hatte, obwohl dergleichen anstandshalber nicht gezeigt wurde, den Eindruck, unter den Betten stünden goldene Nachttöpfe. Die Mutter lachte wiederholt, und das freute Fabian so sehr, daß er mitlachte.

Nach Hause gingen sie zu Fuß. Die Mutter war vergnügt. »Wenn ich früher so gesund gewesen wäre wie heute, mein Junge, dann hättest du es besser gehabt«, meinte sie nach einiger Zeit.

»Es war auch so nicht übel«, sagte er. »Und außerdem ist es vorbei.«

Zu Hause stritten sie sich ein bißchen, wer im Bett und wer auf dem Sofa schlafen solle. Endlich siegte Fabian. Die Mutter bereitete das Sofa zur Nacht. Er müsse erst einmal nebenan, sagte er dann. »Dort wohnt eine junge Dame, und ich bin mit ihr befreundet.« Er verabschiedete sich für alle Fälle, gab der Mutter einen Kuß und öffnete leise die Tür.

Eine Minute später kam er wieder. »Sie schläft schon«, flüsterte er und bestieg sein Sofa.

»Früher wäre das nicht möglich gewesen«, bemerkte Frau Fabian.

»Das hat ihre Mutter auch gesagt«, meinte der Sohn und drehte sich nach der Wand. Plötzlich, kurz vor dem Einschlafen, stand er noch einmal auf, tappte durchs dunkle Zimmer, beugte sich über das Bett und sagte wie einst: »Schlaf gut, Muttchen.«

»Du auch«, murmelte sie und öffnete die Augen. Er konnte das nicht sehen. Er tastete sich im Finstern zum Sofa zurück.

DREIZEHNTES KAPITEL

Das Kaufhaus und Arthur Schopenhauer • Das reziproke Bordell • Die zwei Zwanzigmarkscheine

Am anderen Morgen wurde er von seiner Mutter geweckt: »Aufstehen, Jakob! Du kommst zu spät ins Büro!« Er machte sich rasch fertig, trank den Kaffee im Stehen und verabschiedete sich.

»Ich werde inzwischen Ordnung schaffen«, sagte sie. »Sowas von Staub überall. Und an deinem Mantel ist der Henkel abgerissen. Geh ohne Mantel. Es ist ja warm draußen.«

Fabian lehnte an der Tür und sah zu, wie die Mutter hantierte. Ihr aus Nervosität und Ordnungsliebe addierter Fleiß wirkte anheimelnd. Das Zimmer war erfüllt davon, es erinnerte plötzlich an zu Hause. »Daß du dich ja nicht fünf Minuten hinsetzt und die Hände in den Schoß legst«, warnte er. »Wäre es nicht schöner, wenn ich jetzt Zeit hätte? Wir könnten in den Tiergarten gehen. Oder ins Aquarium. Oder wir blieben hier, und du würdest mir wieder einmal davon erzählen, wie komisch ich als Kind war. Als ich die Bettstelle mit der Stecknadel zerkratzte und dich dann bei der Hand nahm, um dir das herrliche Gemälde zu zeigen. Oder als ich dir zum Geburtstag weißen und schwarzen Zwirn und ein Dutzend Nähnadeln und Druckknöpfe schenkte.«

Labude (Albrecht Schuch) mit Fabian (Tom Schilling) in einer Kneipe

© Lupa Film, Hanno Lentz

Fabian (Tom Schilling) mit Zigarette vor Fabrik

© Lupa Film, Hanno Lentz

Fabian (Tom Schilling) und Labude (Albrecht Schuch)
im Arbeitszimmer von Labude

Fabian (Tom Schilling) und Cornelia (Saskia Rosendahl)

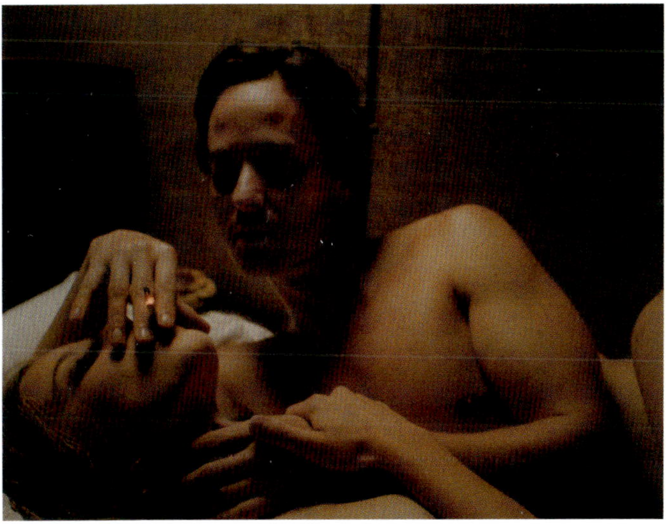

© Lupe Film, Hanno Lentz

Fabian (Tom Schilling) mit Cornelia (Saskia Rosendahl) rauchend im Bett

Fabian (Tom Schilling) und Irene Moll (Meret Becker)

Fabian (Tom Schilling) und Irene Moll (Meret Becker)

Labude (Albrecht Schuch) und Cornelia (Saskia Rosendahl)

»Und ein Heft Stecknadeln und weiße und schwarze Nähseide. Es ist mir noch wie heute«, sagte die Mutter und strich ihm das Jackett glatt. »Der Anzug müßte gebügelt werden.«

»Und eine Frau müßte ich haben und sieben kleine ulkige Kinder«, ergänzte er in weiser Voraussicht.

»Scher dich an die Arbeit!« Die Mutter stemmte die Arme in die Hüften. »Arbeiten ist gesund. Übrigens, ich hole dich am Nachmittag vom Büro ab. Ich warte vor der Tür. Dann bringst du mich zum Bahnhof.«

»Es ist sehr schade, daß du nur einen Tag bleiben kannst.« Er kam noch einmal zurück.

Die Mutter sah ihn nicht an. Sie machte sich am Sofa zu schaffen. »Ich hielt es drüben nicht mehr aus«, murmelte sie. »Aber nun geht's schon wieder. Du mußt nur länger schlafen, und du darfst das Leben nicht so schwer nehmen, mein Junge. Es wird dadurch nicht leichter.«

»Nun gehe ich aber, sonst komme ich wirklich noch zu spät«, sagte er.

Sie blickte ihm vom Fenster aus nach und nickte. Er winkte und lachte und lief schnell, bis das Haus nicht mehr zu sehen war. Dann verlangsamte er den Schritt und blieb schließlich stehen. Ein hübsches Versteckspiel trieb er da mit der alten Frau! Rannte auf und davon, obwohl er nichts zu tun hatte. Ließ sie da oben allein in dem fremden, häßlichen Zimmer, obwohl er wußte, daß sie jede Stunde, die sie mit ihm zusammensein durfte, bereit war, gegen ein ganzes Jahr ihres Lebens einzutauschen. Am Nachmittag würde sie ihn vom Büro abholen. Er mußte ihr eine Komödie vorspielen. Sie durfte nicht wissen, daß er entlassen war. Der Anzug, den er trug, war der einzige, den er sich in zweiunddreißig Jahren selber gekauft hatte. Ihr Leben lang hatte sie seinetwegen geschuftet und gespart. Sollte das denn nie ein Ende nehmen?

Weil es zu regnen anfing, ging er im Kaufhaus des Westens spazieren. Kaufhäuser sind, obwohl das gar nicht in ihrer Absicht liegt, außerordentlich geeignet, Leuten, die kein Geld und keinen Schirm haben, Unterhaltung zu bieten. Er hörte einer Verkäuferin zu, die sehr gewandt Klavier spielte. Aus der Lebensmittelabteilung vertrieb ihn der Fischgeruch, den er seit seiner Kindheit, vielleicht auf Grund einer embryonalen Erinnerung, nicht ausstehen konnte. In der Möbeletage wollte ihm ein junger Mann unbedingt einen großen Kleiderschrank verkaufen. Das Stück sei preiswert, die Gelegenheit unwiederbringlich. Fabian entzog sich der unerhörten Zumutung und wanderte in die Buchabteilung. Er geriet an einem der Antiquariatstische über einen Auswahlband von Schopenhauer, blätterte und las sich fest. Der Vorschlag dieses verbiesterten Onkels der Menschheit, Europa mit Hilfe einer indischen Heilpraxis zu veredeln, war freilich eine Kateridee, wie bisher alle positiven Vorschläge, ob sie nun von Philosophen des neunzehnten oder von Nationalökonomen des zwanzigsten Jahrhunderts stammten. Aber davon abgesehen war der Alte unübertrefflich. Fabian fand eine typologische Erörterung und las:

»Eben dieser Unterschied ist es, den Plato durch die Ausdrücke εὔκολος und δύσκολος bezeichnete. Derselbe läßt sich zurückführen auf die bei verschiedenen Menschen sehr verschiedene Empfänglichkeit für angenehme und unangenehme Eindrücke, infolge welcher der eine noch lacht bei dem, was den anderen fast zur Verzweiflung bringt, und zwar pflegt die Empfänglichkeit für angenehme Eindrücke desto schwächer zu seyn, je stärker sie für unangenehme ist, und umgekehrt. Nach gleicher Möglichkeit des glücklichen und unglücklichen Ausgangs einer Angelegenheit wird der δύσκολος bei dem unglücklichen sich ärgern oder grämen, bei dem glücklichen sich aber nicht freuen; der εὔκολος hingegen wird über den unglücklichen sich nicht ärgern noch grämen, aber über den glücklichen sich freuen. Wenn dem δύσκολος von zehn Vorhaben neun gelingen, so freut er sich nicht über diese, sondern ärgert sich über das eine mißlungene: Der εὔκολος weiß, im umgekehrten Fall, sich doch mit dem einen gelungenen zu trösten und aufzuheitern.

Wie nun aber nicht leicht ein Übel ohne alle Kompensationen ist, so ergibt sich auch hier, daß die δύσκολοι, also die finsteren und ängstlichen Charaktere, im Ganzen zwar mehr imaginäre, dafür aber weniger reale Unfälle und Leiden zu überstehen haben werden als die heiteren und sorglosen; denn wer alles schwarz sieht, stets das Schlimmste befürchtet und demnach seine Vorkehrungen trifft, wird sich nicht so oft verrechnet haben, als wer stets den Dingen die heitere Farbe und Aussicht leiht.«

»Was darf ich Ihnen verkaufen?« fragte ein ältliches Fräulein.

»Haben Sie baumwollene Socken?« fragte Fabian.

Das ältliche Fräulein betrachtete ihn entrüstet und sagte: »Im Erdgeschoß.« Fabian legte das Buch auf den Tisch und stieg eine Treppe abwärts. Hatte Schopenhauer damit Recht, daß er, gerade er, jene zwei menschlichen Gattungen als einander ebenbürtig gegenüberstellte? Hatte nicht gerade er in seiner Psychologie behauptet: die Lustempfindung sei nichts anderes als ein seelisches Minimum an Unlust? Hatte er in diesem Satz die Anschauung der δύσκολοι wider besseres Wissen verabsolutiert? In der Abteilung für Porzellan und keramisches Kunstgewerbe war ein Auflauf. Fabian trat hinzu. Käufer, Verkäuferinnen und Bummler umstanden ein kleines verheultes Mädchen, das zehn Jahre sein mochte, einen Schulranzen trug und ärmlich angezogen war. Das Kind zitterte am ganzen Körper und blickte entsetzt in die bösen, aufgeregten Gesichter der Erwachsenen ringsum.

Der Abteilungschef kam. »Was ist los?«

»Ich habe das freche Ding erwischt, wie es einen Aschenbecher stahl«, erklärte eine alte Jungfer. »Hier!« Sie hob eine kleine bunte Schale hoch und zeigte sie dem Vorgesetzten.

»Marsch zum Direktor!« kommandierte der Cutaway.

»Jugend von heute«, sagte eine aufgetakelte Gans.

»Marsch zum Direktor!« rief eine der Verkäuferinnen und packte die Kleine an der Schulter. Das Kind weinte sehr.

Fabian schob sich durch die Versammlung. »Lassen Sie auf der Stelle das Kind los!«

»Erlauben Sie mal«, meinte der Abteilungsleiter.

»Was fällt Ihnen ein, sich einzumischen?« fragte jemand. Fabian gab der Verkäuferin einen Klaps auf die Finger, daß sie das Kind losließ, dann zog er das kleine Mädchen an seine Seite. »Warum hast du denn ausgerechnet einen Aschenbecher weggenommen?« fragte er. »Rauchst du schon Zigarren?«

»Ich hatte kein Geld«, sagte das Mädchen. Dann hob es sich auf die Zehenspitzen. »Mein Papa hat heute Geburtstag.«

»Einfach stehlen, weil man kein Geld hat, es wird immer schöner«, bemerkte die aufgetakelte Gans.

»Schreiben Sie uns einen Kassenzettel aus«, sagte Fabian zu der Verkäuferin. »Wir behalten den Aschenbecher.«

»Das Kind verdient aber Strafe«, behauptete der Abteilungsleiter. Fabian trat auf den Mann zu. »Wenn Sie sich meinem Vorschlag widersetzen sollten, schmeiße ich Ihnen den ganzen Porzellanladen kaputt.«

Der Cutaway zuckte mit den Schultern, die Verkäuferin schrieb einen Zettel aus und brachte den Aschenbecher zur Auslieferung. Fabian ging zur Kasse, zahlte und nahm das Päckchen in Empfang. Dann begleitete er das Kind bis zum Ausgang. »Hier hast du deinen Aschenbecher«, sagte er. »Aber paß gut auf, daß er nicht entzweigeht. Es war einmal ein kleiner

Junge, der kaufte einen großen Kochtopf, um ihn seiner Mutter am Heiligen Abend zu schenken. Als es soweit war, nahm er den Topf in die Hand und segelte durch die halb offene Tür. Der Christbaum schimmerte großartig. Da, Mutter, da hast du …, sagte er und wollte sagen: Da hast du den Topf. Es gab aber einen Krach, der Topf zerbrach an der Tür. Da, Mutter, da hast du den Henkel, sagte der Junge nun, denn er hatte nur noch den Henkel in der Hand.«

Das kleine Mädchen sah zu ihm auf, hielt das Paket mit beiden Händen fest und meinte: »Mein Aschenbecher hat ja gar keinen Henkel.« Sie knickste und lief fort. Dann drehte sie sich noch einmal um, rief: »Danke schön!« und verschwand.

Fabian trat auf die Straße. Es regnete nicht mehr. Er stellte sich an die Bordschwelle und sah den Autos zu. Ein Wagen hielt. Eine alte Dame, mit Paketen behangen, schob sich schwerfällig vom Sitz und wollte aussteigen. Fabian öffnete den Wagenschlag, half der Dame vom Trittbrett, zog höflich den Hut und trat zur Seite.

»Da!« sagte jemand neben ihm. Es war die alte Dame. Sie drückte ihm etwas in die Hand, nickte und ging ins Kaufhaus. Fabian machte die Hand auf. Er hielt einen Groschen. Er hatte unfreiwillig einen Groschen verdient. Sah er bereits wie ein Bettler aus?

Er steckte die Münze ein, trat trotzig an den Straßenrand und öffnete einen zweiten Wagen. »Da!« sagte jemand und gab ihm wieder einen Groschen. Das wächst sich zu einem Beruf aus, dachte Fabian und hatte eine Viertelstunde später fünfundsechzig Pfennige verdient. Wenn jetzt Labude vorbeikäme und den literarhistorisch vorgebildeten Autoöffner sähe, überlegte er. Aber der Gedanke erschreckte ihn nicht. Nur der Mutter hätte er nicht begegnen mögen und auch Cornelia nicht.

»Eine milde Gabe gefällig?« fragte eine Frau und gab ihm ein größeres Geldstück. Es war Frau Irene Moll. »Ich habe dich lange Zeit beobachtet, mein Junge«, sagte sie und lächelte schadenfroh. »Wir begegnen einander, wo wir können. Geht's dir so dreckig? Du warst voreilig, als du das Angebot meines Mannes ablehntest, und auch die Schlüssel hättest du behalten können. Ich wartete darauf, dich in meinem Bett wiederzusehen. Deine Zurückhaltung macht sinnlich. Hier, hilf mir die Pakete tragen. Das Trinkgeld hast du schon.«

Fabian ließ sich die Pakete aufladen und folgte schweigsam.

»Was kann ich für dich tun?« fragte sie nachdenklich. »Stellung eingebüßt, was? Ich bin nicht nachtragend. Auf Moll ist leider nicht mehr zu zählen. Er ist zu Schiff nach Frankreich oder sonstwohin. Und jetzt wohnt die Kriminalpolizei bei uns. Moll hat die seinem Notariat übergebenen Gelder unterschlagen. Seit Jahren schon, nie hätte ich ihm das zugetraut. Wir haben ihn unterschätzt.«

»Wovon leben Sie denn nun?« fragte Fabian.

»Ich habe eine Pension eröffnet. Große Wohnungen sind jetzt billig. Die Möbel hat mir ein alter Bekannter geschenkt, das heißt, die Bekanntschaft ist jung, der Bekannte ist alt. Ihm gehören nur ein paar Gucklöcher in den Türen.«

»Und wer wohnt in dieser übersichtlichen Pension?«

»Junge Männer, mein Herr. Wohnung und Verpflegung gratis. Außerdem erhalten sie dreißig Prozent der Einnahmen.«

»Welche Einnahmen?«

»Mein Verein unchristlicher junger Männer wird von Damen der besten Gesellschaft mit wahrer Leidenschaft frequentiert. Die Damen sind nicht immer schön und schlank, und daß sie mal jung waren, glaubt ihnen kein Mensch. Aber sie haben Geld. Und wieviel ich auch verlange, sie zahlen. Und wenn sie vorher ihre Herren Ehemänner bestehlen oder ermorden sollten, sie kommen. Meine Pensionäre verdienen. Der Möbelhändler sieht zu. Die Damen gehen ihren Passionen nach. Drei junge Leute sind mir schon abgekauft worden. Sie haben beträchtliche Einkünfte, eigene Wohnung und kleine Freundinnen nebenher, heimlich, versteht sich. Der eine, ein Ungar, wurde von der Frau eines Industriellen erworben. Er lebt wie ein Prinz. Wenn er klug ist, hat er in einem Jahr ein Vermögen. Dann kann er sich die alte Schießbudenfigur abschaffen.«

»Also ein Männerbordell«, sagte Fabian.

»So ein Institut hat heute viel mehr Existenzberechtigung als ein Frauenhaus«, erklärte Irene Moll. »Außerdem träumte ich schon als junges Mädchen davon, Besitzerin eines solchen Etablissements zu werden. Ich bin sehr zufrieden. Ich habe Geld, ich engagiere fast täglich neue Kräfte für das Unternehmen, und jeder, der sich um eine Pensionärstelle bewirbt, muß bei mir eine Art Aufnahmeprüfung bestehen. Ich nehme nicht jeden! Wirkliche Talente sind selten. Naturbegabungen gibt es schon eher. Ich werde Fortbildungskurse einrichten müssen.«

Sie blieb stehen. »Ich bin angelangt.« Die Pension lag in einem großen eleganten Mietshaus. »Ich möchte dir einen Vorschlag machen. Als Pensionär kommst du nicht in Frage, mein Lieber. Du bist zu wählerisch, du bist auch schon zu alt für die Branche, meine Kundschaft bevorzugt Zwanzigjährige. Außerdem leidest du an falschem Stolz. Ich könnte dich aber als Sekretär verwenden. Allmählich wird eine geordnete Buchführung notwendig. Du könntest in meinen Privaträumen arbeiten, wohnen könntest du auch dort. Wie denkst du darüber?«

»Hier sind die Pakete«, sagte Fabian. »Ich möchte meinem Brechreiz nicht zu viel zumuten.«

In diesem Augenblick kamen zwei junge Burschen aus dem Haus. Sie waren schick angezogen, zögerten, als sie Frau Moll erblickten, und nahmen die Hüte ab.

»Gaston, hast du heute Ausgang?« fragte sie.

»Mackie meinte, ich soll mir mal das Auto ansehen, das ihm Nummer Sieben versprochen hat. In zwanzig Minuten bin ich wieder da.«

»Gaston, du gehst sofort auf dein Zimmer. Was ist das denn für eine Wirtschaft? Mackie geht allein. Marsch! Für drei Uhr hat sich Nummer Zwölf angemeldet. Bis dahin schläfst du, los!«

Der junge Mann ging ins Haus zurück, der andere setzte, nochmals grüßend, seinen Weg fort.

Frau Moll wandte sich Fabian zu. »Du willst wieder nicht?« Sie nahm ihm die Pakete ab. »Ich gebe dir eine Woche Bedenkzeit. Die Adresse weißt du nun. Überlege dir's. Verhungern ist Geschmackssache. Außerdem tätest du mir einen persönlichen Gefallen. Wirklich. Je mehr du dich sträubst, um so mehr reizt mich der Gedanke. Es eilt nicht, Zeitvertreib habe ich mittlerweile genug.« Sie ging ins Haus.

»Das grenzt an Zwangsläufigkeit«, murmelte Fabian und kehrte um.

Er aß in einer Kneipe Bockwurst mit Kartoffelsalat. Dazu las er die Zeitungen, die im Lokal aushingen, und notierte sich Stellenangebote. Dann kaufte er in einem muffigen Papierladen Schreibmaterial und verfaßte vier Bewerbungsschreiben. Als er sie in den Kasten gesteckt hatte, fand er, es sei Zeit. Und er pilgerte, recht müde, zu der Zigarettenfabrik.

»Sieht man Sie auch mal wieder?« fragte der Portier.

»Ich will mich mit meiner Mutter hier treffen«, antwortete Fabian.

Der Portier kniff ein Auge zu. »Verlassen Sie sich ganz auf mich.«

Es war Fabian peinlich, daß der Mann die Komödie zu durchschauen schien. Er ging rasch ins Verwaltungsgebäude, setzte sich in eine Fensternische und sah alle fünf Minuten auf die Uhr. So oft er Schritte hörte, drückte er sich dicht an den Fensterrahmen. In zehn Minuten war Büroschluß. Die Angestellten hatten es eilig. Sie bemerkten ihn nicht.

Er wollte sein Versteck gerade verlassen, als er wieder Schritte und Stimmen vernahm, die sich näherten.

»Ich werde morgen in der Direktionssitzung von dem Preisausschreiben berichten, das Sie da vorbereitet haben, lieber Fischer«, sagte die eine Stimme. »Der Vorschlag ist beachtlich, man wird Sie würdigen lernen.«

»Herr Direktor sind sehr gütig«, erwiderte die andere Stimme. »Eigentlich habe ich das Projekt ja nur von Herrn Fabian geerbt.«

»Erbmasse ist ein Besitz wie jeder andere, Herr Fischer!« Der Ton des Direktors war unfreundlich. »Ist Ihnen mein Vorschlag unangenehm? Wäre Ihnen eine Gehaltszulage so zuwider? Nun also! Außerdem bedarf das Projekt einiger Verbesserungen. Ich werde gleich, unter Zugrundelegung Ihres Materials, ein Exposé in die Maschine diktieren. Glauben Sie mir, es wird Effekt machen, unser Preisausschreiben. Sie können jetzt nach Hause gehen. Sie haben es gut.«

»Meister muß sich immer plagen. Von Schiller«, bemerkte Fischer. Fabian trat aus der Nische. Fischer sprang erschrocken einen Schritt zurück. Direktor Breitkopf fingerte im Kragen. »Ich bin weniger überrascht als Sie«, sagte Fabian und ging zur Treppe.

»Da kommt er ja schon«, meinte der Portier, der sich mit Fabians Mutter unterhielt. Sie hatte den Koffer abgestellt, die Reisetasche, die Handtasche und den Schirm auf den Koffer gelegt und nickte dem Sohn zu. »Hübsch fleißig gewesen?« fragte sie. Der Portier lächelte gutmütig und spazierte in seinen Verschlag.

Fabian gab der Mutter die Hand. »Wir haben noch eine halbe Stunde Zeit«, sagte er und nahm das Gepäck auf.

Als sie einen Eckplatz im Zug belegt hatten (im mittelsten Wagen, denn Frau Fabian hielt es für angebracht, die üblen Folgen eines etwaigen Eisenbahnunglücks von vornherein zu reduzieren), bummelten sie vor dem Kupee auf und ab.

»Nicht so weit weg.« Sie hielt den Sohn am Ärmel. »Wie leicht wird ein Koffer gestohlen. Kaum dreht man sich um. Fort ist er.« Schließlich wurde Fabian mißtrauischer als die Mutter und spähte unentwegt durchs Fenster zum Gepäcknetz.

»Nun kann's wieder abgehen«, sagte sie. »Der Henkel vom Mantel ist angenäht. Im Zimmer sieht's wieder menschlich aus. Frau Hohlfeld tat beleidigt. Darauf kann man aber keine Rücksicht nehmen.«

Fabian lief zu einem der fahrbaren Büfetts und brachte eine Schinkensemmel, eine Packung Keks und zwei Apfelsinen. »Junge, bist du leichtsinnig«, sagte sie. Er lachte, kletterte ins Abteil, schob ihr heimlich einen Zwanzigmarkschein in die Handtasche und kletterte wieder auf den Bahnsteig. »Wann wirst du endlich mal wieder nach Hause kommen?« fragte sie. »Ich koche alle deine Lieblingsgerichte, jeden Tag ein anderes, und wir gehen zu Tante Martha in den Garten. Im Geschäft ist ja so wenig los.«

»Ich komme, sobald ich kann«, versicherte er.

Als sie aus dem Kupeefenster blickte, meinte sie: »Bleib recht gesund, Jakob. Und wenn's hier nicht vorwärts gehen will, pack dein Bündel und komm heim.«

Er nickte. Sie sahen einander an und lächelten, wie man auf Bahnsteigen zu lächeln pflegt, ähnlich wie beim Photographen, nur daß weit und breit kein Photograph zu sehen ist. »Laß dir's gutgehen«, flüsterte er. »Es war schön, daß du da warst.«

Dann fuhr der Zug an. Fabian lief ein Stück nebenher, blieb am Ende der Halle stehen und winkte.

Auf dem Tisch standen Blumen. Ein Brief lag daneben. Er öffnete ihn. Ein Zwanzigmarkschein fiel heraus, und ein Zettel. »Wenig mit Liebe, deine Mutter«, war daraufgeschrieben. In der unteren Ecke war noch etwas zu lesen. »Iß das Schnitzel zuerst. Die Wurst hält sich in dem Pergamentpapier mehrere Tage.«

Er steckte den Zwanzigmarkschein ein. Jetzt saß die Mutter im Zug, und bald mußte sie den anderen Zwanzigmarkschein finden, den er ihr in die Handtasche gelegt hatte. Mathematisch gesehen war das Ergebnis gleich Null. Denn nun besaßen beide dieselbe Summe wie vorher. Aber gute Taten lassen sich nicht stornieren. Die moralische Gleichung verläuft anders als die arithmetische.

Am selben Abend bat Cornelia ihn um hundert Mark. Im Korridor des Filmkonzerns sei ihr Makart begegnet. Er war wegen Verleihverhandlungen ins Gebäude der Konkurrenz gekommen. Er hatte sie angesprochen. Sie sei der Typ, den er schon lange suche. Für den nächsten Film seiner Firma, versteht sich. Sie solle ihn morgen Nachmittag im Büro aufsuchen. Der Produktionsleiter und der Regisseur würden auch da sein. Vielleicht probiere man's mal mit ihr.

»Ich muß mir über Mittag einen neuen Jumper und einen Hut besorgen, Fabian. Ich weiß, du hast fast gar kein Geld mehr. Aber ich kann mir diese Chance nicht entgehen lassen. Denke dir, wenn ich jetzt Filmschauspielerin würde! Kannst du dir das vorstellen?«

»Doch«, sagte er und gab ihr seinen letzten Hundertmarkschein. »Hoffentlich bringt dir das Geld Glück.«

»Mir?« fragte sie.

»Uns«, korrigierte er ihr zu Gefallen.

VIERZEHNTES KAPITEL

Der Weg ohne Tür • Fräulein Selows Zunge • Die Treppe mit den Taschendieben

In dieser Nacht träumte Fabian. Wahrscheinlich träumte er häufiger, als er glaubte. Aber in dieser Nacht weckte ihn Cornelia, und so entsann er sich des Traumes. Wer hätte ihn, vor Tagen noch, aus seinen Träumen wecken sollen? Wer hätte ihn mitten in der Nacht ängstlich rütteln sollen, bevor er neben Cornelia schlief? Er hatte mit vielen Frauen und Mädchen geschlafen, das war richtig, aber neben ihnen?

Er lief im Traum durch eine endlose Straße. Die Häuser waren unabsehbar hoch. Die Straße war ganz leer, und die Häuser hatten weder Fenster noch Türen. Und der Himmel war weit entfernt und fremdartig wie über einem tiefen Brunnen. Fabian hatte Hunger und Durst und war todmüde. Er sah, die Straße hörte nicht auf, aber er ging und wollte sie zu Ende gehen.

»Es hat keinen Zweck«, sagte da eine Stimme. Er blickte sich um. Der alte Erfinder stand hinter ihm, in der verschossenen Pelerine, mit dem schlechtgerollten Schirm und dem ergrauten steifen Hut.

»Guten Tag, lieber Professor«, rief Fabian. »Ich dachte, Sie wären im Irrenhaus.«

»Hier ist es ja«, sagte der Alte und schlug mit der Schirmkrücke gegen eines der Gebäude. Es hallte blechern, dann ging ein Tor auf, wo keines war.

»Meine neueste Erfindung«, sagte der Alte. »Gestatten Sie, lieber Neffe, daß ich vorausgehe, ich bin hier zu Hause.« Fabian folgte. In der Portierloge hockte Direktor Breitkopf, hielt sich den Bauch und stöhnte: »Ich kriege ein Kind. Die Sekretärin hat sich wieder mal nicht vorgesehen.« Dann schlug er sich dreimal auf die Glatze, und das klang laut wie ein Gong.

»Wieder unpünktlich«, bedauerte der Professor, steckte Herrn Direktor Breitkopf den schlecht gerollten Schirm tief in den Schlund und spannte dann den Schirm auf. Breitkopfs Gesicht zerplatzte wie ein Ballon.

»Verbindlichen Dank«, sagte Fabian.

»Nicht der Rede wert«, erwiderte der Erfinder. »Haben Sie meine Maschine schon gesehen?« Er nahm Fabian an der Hand und führte ihn durch einen Gang, in dem bläuliches Neonlicht brannte, ins Freie.

Eine Maschine, groß wie der Kölner Dom, türmte sich vor ihnen auf. Halbnackte Arbeiter standen davor, mit Schaufeln bewaffnet, und schippten Hunderttausende von kleinen Kindern in einen riesigen Kessel, in dem ein rotes Feuer brannte.

»Kommen Sie ans andere Ende«, sagte der Erfinder. Sie fuhren auf laufenden Bändern quer durch den grauen Hof. »Hier«, sagte der alte Mann und zeigte in die Luft.

Fabian blickte empor. Gewaltige glühende Bessemerbirnen senkten sich nieder, kippten automatisch um und schüttelten ihren Inhalt auf einen horizontalen Spiegel. Der Inhalt war lebendig. Männer und Frauen fielen auf das glitzernde Glas, stellten sich gerade und starrten wie gebannt auf ihr handgreifliches und doch unerreichbares Abbild. Manche winkten in die Tiefe hinunter, als kennten sie sich. Einer zog eine Pistole aus der Tasche und schoß. Er traf, obwohl er, gestrichen Korn, seinem Bild ins Herz gezielt hatte, seine wirkliche große Zehe und verzog das Gesicht. Ein Anderer drehte sich im Kreise. Offensichtlich wollte er seinem Abbild die Kehrseite zuwenden, der Versuch mißlang.

»Hunderttausend am Tage«, erläuterte der Erfinder. »Dabei habe ich die Arbeitszeit verkürzt und die Fünftagewoche eingeführt.«

»Lauter Verrückte?« fragte Fabian.

»Das ist eine Frage der Terminologie«, antwortete der Professor. »Einen Moment, die Kuppelung versagt.« Er trat an die Maschine heran und stocherte mit seinem Schirm in einer Öffnung. Plötzlich verschwand der Schirm, dann verschwand die Pelerine, sie zog den alten Mann hinter sich her. Er war fort. Seine Maschine hatte ihn verschluckt.

Fabian fuhr auf dem laufenden Band zurück, quer durch den grauen Hof. »Es ist ein Unglück passiert!« schrie er einem der halbnackten Arbeiter zu. Da purzelte ein Kind aus dem Kessel. Es trug eine Hornbrille und hielt einen schlechtgerollten Schirm im Händchen. Der Arbeiter nahm den Säugling auf die Schaufel und schleuderte ihn in den glühenden Kessel zurück. Fabian fuhr von neuem den Hof entlang und wartete unter den schwankenden Bessemerbirnen, daß sein alter Freund, erneut verwandelt, wiederkäme.

Er wartete vergebens. Statt dessen fiel er selber, ein zweiter Fabian, aber mit Pelerine, Schirm und Hut, aus einem der gewaltigen Kippkästen, stellte sich zu den anderen Figuren und starrte, gleich ihnen, auf die Spiegelbilder. An seinen Sohlen, mit dem Kopf nach unten, hing sein Abbild, ein dritter Fabian, im Spiegel und starrte aufwärts, dem zweiten Fabian ins Gesicht. Dieser zeigte mit dem Daumen hinter sich, auf die Maschine, und sagte: »Mechanische Seelenwanderung, Patent

Kollrepp.« Dann schritt er auf den wirklichen Fabian zu, der im Hofe stand, ging mitten in ihn hinein und war nicht mehr da.

»Wie angegossen«, gestand Fabian, nahm dem Maschinenmenschen, der ihn unsichtbar ausfüllte, den Schirm ab, zog die Pelerine zurecht und war wieder das einzige Exemplar seiner selbst.

Er blickte zu dem glänzenden Spiegel hinüber. Die Menschen versanken plötzlich darin wie in einem durchsichtigen Sumpf. Sie rissen die Münder auf, als ob sie vor Schreck schrien, aber es war nichts zu hören. Sie sanken völlig unter die Spiegelfläche. Ihre Abbilder flohen, wie Fische, mit dem Kopf voran, wurden immer kleiner und verschwanden ganz. Nun standen die wirklichen Menschen unten, und es war, als seien sie in Bernstein gefangen. Fabian trat ganz nahe. Das war kein Spiegelbild mehr, was er sah. Über den untergegangenen Wesen lag eine bloße Glasplatte, und die Leute lebten weiter. Fabian kniete hin und blickte hinab.

Fette nackte Frauen, mit Sorgenfalten quer überm Leib, saßen an Tischen und tranken Tee. Sie trugen durchbrochene Strümpfe und im Genick geflochtene Hütchen. Armbänder und Ohrgehänge blitzten. Eines der alten Weiber hatte sich einen goldenen Ring durch die Nase gezogen. An anderen Tischen saßen dicke Männer, halbnackt, behaart wie Gorillas, mit Zylindern, manche in lila Unterhosen, alle mit großen Zigarren zwischen den dicken Lippen. Die Männer und Frauen schauten gierig auf einen Vorhang. Er wurde zur Seite gezogen, und junge geschminkte Burschen in enganliegenden Trikots stolzierten wie gezierte Mannequins über einen erhöhten Laufsteg. Den Jünglingen folgten, auch in Trikots, junge Mädchen, sie lächelten affektiert und brachten alles, was an ihnen rund war, angestrengt zur Geltung. Fabian erkannte einige, die Kulp, die Bildhauerin, die Selow, auch Paula aus Haupts Festsälen war dabei.

Die alten Frauen und Männer preßten Operngläser an die Augen, sprangen auf, stolperten über Stühle und Tische, drängten dem Laufsteg zu, schlugen einander, um vorwärts zu kommen, und wieherten wie geile Pferde. Die dicken mit Schmuck beladenen Weiber rissen junge Burschen vom Steg, warfen sich heulend auf die Erde, knieten flehend nieder, spreizten die fetten Beine, zerrten sich Brillanten von den Armen und Fingern und aus den Ohrlappen und hielten sie bettelnd den verhurt lächelnden Gestalten entgegen. Die alten Männer griffen mit ihren Affenarmen nach den Mädchen, auch nach Jünglingen, und umarmten, blaurot vor Aufregung, wen sie faßten. Unterhosen, Krampfadern, Sockenhalter, zerrissene farbige Trikots, fette und faltige Gliedmaßen, verzerrte Visagen, grinsende Pomademünder, braune schlanke Arme, im Krampf zuckende Füße füllten den Boden aus. Es war, als läge ein lebendiger Perserteppich auf der Erde.

»Deine Cornelia ist auch dabei«, sagte Frau Irene Moll. Sie saß neben ihm, und sie naschte aus einer großen Bonbontüte kleine junge Männer. Sie riß ihnen zuerst die Kleider ab. Das sah aus, als ob sie in Papier gewickelte Napolitains schälte. Fabian suchte Cornelia. Sie stand, während sich alle anderen wild verknäuelt am Boden wälzten, allein auf dem Laufsteg und wehrte sich gegen einen dicken brutalen Mann, der ihr mit der einen Hand den Mund aufsperrte und mit der anderen seine brennende Zigarre, mit der Glut voran, in den Mund stoßen wollte. »Sträuben nützt bei dem nichts«, meinte die Moll und kramte in ihrer Tüte.

»Das ist Makart, ein Filmfabrikant, Geld wie Heu. Seine Frau hat sich vergiftet.« Cornelia wankte und stürzte neben Makart in den Tumult.

»Spring ihr doch nach«, sagte die Moll. »Aber du hast Angst, die Glasscheibe könnte zerbrechen. Immer hast du Angst, das Glas zwischen dir und den Anderen könnte zerbrechen. Du hältst die Welt für eine Schaufensterauslage.«

Cornelia war nicht mehr zu entdecken. Aber jetzt sah Fabian den Todeskandidaten Wilhelmy. Der war nackt, das linke Bein war eine Prothese. Er stand auf einem Himmelbett und fuhr wie ein Wellenreiter über das Gezappel der Menschen. Er schwang seinen Krückstock und schlug die Kulp, die sich an dem Bett festklammerte, auf den Kopf und auf die Hände, bis das Mädchen blutüberströmt losließ und in die Tiefe sank.

Wilhelmy befestigte eine Schnur am Stock, band einen Geldschein ans Ende der Schnur und warf diese Angel aus. Die Menschen unter ihm sprangen wie Fische in die Luft, schnappten nach der Banknote, fielen ermattet zurück und schnellten wieder hoch. Da! Eine Frau hielt den Schein im Mund. Es war die Selow. Sie schrie gellend. Ein Angelhaken hatte ihre Zunge durchbohrt. Wilhelmy zog die Schnur ein, die Selow näherte sich, verzerrten Gesichts, dem Bett. Aber hinter ihr tauchte die Bildhauerin auf, umschlang die Freundin mit beiden Armen und riß sie rückwärts. Die Zunge glitt weit aus dem Mund. Wilhelmy und die Bildhauerin suchten das Mädchen an sich zu ziehen, jeder auf seine Seite. Die Zunge wurde immer länger, lang wie ein rotes Gummiband, und sie war zum Reißen gespannt. Wilhelmy rang nach Luft und lachte.

»Wunderbar«, rief Irene Moll. »Das grenzt an Tauziehen. Wir leben im Zeitalter des Sports.« Sie zerknüllte die leere Tüte und sagte: »Jetzt freß ich dich.« Sie riß ihm die Pelerine herunter. Ihre Finger griffen wie Scheren ineinander und zerschnitten Fabians Anzug. Er schlug ihr mit der Schirmkrükke auf den Kopf. Sie taumelte und ließ ihn los. »Ich liebe dich doch«, flüsterte sie und weinte. Ihre Tränen drangen wie kleine Seifenblasen aus ihren Augenwinkeln, wurden immer größer und stiegen schillernd in die Luft.

Fabian erhob sich und ging weiter.

Er geriet in einen Saal, der keine Wände hatte. Unzählige Treppenstufen führten von dem einen Ende des Saales hinauf zum anderen Ende. Auf jeder Stufe standen Leute. Sie blickten interessiert nach oben und griffen einander in die Taschen. Jeder bestahl jeden. Jeder wühlte heimlich in den Taschen des Vordermannes, und während er das tat, wurde er vom Hintermann beraubt. Es war ganz ruhig im Saal. Trotzdem war alles in Bewegung. Man stahl emsig, und man ließ sich bestehlen. Auf der letzten Stufe stand ein kleines zehnjähriges Mädchen und zog dem Vordermann einen bunten Aschenbecher aus dem Mantel. Plötzlich war Labude auf der obersten Stufe. Er hob die Hände, blickte die Treppe hinunter und rief: »Freunde! Mitbürger! Die Anständigkeit muß siegen!«

»Aber natürlich!« brüllten die anderen im Chor und kramten einander in den Taschen.

»Wer für mich ist, hebe die Hand!« schrie Labude.

Die anderen hoben die Hand. Jeder hob eine Hand, mit der anderen stahl er weiter. Nur das kleine Mädchen auf der untersten Stufe hob beide Hände.

»Ich danke euch«, sagte Labude, und seine Stimme klang gerührt. »Das Zeitalter der Menschenwürde bricht an. Vergeßt diese Stunde nicht!«

»Du bist ein Narr!« rief Leda. Sie stand neben Labude und zog einen großen hübschen Mann hinter sich her.

»Meine besten Freunde sind meine größten Feinde«, sagte Labude traurig. »Mir ist es gleich. Die Vernunft wird siegen, auch wenn ich untergehe.«

Da fielen Schüsse. Fabian sah hoch. Überall waren Fenster

und Dächer. Und überall standen finstere Gestalten mit Revolvern und Maschinengewehren.

Die Menschen auf der Treppe warfen sich lang hin, aber sie stahlen weiter. Die Schüsse knatterten. Die Menschen starben, die Hände in fremden Taschen. Die Treppe lag voller Leichen.

»Um die ist es nicht schade«, sagte Fabian zu dem Freund. »Nun komm!« Aber Labude blieb in dem Kugelregen stehen. »Um mich auch nicht mehr«, flüsterte er, drehte sich nach den Fenstern und Dächern um und drohte ihnen.

Aus den Dachluken und aus den Giebeln fielen Menschen in die Tiefe. Aus den Fenstern hingen Verwundete. Auf einer Giebelkante rangen zwei athletische Männer. Sie würgten und bissen einander, bis der eine taumelte und beide abstürzten. Man hörte den Aufschlag der hohlen Schädel. Flugzeuge schwirrten unter der Saaldecke und warfen Brandfackeln auf die Häuser. Die Dächer begannen zu brennen. Grüner Qualm quoll aus den Fenstern.

»Warum machen das die Leute?« Das kleine Mädchen aus dem Kaufhaus faßte Fabians Hand.

»Sie wollen neue Häuser bauen«, erwiderte er. Dann nahm er das Kind auf den Arm und stieg, über die Toten kletternd, die Stufen hinunter. Auf halbem Weg begegnete er einem kleinen Mann. Der stand da, schrieb Zahlen auf einen Block und rechnete mit den Lippen. »Was machen Sie da?« fragte Fabian.

»Ich kaufe die Restbestände«, war die Antwort. »Pro Leiche dreißig Pfennige, für wenig getragene Charaktere fünf Pfennige extra. Sind Sie verhandlungsberechtigt?«

»Gehen Sie zum Teufel«, schrie Fabian.

»Später«, sagte der kleine Mann und rechnete weiter. Am Fuß der Treppe setzte Fabian das kleine Mädchen hin. »Nun geh nach Hause«, meinte er. Das Kind lief davon. Es hüpfte auf einem Bein und sang.

Er stieg wieder die Stufen empor. »Ich verdiene keinen Pfennig«, murmelte der kleine Mann, an dem er wieder vorbeikam. Fabian beeilte sich. Oben brachen die Häuser zusammen. Stichflammen stiegen aus den Steinhaufen. Glühende Balken neigten sich und sanken um, als tauchten sie in Watte. Noch immer ertönten vereinzelte Schüsse. Menschen mit Gasmasken krochen durch die Trümmer. So oft sich zwei begegneten, hoben sie Gewehre, zielten und schossen. Fabian sah sich um. Wo war Labude? »Labude!« schrie er. »Labude!«

»Fabian!« rief eine Stimme. »Fabian!«

»Fabian!« rief Cornelia und rüttelte ihn. Er erwachte. »Warum rufst du Labude?« Sie strich ihm über die Stirn.

»Ich habe geträumt«, sagte er. »Labude ist in Frankfurt.«

»Soll ich Licht machen?« fragte sie.

»Nein, schlaf rasch wieder ein, Cornelia, du mußt morgen hübsch aussehen. Gute Nacht.«

»Gute Nacht«, sagte sie.

Und dann lagen beide noch lange wach. Jeder wußte es vom anderen, aber sie schwiegen.

FÜNFZEHNTES KAPITEL

Ein junger Mann, wie er sein soll • Vom Sinn der Bahnhöfe • Cornelia schreibt einen Brief

Am nächsten Morgen saß er, als Cornelia ins Büro ging, am offenen Fenster. Sie hatte eine Mappe unterm Arm und schritt eifrig aus. Sie hatte Arbeit, sie verdiente Geld. Er saß am Fenster und ließ sich von der Sonne kitzeln. Sie schien warm, als sei die Welt in bester Ordnung, nichts brachte sie aus der Fassung.

Cornelia war schon weit. Er durfte sie nicht zurückrufen. Wenn er es getan und wenn er, aus dem Fenster gebeugt, gesagt hätte: Komm wieder herauf, ich will nicht, daß du arbeitest, ich will nicht, daß du zu Makart gehst! hätte sie geantwortet: Was fällt dir ein? Gib mir Geld oder halte mich nicht auf. Er konnte sich nicht anders helfen, er streckte der Sonne die Zunge heraus.

»Was machen Sie denn da?« fragte Frau Hohlfeld. Sie war unbemerkt eingetreten.

Fabian sagte abweisend: »Ich fange Fliegen. Sie sind heuer groß und knusprig.«

»Gehen Sie nicht ins Geschäft?«

»Ich bin in den Ruhestand getreten. Vom nächsten Ersten ab erscheine ich im Defizit des Finanzministeriums, als unvorhergesehene Mehrausgabe.« Er schloß das Fenster und setzte sich aufs Sofa.

»Stellungslos?« fragte sie.

Er nickte und holte Geld aus der Tasche. »Hier sind die achtzig Mark für den nächsten Monat.«

Sie nahm rasch das Geld und meinte: »Das war nicht so eilig, Herr Fabian.«

»Doch.« Er legte die letzten Scheine und Münzen übersichtlich auf den Tisch und zählte, was ihm blieb. »Wenn ich mein Kapital auf die Bank bringe, krieg ich drei Mark Zinsen im Jahr«, sagte er. »Das lohnt sich kaum.«

Die Wirtin wurde gesprächig. »In der Zeitung schlug gestern ein Ingenieur vor, man solle den Spiegel des Mittelmeeres um zweihundert Meter senken, dann kämen große Ländereien ans Licht, wie vor der Eiszeit, und man könne sie besiedeln und Millionen von Menschen darauf ernähren. Außerdem sei, mit Hilfe kurzer Dämme, eine durchgehende Eisenbahnverbindung von Berlin bis Kapstadt möglich!« Frau Hohlfeld war noch jetzt von dem Vorschlag des Ingenieurs eingenommen und sprach voll Feuer.

Fabian pochte auf die Armlehne des Sofas, daß der Staub tanzte. »Na also!« rief er. »Auf ans Mittelmeer! Laßt uns seinen Spiegel senken. Kommen Sie mit, Frau Hohlfeld?«

»Gern. Ich war seit meiner Hochzeitsreise nicht mehr dort. Eine herrliche Gegend. Genua, Nizza, Marseille, Paris. Paris liegt übrigens nicht am Mittelmeer, aber es ist trotzdem schön.« Sie gab dem Gespräch eine Wendung: »Da war das Fräulein Doktor wohl sehr traurig?«

»Schade, daß sie schon fort ist, sonst hätten wir sie fragen können.«

»Ein bezauberndes Mädchen, und so vornehm, ich finde, sie ähnelt der Königin von Rumänien, als sie noch jung war.«

»Erraten.« Fabian erhob sich und brachte die Wirtin zur Tür. »Es soll eine Tochter der Königin sein. Aber, bitte, nicht weitersagen.«

Nachmittags saß er in einem großen Zeitungsverlag und wartete, daß Herr Zacharias Zeit fände. Herr Zacharias war ein Bekannter, der, nach einer Debatte über den Sinn der Reklame, zu ihm gesagt hatte: »Wenn Sie mich mal brauchen, melden Sie sich.« Fabian blätterte gedankenlos in einer der Zeitschriften, die den Tisch des Warteraums zierten, und entsann sich des Gesprächs. Zacharias hatte damals der Behauptung von H. G. Wells, daß das Wachstum der christlichen Kirche nicht zuletzt auf geschickte Propaganda zurückzuführen sei, begeistert zugestimmt; er hatte auch Wells' Forderung verfochten, daß es an der Zeit sei, die Reklame nicht länger auf die Steigerung des Konsums von Seife und Kaugummi zu beschränken, sondern sie endlich ausreichend in den Dienst von Idealen zu stellen. Fabian hatte geäußert, die Erziehbarkeit des Menschengeschlechts sei eine fragwürdige These; die Eignung des Propagandisten zum Volkserzieher und das Talent des Erziehers zum Propagandisten stünden außerdem in Frage; Vernunft könne man nur einer beschränkten Zahl von Menschen beibringen, und die sei schon vernünftig. Zacharias und er hatten sich förmlich gestritten, bis sie fanden, der Meinungsstreit trage allzu akademischen Charakter, denn beide möglichen Resultate – der Sieg oder die Niederlage jener idealistischen Aufklärung – setzten sehr viel Geld voraus, und für Ideale gebe Keiner Geld.

Boten liefen geschäftig durch das Labyrinth der Gänge. Papphülsen fielen klappernd aus Metallröhren. Das Telefon des Aufsichtsbeamten klingelte fortwährend. Besucher kamen und gingen. Angestellte rannten aus einem Zimmer ins andere. Ein Direktor des Betriebes eilte, mit einem Stab untertäniger Mitarbeiter, die Treppe hinunter.

»Herr Zacharias läßt bitten.«

Ein Bote brachte ihn bis zur Tür. Zacharias gab Fabian temperamentvoll die Hand. Es war die hervorstechendste Eigenschaft dieses jungen Mannes, Alles, was er tat, außerordentlich lebhaft zu besorgen. Er kam aus der Begeisterung nicht heraus. Ob er sich nun die Zähne putzte oder ob er debattierte, ob er Geld ausgab oder ob er seinen Vorgesetzten Vorschläge machte, stets riß er sich ein Bein aus. Wer in seine Nähe kam, wurde von dieser Humorlosigkeit infiziert. Plötzlich wurde ein Gespräch über das Binden von Krawatten zum aufregendsten Thema der Gegenwart. Und die Vorgesetzten merkten, wenn sie mit Zacharias Geschäftliches erörterten, wie ungeheuer wichtig ihr Beruf, ihr Verlag und ihr Posten eigentlich waren. Die Karriere des Mannes war nicht aufzuhalten. Daß er selbst Wesentliches leistete, war unwahrscheinlich. Er diente dem Betrieb als Katalysator, den Menschen seiner Umgebung als Stimulans. Er wurde unentbehrlich und hatte jetzt schon, mit achtundzwanzig Jahren, ein Monatsgehalt von zweitausendfünfhundert Mark. Fabian erzählte, was es zu erzählen gab.

»Frei ist nichts«, sagte Zacharias, »und ich wäre Ihnen so gern gefällig. Außerdem bin ich überzeugt, daß wir beide glänzend miteinander auskämen. Was machen wir bloß?« Er preßte die Hände an die Schläfen, wie ein Wahrsager dicht vor der Erleuchtung. »Was halten Sie von Folgendem: wenn ich Sie bei mir anstelle, als privaten Mitarbeiter, den ich aus eigener Tasche bezahle? Ich könnte eine Kraft wie Sie gut gebrauchen. Man erwartet hier im Hause pro Tag ein Dutzend Anregungen von mir. Bin ich ein Automat? Was kann ich dafür, daß den Anderen noch weniger einfällt? Wenn das so weitergeht, läuft sich mein Gehirn einen Wolf. Ich habe seit kurzem ein kleines nettes Auto –, Steyr, Sechszylinder, Spezialkarosserie. Wir könnten jeden Tag ein paar Stunden ins Grüne fahren und Eier legen. Ich schoffiere gern, es beruhigt die Nerven. Dreihundert Mark würde ich für Sie lockermachen. Und sobald hier ein Posten frei wird, hätten Sie ihn. Na?«

Ehe Fabian antworten konnte, fuhr der Andere fort: »Nein, es geht nicht. Man würde sagen, Zacharias hält sich einen weißen Neger. Ich bin vor keinem dieser Kerle sicher. Sie stehen alle mit der Axt hinter der Tür, um mir eins über den Kürbis zu hauen. Was machen wir bloß? Fällt Ihnen nichts ein?«

Fabian sagte: »Ich könnte mich auf den Potsdamer Platz stellen, mit einem großen Schild vorm Bauch, auf dem etwa stünde: Dieser junge Mann macht augenblicklich nichts, aber probieren Sie's, und Sie werden sehen, er macht Alles. Ich könnte den Text auch auf einen großen Luftballon malen.«

»Wenn Sie den Vorschlag ernst meinten, wäre er gut!« rief Zacharias. »Aber er ist nichts wert, weil Sie nicht daran glauben. Sie nehmen nur die wirklich ernsten Dinge ernst, und vielleicht nicht einmal die. Es ist ein Jammer. Mit Ihrer Begabung wäre ich heute leitender Direktor.« Zacharias wandte bei Leuten, die ihm überlegen waren, einen höchst raffinierten Trick an: Er gab diese Überlegenheit ohne weiteres zu, er bestand geradezu auf ihr.

»Was nützt es mir, daß ich begabter bin?« fragte Fabian betrübt. Diese rhetorische Anfrage hatte Zacharias nicht erwartet. Wenn er selber offen war, genügte das. Statt dessen kam Einer des Wegs, bat um Rat und wurde obendrein vorlaut.

»Es ist schade, daß Sie mir die Bemerkung übelnehmen«, sagte Fabian. »Ich wollte Sie nicht kränken. Ich bin auf meine Talente nicht eingebildet, sie reichen glatt zum Verhungern. Und so schlecht, daß ich auf sie stolz sein müßte, geht es mir erst in vierzehn Tagen.«

Zacharias stand auf und begleitete den Besucher betont verträglich bis zur Treppe. »Rufen Sie mich morgen mal an, gegen zwölf Uhr, nein, da habe ich eine Konferenz, sagen wir nach Zwei. Vielleicht fällt mir inzwischen was ein. Servus.«

Fabian hätte gern Labude angerufen, doch der war in Frankfurt. Er hätte ihm beileibe nichts von seinen Sorgen erzählt. Sorgen hatte Labude selber. Die bekannte Stimme wollte er hören, weiter nichts. Zwischen Freunden konnten Gespräche übers Wetter Wunder wirken. Die Mutter war wieder fort. Der ulkige alte Erfinder war, samt Pelerine, auf dem Weg ins Irrenhaus. Cornelia kaufte sich einen neuen Hut, um ein paar Filmleuten zu gefallen. Fabian war allein. Warum konnte man nicht, bis auf Widerruf, vor sich selber davonlaufen? Obwohl er ziellos durch die City wanderte, stand er wenig später vor dem Haus, in dem Cornelia angestellt war. Er setzte, ärgerlich über sich, den Weg fort und ertappte sich dabei, daß er in jedes Hutgeschäft schielte. Saß sie jetzt noch im Büro? Probierte sie bereits Hüte und Jumper?

Am Anhalter Bahnhof kaufte er eine Zeitung. Der Mann, der im Kiosk saß, sah gemütlich aus. »Könnten Sie jemanden brauchen, der Ihnen hilft?« fragte Fabian.

»Nächstens lerne ich Strümpfe stricken«, sagte der Mann, »vor einem Jahr hatte ich doppelten Umsatz, und auch der war nicht üppig. Die Leute lesen die Zeitungen neuerdings nur noch beim Friseur und im Café. Bäcker hätte man werden sollen. Das Brot kriegen die Leute beim Friseur noch nicht umsonst.«

»Neulich hat jemand vorgeschlagen, das Brot von Staats wegen ins Haus zu liefern, genau wie das Leitungswasser«, erzählte Fabian. »Passen Sie auf, eines Tages schützt nicht mal das Brotbacken vorm Verhungern.«

»Wollen Sie eine Stulle haben?« fragte der Mann im Kiosk.

»Eine Woche reicht's schon noch«, sagte Fabian, bedankte sich und ging zum Bahnhof hinüber. Er studierte den Fahrplan. Sollte er, vom letzten Geld, ein Billett kaufen und zur Mutter kutschieren? Aber vielleicht wußte Zacharias morgen einen Ausweg? Als er aus dem Bahnhof trat und wieder diese Straßenfluchten und Häuserblocks vor sich sah, dieses hoffnungslose, unbarmherzige Labyrinth, wurde ihm schwindlig. Er lehnte sich neben ein paar Gepäckträgern an die Wand und schloß die Augen. Doch nun quälte ihn der Lärm. Ihm war, als führen die Straßenbahnen und Autobusse mitten durch seinen Magen. Er kehrte wieder um, stieg die Treppe zum Wartesaal hinauf und legte dort den Kopf auf eine harte Bank. Eine halbe Stunde später war ihm wohler. Er ging zur Straßenbahnhaltestelle, fuhr nach Hause, warf sich aufs Sofa und schlief sofort ein.

Abends erwachte er. Die Vorsaaltür schlug laut zu. Kam Cornelia? Nein, jemand lief rasch die Treppe hinunter. Er ging ins andere Zimmer hinüber und erschrak.

Der Schrank stand offen. Er war leer. Die Koffer fehlten. Fabian machte Licht, obwohl es erst dämmerte. Auf dem Tisch, von der Vase beschwert, in der Blumen aufs Wegwerfen warteten, lag ein Brief. Er nickte, nahm den Brief und ging in sein Zimmer zurück.

»Lieber Fabian«, schrieb Cornelia, »ist es nicht besser, ich gehe zu früh als zu spät? Eben stand ich neben Dir am Sofa. Du schliefst, und Du schläfst auch jetzt, während ich Dir schreibe. Ich bliebe gern, aber stell Dir vor, ich bliebe! Ein paar Wochen noch, und Du wärst recht unglücklich. Dich bedrückt nicht das Gewicht der Not, sondern der Gedanke, daß Not so wichtig werden kann. Solange Du allein warst, konnte Dir nichts geschehen, was auch geschah. Es wird wieder werden, wie es war. Bist Du sehr traurig?

Sie wollen mich im nächsten Film herausstellen. Morgen unterschreibe ich den Kontrakt. Makart hat mir zwei Zimmer gemietet. Es ist nicht zu umgehen. Er sprach darüber, als handle es sich um einen Zentner Briketts. Fünfzig Jahre ist er alt, und er sieht aus wie ein zu gut angezogener Ringkämpfer im Ruhestand. Mir ist, als hätte ich mich an die Anatomie verkauft. Wenn ich noch einmal in Dein Zimmer käme und Dich weckte? Ich lasse Dich schlafen. Ich werde nicht zugrunde gehen. Ich werde mir einbilden, der Arzt untersucht mich. Er mag sich mit mir beschäftigen, es muß sein. Man kommt nur aus dem Dreck heraus, wenn man sich dreckig macht. Und wir wollen doch heraus!

Ich schreibe: Wir. Verstehst Du mich? Ich gehe jetzt von Dir fort, um mit Dir zusammen zu bleiben. Wirst Du mich lieb behalten? Wirst Du mich noch anschauen wollen und umarmen können, trotz dem Anderen? Morgen nachmittag werde ich, von vier Uhr ab, im Café Schottenhaml auf Dich warten. Was soll aus mir werden, wenn Du nicht kommst? Cornelia.«

Fabian saß ganz still. Es wurde immer finsterer. Das Herz tat weh. Er hielt die Knäufe des Sessels umklammert, als wehre er sich gegen Gestalten, die ihn fortziehen wollten. Er nahm sich zusammen. Der Brief lag unten auf dem Teppich und glänzte im Dunkel.

»Ich wollte mich doch ändern, Cornelia«, sagte Fabian.

SECHZEHNTES KAPITEL

Fabian fährt auf Abenteuer • Schüsse am Wedding • Onkel Pelles Nordpark

Am selben Abend fuhr er mit der Untergrundbahn in den Norden hinauf. Er stand am Fenster des Wagens und blickte unverwandt in den schwarzen Schacht, in dem manchmal kleine Lampen vorbeizogen. Er starrte auf die belebten Bahnsteige der unterirdischen Bahnhöfe. Er starrte, wenn sich der Zug aus dem Schacht emporhob, auf die grauen Häuserzeilen, in düstere Querstraßen und in erleuchtete Zimmer hinein, wo fremde Menschen rund um den Tisch saßen und auf ihr Schicksal warteten. Er starrte auf das glitzernde Gewirr der Eisenbahngeleise hinunter, über denen er dahinfuhr; auf die Fernbahnhöfe, in denen die roten Schlafwagenzüge ächzend an die weite Reise dachten; auf die stumme Spree, auf die von grellen Leuchtschriften belebten Theatergiebel und auf den sternlosen violetten Himmel über der Stadt.

Fabian sah das Alles, als führen nur seine Augen und Ohren durch Berlin, und er selber sei weit, weit weg. Sein Blick war gespannt, aber das Herz war besinnungslos. Er hatte lange in seinem möblierten Zimmer gesessen. Irgendwo in dieser unabsehbaren Stadt lag jetzt Cornelia mit einem fünfzigjährigen Mann im Bett und schloß ergeben die Augen. Wo war sie? Er hätte die Wände von allen Häusern reißen mögen, bis er die

Zwei fand. Wo war Cornelia? Warum verdammte sie ihn zur Untätigkeit? Warum tat sie das in einem der wenigen Augenblicke, wo es ihn zu handeln trieb? Sie kannte ihn nicht. Sie hatte lieber falsch gehandelt, als ihm zu sagen: Handle du richtig! Sie glaubte, er könne eher tausend Schläge erdulden als selber einmal den Arm erheben. Sie wußte nicht, daß er sich darnach sehnte, Dienst zu tun und Verantwortung zu tragen. Wo aber waren die Menschen, denen er gern gedient hätte? Wo war Cornelia? Unter einem dicken alten Mann lag sie und ließ sich zur Hure machen, damit der liebe Fabian Lust und Zeit zum Nichtstun hatte. Sie schenkte ihm großmütig jene Freiheit wieder, von der sie ihn befreit hatte. Der Zufall hatte ihm einen Menschen in die Arme geführt, für den er endlich handeln durfte, und dieser Mensch stieß ihn in die ungewollte, verfluchte Freiheit zurück. Beiden war geholfen gewesen, und nun war beiden nicht zu helfen. In dem Augenblick, wo die Arbeit Sinn erhielt, weil er Cornelia fand, verlor er die Arbeit. Und weil er die Arbeit verlor, verlor er Cornelia.

Er hatte, durstig, ein Gefäß in der Hand gehalten und es nicht tragen mögen, weil es leer war. Da, als er es kaum noch hoffte, war das Schicksal gnädig gewesen und hatte das Gefäß gefüllt. Er hatte sich darüber geneigt und endlich trinken wollen. Nein, hatte da das Schicksal gesagt, nein, du wolltest ja den Becher nicht halten, und das Gefäß war ihm aus den Händen geschlagen worden, und das Wasser war über seine Hände zur Erde geflossen.

Hurra! nun war er frei. Er lachte so laut und böse, daß die anderen Fahrgäste, leicht verstimmt, von ihm abrückten. Er stieg aus. Es war ja gleichgültig, wo er ausstieg, er war frei, Cornelia erschlief sich, weiß der Teufel wo, eine Karriere oder eine Verzweiflung oder Beides. Auf der Chausseestraße, am Trakt der Polizeikasernen, sah er in den geöffneten Toren grüne Autos,

Scheinwerfer blitzten. Polizisten kletterten auf die Wagen und standen, Gewehr bei Fuß, in stummer Kolonne. Einige Autos ratterten in nördlicher Richtung davon. Fabian folgte ihnen. Die Straße war voller Menschen. Zurufe flogen den Wagen nach. Zurufe, als wären es schon Steine. Die Mannschaften blickten geradeaus.

Am Weddingplatz riegelten sie die Reinickendorfer Straße ab, auf der Arbeitermassen näherzogen. Berittene Polizei wartete hinter der Sperrkette darauf, zur Attacke befohlen zu werden. Uniformierte Proletarier warteten, den Sturmriemen unterm Kinn, auf proletarische Zivilisten. Wer trieb sie gegeneinander? Die Arbeiter waren nahe, ihre Lieder wurden immer lauter, da ging die Polizei schrittweise vor, einen Meter Abstand von Mann zu Mann. Der Gesang wurde von wütendem Gebrüll abgelöst. Man spürte, ohne die Vorgänge sehen zu können, am Lärm und wie er wuchs, daß die Arbeiter und die Polizei dort vorn gleich aufeinander stoßen würden. Eine Minute später bestätigten Aufschreie die Vermutung. Man war zusammengetroffen, die Polizei schlug zu. Jetzt setzten sich die Pferde schaukelnd in Bewegung und trabten in das Vakuum hinein, die Hufe klapperten übers Pflaster. Von vorn ertönte ein Schuß. Scheiben zersprangen. Die Pferde galoppierten. Die Menschen auf dem Weddingplatz wollten nachdrängen. Eine zweite Postenkette sperrte den Zugang zur Reinickendorfer Straße, rückte langsam vor und säuberte den Platz. Steine flogen. Ein Wachtmeister erhielt einen Messerstich. Die Polizei hob die Gummiknüppel und ging zum Laufschritt über. Auf drei Lastautos kam Verstärkung, die Mannschaften sprangen von den langsam fahrenden Wagen herunter. Die Arbeiter ergriffen die Flucht, an den äußersten Rändern des Platzes und in den Zugangsstraßen machten sie wieder halt. Fabian drängte sich durch die lebendige Mauer und ging seiner Wege. Der

Lärm entfernte sich. Drei Straßen weiter schien es schon, als herrsche überall Ruhe und Ordnung.

Ein paar Frauen standen in einem Haustor. »He, Sie!« sagte die eine, »stimmt das, am Wedding gibt's Keile?«

»Sie nehmen einander Maß«, antwortete er und ging vorbei.

»Ich laß mich fressen, Franz ist wieder mittendrin«, rief die Frau. »Na, komm du nur nach Hause!«

Mitten in der Straßenfront, unvermutet zwischen alten, soliden Mietskasernen, lag ein Rummelplatz, der Onkel Pelles Nordpark hieß. Leierkastenmusik überspülte die Gespräche der Mädchen, die, Arm in Arm, in langer Kette vor dem Eingang bummelten. Verwegen tuende Burschen mit schiefgezogenen Mützen strichen entlang und riefen Frechheiten. Die Mädchen kicherten geschmeichelt und gaben unmißverständlich Antwort.

Fabian trat durch das Tor. Das Gelände glich einem Trokkenplatz. Azetylenflammen zuckten und ließen die Wege und Buden halbfinster. Der Boden war klebrig und von Grasstoppeln bewachsen. Das Karussell war, wegen mangelnder Nachfrage, mit Zeltbahnen verhangen. Männer in derben Joppen, alte Frauen mit Kopftüchern, Kinder, die längst hätten im Bett liegen müssen, trotteten den Budenweg entlang.

Ein Glücksrad rasselte. Die Menschen standen dicht zusammengedrängt, die Augen hingen an der rotierenden Scheibe. Sie lief langsamer, überwand noch ein paar Nummern, hielt still.

»25!« schrie der Ausrufer.

»Hier, hier!« Eine alte Frau, mit der Brille auf der Nase, hob ihr Los. Man reichte ihr den Gewinn. Was hatte sie gewonnen? Ein Pfund Würfelzucker.

Wieder schnurrte das Rad.

»17!«

»Hallo, das bin ich!« Ein junger Mann schwenkte sein Los. Er bekam ein Viertelpfund Bohnenkaffee. »Was für Muttern«, sagte er zufrieden und zog ab.

»Und jetzt folgt die große Prämie! Der Gewinner darf sich aussuchen!« Das Rad schwankte, tickte, stand still, nein, es rückte noch eine Nummer weiter.

»9!«

»Mensch, hier!« Ein Fabrikmädchen klatschte in die Hände. Sie las die Lotteriebestimmungen. »Der Hauptgewinn besteht aus fünf Pfund prima Weizenmehl oder einem Pfund Butter oder dreiviertel Pfund Bohnenkaffee oder eindreiviertel Pfund magerem Speck.« Sie verlangte ein Pfund Butter. »Allerhand für einen Groschen«, rief sie. »Das kann man mitnehmen.«

»Es folgt die nächste Ziehung!« brüllte der Ausrufer. »Wer hat noch nicht, wer will noch mal? Sie da, Großmutter! Hier ist das Monte Carlo der armen Luder! Keine Mark, keine halbe Mark, sondern einen Groschen!« Gegenüber war ein ähnliches Unternehmen. Aber die Tombola bestand aus Fleisch und Wurst, und das Los kostete doppelt soviel.

»Der Hauptgewinn, meine Herrschaften, der Hauptgewinn besteht diesmal aus einer halben Hamburger Gans!« kreischte eine Schlächtersgattin. »Zwanzig Pfennige, nur Mut, mein Volk!« Ihr Gehilfe schnitt mit einem Riesenmesser dünne Scheiben von einer Schlackwurst und verteilte an die Loskäufer Kostproben. Den anderen lief das Wasser im Munde zusammen. Sie gruben zwei Groschen aus dem Portemonnaie und griffen zu.

»Wie denkst du über Gänsebraten?« fragte einer ohne Schlips und Kragen eine Frau.

»Schade ums Geld«, sagte sie, »wir haben kein Glück, Willem.«

»Laß man«, meinte er. »Es ist manchmal komisch.« Er nahm ein Los, steckte der Frau die Scheibe Wurst, die er zugekriegt hatte, in den Mund und blickte erwartungsvoll auf das Rad.

»Die Ziehung nimmt hiermit ihren Anfang«, kreischte die Schlächtersgattin. Das Glücksrad surrte. Fabian ging weiter. Hippodrom und Tanz, stand über einem großen Zelt. 20 Pfennig Entree. Er ging hinein. Das Lokal bestand aus zwei Kreisen. Der eine war überhöht, wie ein Pfahlbau stand er im Zelt, dort oben wurde getanzt. In der Mitte saß eine Blechkapelle und spielte, als hätten die Musiker miteinander Streit gehabt. Die Mädchen lehnten am Geländer. Die jungen Männer griffen zu. Man machte keine Umstände. Der andere Kreis war eine Sandmanege, in der, zu den Klängen der Kapelle, drei ausrangierte Gäule vor sich hintrabten. Sie wurden von einem zylindergeschmückten Stallmeister, der die Peitsche schwang und wiederholt »Terrrab!« schrie, vom Einschlafen abgehalten. Auf einem kleinen einäugigen Schimmel saß eine Frau im Herrensitz. Der Rock war hoch über die Knie gerutscht. Sie trabte deutsch und lachte, so oft sie auf den Sattel fiel.

Fabian setzte sich neben die Manege und trank ein Bier. Die Reiterin zog jedesmal, wenn sie an ihm vorbeikam, den Rock herunter. Die Beschäftigung war sinnlos. Der Rock rutschte immer wieder hoch. Als sie zum vierten Mal Fabians Tisch passierte, lächelte sie ein bißchen und ließ den Rock oben. In der fünften Runde blieb der Schimmel vor dem Tisch stehen und glotzte mit dem blinden Auge ins Bierglas. »Da gibt's keinen Zucker«, sagte die Frau und sah Fabian ins Gesicht. Der Stallmeister knallte mit der Peitsche, und der kleine Schimmel schob weiter.

Kaum war die Frau vom Pferd gestiegen, setzte sie sich betont unabsichtlich an den Nebentisch, schräg vor Fabian, so daß er ihre körperlichen Vorzüge nicht übersehen konnte. Sein

Blick blieb auf der Figur haften, und da erwachte sein Schmerz aus der Narkose. Wo war Cornelia? War ihr die Umarmung, in der sie jetzt lag, zuwider? Empfand sie, während er hier saß, in einem fremden Bett Vergnügen? Er sprang auf. Der Stuhl fiel um. Die Frau vom Nebentisch blickte ihm wieder ins Gesicht, ihre Augen wurden groß, der Mund krümmte und öffnete sich leicht, die Zungenspitze fuhr feucht an der Oberlippe entlang.

»Kommen Sie mit?« fragte er unwillig. Sie kam mit, und sie gingen, ohne viel zu reden, ins »Theater«. Das war eine elende Bretterbaracke. »Auftreten der renommierten Rheingoldsänger. Rauchen erlaubt. Zu den Abendvorstellungen haben Kinder keinen Anspruch auf Sitzplätze.« Die Bude war halbvoll. Die Zuschauer hatten die Hüte auf, rauchten Zigaretten und ließen sich im Dunkel von der unüberbietbar albernen und verlogenen Romantik, die ihnen für dreißig Pfennige vorgesetzt wurde, bis zu Tränen rühren. Sie hatten mehr Mitleid mit dem verkitschten Kulissenzauber als mit ihrer eigenen echten Not.

Fabian legte den Arm um die fremde Frau. Sie schmiegte sich an ihn und atmete schwer, damit er es höre. Das Stück war tieftraurig. Ein flotter Student – Direktor Blasemann, grauhaarig und über fünfzig Jahre alt, spielte die Rolle persönlich – kam jeden Morgen betrunken nach Haus. Das lag an dem verdammten Sekt. Er sang Studentenlieder, bestellte einen sauren Hering, wurde von der Portiersfrau abgekanzelt und schenkte einer alten gichtkranken Hofsängerin, daß sie das Singen lasse, seinen letzten Taler.

Doch das Schicksal schritt, so schnell es konnte. Die alte Hofsängerin war, wer hätte sie sonst sein sollen? niemand anders als die Mutter des fünfzigjährigen Studenten! Zwölf Jahre lang hatte er sie nicht gesehen, erhielt allmonatlich Geld von ihr und glaubte, sie sei noch immer, wie einst, Hofopernsängerin. Natürlich erkannte er sie nicht. Aber Mutteraugen sehen schärfer, sie wußte sofort: der oder keiner. Jedoch, die Zuspitzung des Dramas verzögerte sich. Eine Liebesaffäre brach herein. Der Student liebte und wurde geliebt, letzteres geschah durch Fräulein Martin, jene bildhübsche Näherin, die gegenüber wohnte, die Nähmaschine trat und wie eine Lerche sang. Ellen Martin, die singende Lerche, wog gut zwei Zentner. Sie hüpfte, daß sich die Bühne bog, aus der Kulisse und sang mit Direktor Blasemann, dem Studenten, Couplets. Der Anfang des erfolgreichsten Duetts lautete:

»Schatzi du, ach Schatzi mein,
sollst mein ein und alles sein!«

Das junge Paar, das zusammen an die hundert Lenze zählen mochte, schob sich wuchtig auf dem Hof, den die Szene darstellen sollte, hin und her; dann versprach er ihr die Ehe, sie aber wurde traurig, weil er alte Sängerinnen vom Hofe zu treiben pflege. Dann sangen sie das nächste Couplet.

Die Leute klatschten Beifall. Die Frau, um die Fabian seine Hand liegen hatte, machte eine leichte Drehung, sie gab ihm die Brust. »Ach, ist das schön«, sagte sie. Vermutlich meinte sie das Stück. Im Zuschauerraum herrschte wieder feierliche Stille. Die alte, gebeugte, gichtkranke Hofsängerin, die den Sohn Medizin studieren und einem feudalen Korps angehören ließ, wackelte aus der Kulisse, erreichte den Hof mit Müh und Not, hob den Zeigefinger, der Pianist gehorchte, und ein rührseliges Mutterlied war im Entstehen begriffen.

»Gehen wir«, sagte Fabian und ließ den Büstenhalter der fremden Frau los.

»Schon?« fragte sie erstaunt, aber sie folgte ihm.

»Hier wohne ich«, erklärte sie vor einem großen Haus in der Müllerstraße. Sie schloß auf. Er sagte: »Ich komme mit hinauf.«

Sie sträubte sich, es klang nicht überzeugend, er drückte sie in den Hausflur. »Was werden bloß meine Wirtsleute sagen? Nein, sind Sie stürmisch. Aber recht leise, ja?« An der Tür stand: Hetzer.

»Wieso sind zwei Betten in deinem Zimmer?« fragte er.

»Pst, man kann uns hören«, flüsterte sie. »Die Wirtsleute haben keinen Platz zum Abstellen.«

Er zog sich aus. »Mach nicht so viel Umstände«, sagte er.

Sie schien Koketterie für unerläßlich zu halten und zierte sich wie eine späte Jungfrau. Schließlich lagen sie nebeneinander. Sie löschte das Licht, und erst jetzt entkleidete sie sich völlig. »Einen Moment«, flüsterte sie, »nicht böse sein.« Sie knipste eine Taschenlampe an, breitete ein Tuch über sein Gesicht und untersuchte, im Schein der Taschenlampe, seinen Sexualapparat wie ein alter Kassenarzt. »Entschuldigen Sie, man kann heutzutage nicht vorsichtig genug sein«, erklärte sie anschließend. Und nun stand nichts mehr im Wege.

»Ich bin Verkäuferin in einem Handschuhgeschäft«, berichtete sie etwas später. »Willst du bis morgen früh bleiben?« fragte sie nach einer weiteren halben Stunde. Er nickte. Sie verschwand in der Küche, er hörte, wie sie spülte. Sie brachte warmes Seifenwasser, wusch ihn sorgfältig, mit hausfraulichem Eifer, und stieg wieder ins Bett.

»Stört es deine Wirtsleute nicht, wenn du in der Küche Wasser wärmst?« fragte er. »Laß das Licht brennen!«

Sie erzählte belanglose Dinge, fragte, wo er wohne und nannte ihn »Schatz«. Er musterte die Zimmereinrichtung. Außer den Betten war noch ein leidenschaftlich geschwungenes Plüschsofa anwesend, ferner ein Waschtisch mit Marmorplatte, ein scheußlicher Farbendruck, woselbst eine junge mollige

Frau, im Nachthemd auf einem Eisbärenfell hockend, mit einem rosigen Baby spielte, und ein Schrank mit einem Türspiegel, der schlecht funktionierte. Wo ist Cornelia? dachte er und fiel wieder über die nackte erschrockene Verkäuferin her.

»Man sollte Angst vor dir haben«, flüsterte sie darnach. »Willst du mich umbringen? Aber es ist wunderbar.« Sie kniete sich neben ihn, betrachtete aus geweiteten Augen sein gleichgültiges Gesicht und küßte ihn.

Als sie todmüde eingeschlafen war, lag er noch immer wach, allein in einem fremden Zimmer, blickte angespannt ins Dunkel und dachte: Cornelia, was haben wir getan?

SIEBZEHNTES KAPITEL

Kalbsleber, aber ohne Flexen • Er sagt ihr die Meinung • Ein Reisender verliert die Geduld

»Ich habe gelogen«, sagte die Frau am andern Morgen. »Ich gehe gar nicht ins Geschäft. Und die Wohnung gehört mir. Und wir sind ganz allein. Komm in die Küche.«

Sie goß Kaffee ein, strich Brötchen, klopfte ihm zärtlich auf die Wange, band die Schürze ab und setzte sich zu ihm an den Küchentisch. »Schmeckt's?« fragte sie munter, obwohl er nicht aß. »Blaß siehst du aus, Schatz. Es ist aber auch kein Wunder. Greif tüchtig zu, damit du wieder groß und stark wirst.« Sie legte ihren Kopf an seine Schulter und spitzte wie ein Backfisch die Lippen.

»Du hattest Angst, ich könnte dir das Sofa stehlen oder dir den Bauch aufschlitzen?« fragte Fabian. »Und wie kommen die zwei Betten in dein Schlafzimmer?«

»Ich bin verheiratet«, sagte sie. »Mein Mann reist für eine Trikotagenfirma. Augenblicklich ist er im Rheinland. Dann fährt er nach Württemberg. Er ist mindestens noch zehn Tage unterwegs. Willst du solange bleiben?«

Er trank Kaffee und gab keine Antwort.

»Ich brauche wen«, erklärte sie heftig, als hätte ihr jemand widersprochen.

»Nie ist er da, und wenn er da ist, lohnt sich's auch nicht. Bleib die zehn Tage bei mir. Mach dir's bequem. Ich koche gut. Geld habe ich auch. Was willst du heute mittag essen?« Sie begann zu wirtschaften und blickte ängstlich zu ihm hin.

»Ißt du gern Kalbsleber mit Bratkartoffeln? Warum antwortest du denn gar nicht?«

»Habt ihr Telefon?« fragte er.

»Nein«, sagte sie. »Willst du fort? Bleib doch. Es war so schön. Es war so schön wie noch nie.« Sie trocknete sich die Hände und fuhr streichelnd über sein Haar.

»Ich bleibe ja«, meinte er. »Aber ich muß telefonieren.«

Sie sagte, telefonieren könne man beim Fleischer Rarisch, und ob er ein halbes Pfund frische Kalbsleber mitbringen wolle, ohne Flexen. Dann gab sie ihm Geld, öffnete vorsichtig die Vorsaaltür, und weil die Treppe leer war, durfte er aus der Wohnung.

»Ein halbes Pfund frische Kalbsleber, aber ohne Flexen«, sagte er im Fleischerladen. Dann rief er, während man ihn bediente, Zacharias an. Das Telefon war fettig.

»Nein«, erklärte Zacharias, »mir ist nichts eingefallen. Aber ich gebe die Hoffnung nicht auf, das wäre doch gelacht, mein Lieber. Wissen Sie was, kommen Sie morgen wieder mal vorbei. Es geht manchmal schnell. Schlimmstenfalls plaudern wir ein bißchen. Ist es Ihnen recht? Wiedersehen.«

Fabian nahm die Kalbsleber in Empfang. Das Papier blutete. Er zahlte und trug das Fleischpaket vorsichtig ins Haus. Weil die Nachbarin die Türklinke putzte, stieg er bis zur vierten Etage hinauf. Nach einigen Minuten kam er wieder herunter. Die Frau, mit der er die Nacht zusammengewesen war, öffnete, ohne daß er zu klingeln brauchte, und zog ihn in die Wohnung. »Gott sei Dank«, flüsterte sie. »Ich dachte schon, die Klatschtante würde uns erwischen. Setz dich ins Wohnzimmer, Schatz. Willst du Zeitung lesen? Ich räume inzwischen auf.«

Er legte das Geld, das er zurückbekommen hatte, auf den Tisch, setzte sich ins Wohnzimmer und las Zeitung. Er hörte die Frau singen. Nach einer Weile brachte sie ihm Zigaretten und Kirschwasser und blickte ihm über die Schulter. »Um eins wird gegessen«, sagte sie. »Hoffentlich fühlst du dich recht behaglich.«

Dann verschwand sie wieder und sang draußen weiter. Er las den Polizeibericht über den Krawall in der Reinickendorfer Straße. Der Wachtmeister, der den Messerstich erhalten hatte, war im Krankenhaus gestorben. Von den Demonstranten waren drei schwer verletzt worden. Einige andere hatte man verhaftet. Die Redaktion schrieb von unverantwortlichen Elementen, welche die Arbeitslosen immer wieder aufzuwiegeln versuchten, und von der bedeutenden Aufgabe, die der Polizei zufalle. Es gehe nicht an, obwohl es von gewissen Kreisen ununterbrochen versucht werde, den Etat für die Schutzpolizei zu senken. Vorkommnisse wie das gestrige führten, hieß es, so recht vor Augen, wie notwendig es sei, prophylaktisch zu denken und zu handeln.

Fabian sah sich in dem kleinen Zimmer um. Die Möbel waren, wo sich dazu die Gelegenheit bot, verschnörkelt. Auf dem Vertikow standen drei Leitzordner. Auf dem Tisch prangte ein bunter Glasteller, der schlug Wellen und enthielt Ansichtskarten. Fabian nahm die oberste Karte. Sie zeigte den Kölner Dom, und er dachte an das Zigarettenplakat. »Liebe Mucki«, las er, »geht's dir gut und reicht das Geld? Ich habe ganz hübsche Aufträge gemacht, morgen geht's nach Düsseldorf. Gruß und Kuß, Kurt.« Er legte die Karte auf den Teller zurück und trank ein Glas Kirschwasser.

Mittags aß er, um Mucki nicht zu verstimmen, den Teller

leer. Sie war so froh darüber, als habe ein Hund den Napf sauber gefressen. Hinterher gab es Kaffee.

»Willst du mir gar nichts von dir erzählen, Schatz?« fragte sie.

»Nein«, sagte er und ging ins Wohnzimmer. Sie lief hinter ihm her. Er stand am Fenster.

»Komm aufs Sofa«, bat sie. »Man könnte dich sehen. Und sei nicht böse.«

Er setzte sich aufs Sofa. Sie brachte den Kaffee herein, nahm neben Fabian Platz und knöpfte die Bluse auf.

»Jetzt kommt der Nachtisch«, sagte sie. »Aber nicht wieder beißen.«

Gegen drei Uhr ging er.

»Wirst du auch bestimmt wiederkommen?« Sie stand vor ihm, brachte ihren Rock und die Strümpfe in Ordnung und sah ihn bittend an. »Schwöre, daß du wiederkommst.«

»Wahrscheinlich komme ich«, sagte er. »Versprechen kann ich es nicht.«

»Ich warte mit dem Abendbrot«, erklärte sie, dann öffnete sie die Tür.

»Rasch!« flüsterte sie. »Die Luft ist rein.«

Er sprang die Treppe hinunter. Die Luft ist rein, dachte er und empfand Abscheu vor dem Haus, das er verließ. Er fuhr zum Großen Stern, durchquerte den Tiergarten bis zum Brandenburger Tor, verlor sich wieder in den Anlagen, die Rhododendren blühten. Er geriet in die Siegesallee. Die Dynastie der Hohenzollern und der Bildhauer Begas schienen unverwüstlich.

Vor dem Café Schottenhaml machte Fabian kehrt. Was ließ sich hier noch besprechen? Es war zu spät zum Reden. Er ging weiter, kam auf die Potsdamer Straße, stand unentschlossen auf dem Potsdamer Platz, lief die Bellevuestraße hinauf und befand sich wieder vor dem Café. Und jetzt trat er ein. Cornelia saß da, als warte sie seit Jahren, und winkte ein wenig.

Er setzte sich. Sie nahm seine Hand. »Ich glaubte nicht, daß du kämst«, sagte sie schüchtern. Er schwieg und sah an ihr vorbei. »Es war nicht recht von mir, nicht wahr?« flüsterte sie und senkte den Kopf. Tränen fielen in ihren Kaffee. Sie schob die Tasse beiseite und trocknete sich die Augen.

Er blickte vom Tisch fort. Die Wände zwischen den zwei Treppen, die, barock gedrechselt, in das Obergeschoß führten, waren mit vielen bunten Papageien und Kolibris bevölkert. Die Vögel waren aus Glas. Sie hockten auf gläsernen Lianen und Zweigen und warteten auf den Abend und seine Lampen, damit der zerbrechliche Urwald zu leuchten beginne.

Cornelia flüsterte: »Warum siehst du mich nicht an?« Dann preßte sie das Taschentuch vor den Mund. Und ihr Weinen klang, als wimmere weit entfernt ein verzweifeltes Kind. Das Lokal war leer. Die Gäste saßen draußen vor dem Haus, unter großen roten Schirmen. Nur ein Kellner stand in der Nähe. Fabian blickte ihr ins Gesicht. Ihre Augen zitterten vor Aufregung. »Sprich endlich ein Wort«, sagte sie mit rauher Stimme.

Sein Mund war ausgetrocknet. Die Kehle war zusammengepreßt. Er schluckte mühsam.

»Sprich ein Wort«, wiederholte sie ganz leise und faltete auf dem Tischtuch, zwischen dem Nickelgeschirr, die Hände.

Er saß und schwieg.

»Was soll bloß aus mir werden«, flüsterte sie, als spreche sie zu sich selber und er sei gar nicht mehr da. »Was soll bloß aus mir werden?«

»Eine unglückliche Frau, der es gut geht«, sagte er viel zu laut. »Überrascht dich das? Kamst du nicht deswegen nach Berlin? Hier wird einem nichts geschenkt, hier wird getauscht. Wer haben will, muß hingeben, was ist.«

Er wartete eine Weile, doch sie schwieg. Sie nahm die Puderdose aus der Tasche, ließ sie dann aber ungeöffnet liegen. Er hatte sich wieder in der Gewalt. Sein leicht ermüdbares Gefühl gab Ruhe und wich dem Drang, Ordnung zu schaffen. Er blickte auf das, was geschehen war, wie auf ein verwüstetes Zimmer, und begann, kalt und kleinlich, aufzuräumen. »Du kamst mit Absichten hierher, die sich rascher erfüllt haben, als zu hoffen stand. Du hast einen einflußreichen Menschen gefunden, der dich finanziert. Er finanziert dich nicht nur, er gibt dir eine berufliche Chance. Ich bezweifle nicht, daß du Erfolg haben wirst. Dadurch verdient er das Geld zurück, das er gewissermaßen in dich hineingesteckt hat; dadurch wirst du auch selber Geld verdienen und eines Tages sagen können: Mein Herr, wir sind quitt.« Fabian wunderte sich. Er erschrak vor sich selber und dachte: Es fehlt nur, daß ich die Interpunktion mitspreche.

Cornelia betrachtete ihn, als sehe sie ihn zum ersten Mal. Dann klappte sie die Puderdose auf, musterte sich in dem kleinen runden Spiegel und fuhr mit der weißen stäubenden Quaste über ihr verweintes, kindlich erstauntes Gesicht. Sie nickte, er möge fortfahren.

»Was dann werden wird«, sagte er, »was dann werden wird, wenn du Makart nicht mehr brauchst, läßt sich nicht vorher sagen, es steht auch nicht zur Debatte. Du wirst arbeiten, und dann bleibt von einer Frau nicht viel übrig. Der Erfolg wird sich steigern, der Ehrgeiz wird wachsen, die Absturzgefahr nimmt zu, je höher man steigt. Wahrscheinlich wird er nicht der Einzige bleiben, dem du dich ausliefern wirst. Es findet sich immer wieder ein Mann, der einer Frau den Weg versperrt und mit dem sie sich langlegen muß, wenn sie über ihn hinweg will. Du wirst dich daran gewöhnen, den Präzedenzfall hast du ja seit gestern hinter dir.«

Ich weinte schon, und er schlägt mich noch, dachte sie verwundert.

»Aber die Zukunft ist nicht mein Thema«, sagte er und machte eine abschließende Handbewegung, als erdroßle er den Gedanken. »Zu besprechen bleibt die Vergangenheit. Du fragtest gestern nicht, als du gingst. Warum interessiert dich nun meine Antwort? Du wußtest, daß du mir lästig warst. Du wußtest, daß ich dich los sein wollte. Du wußtest, daß ich darauf brannte, eine Geliebte zu haben, die in anderen Betten das Geld verdient, das ich nicht besitze. Wenn du recht hattest, war ich ein Halunke. Wenn ich kein Halunke war, war Alles, was du tatest, falsch.«

»Es war Alles falsch«, sagte sie und stand auf. »Leb wohl, Fabian.«

Er folgte ihr und war mit sich sehr unzufrieden. Er kränkte sie, weil er ein Recht dazu hatte, aber war das ein Grund? Auf der Tiergartenstraße holte er sie ein. Sie gingen schweigend und taten sich und einander leid. Er dachte noch: Wenn sie jetzt fragt, soll ich zu dir zurückkommen, was werde ich antworten? Ich habe noch sechsundfünfzig Mark in der Tasche.

»Es war so schrecklich gestern«, sagte sie plötzlich. »Er war so widerwärtig! Was soll erst daraus werden, wenn du mich nicht mehr magst? Nun brauchten wir keine Sorgen zu haben, und sie sind größer als zuvor. Was fange ich an, wenn ich weiß, du willst mich nicht mehr sehen?«

Er faßte ihren Arm. »Vor allem, nimm dich zusammen. Das Rezept ist alt, aber brauchbar. Du hast dir den Kopf abgehackt, gib acht, daß es wenigstens nicht umsonst war. Und entschuldige, daß ich dich vorhin so gekränkt habe.«

»Ja, ja.« Sie war noch traurig und schon wieder froh. »Und darf ich morgen nachmittag zu dir kommen?«

»Es ist gut«, sagte er.

Da umarmte sie ihn mitten auf der Straße, küßte ihn, flüsterte: »Ich danke dir« und rannte aufschluchzend davon.

Er blieb stehen. Ein Spaziergänger rief: »Sie können lachen?« Fabian wischte mit der Hand über den Mund und ekelte sich. Was hatten Cornelias Lippen inzwischen berührt? Half es ihm, daß sie sich die Zähne geputzt hatte? War seinem Abscheu mit Hygiene beizukommen?

Er überschritt die Straße und trat in den Park. Moral war die beste Körperpflege, Wasserstoffsuperoxyd zum Gurgeln genügte nicht.

Und erst jetzt fiel ihm ein, wo er in der vergangenen Nacht gewesen war.

Er wollte nicht in die Müllerstraße zurück. Aber der bloße Gedanke an sein eigenes Zimmer, an die Neugier der Witwe Hohlfeld, an Cornelias leere Stube, an die ganze einsame Nacht, die ihn erwartete, während ihn Cornelia zum zweiten Mal betrog, trieb ihn durch die Straßen, dem Norden zu, in die Müllerstraße hinein, in jenes Haus und zu der Frau, die er nicht wiedersehen wollte. Sie strahlte. Sie war stolz, daß er wiederkam, und froh, daß sie ihn wieder hatte. »So ist's recht«, sagte sie zur Begrüßung. »Komm, du wirst Hunger haben.« Sie hatte im Wohnzimmer gedeckt. »Wir essen sonst in der Küche«, sagte sie. »Aber wozu hat man seine Dreizimmerwohnung?« Es gab Wurst und Schinken und Camembert. Plötzlich legte sie Messer und Gabel beiseite, murmelte »Hokuspokus!« und brachte eine Flasche Mosel zum Vorschein. Sie schenkte ein und stieß mit ihm an. »Auf unser Kind!« rief sie. »Wie du soll es sein, und wenn's kein Junge wird, mußt du strafexerzieren!« Sie trank das Glas leer, goß wieder ein und hatte glänzende Augen. »So ein Glück, daß ich dich traf«, sagte sie und trank weiter. »Wein regt mich schrecklich auf.« Sie fiel ihm um den Hals.

Da klapperten draußen die Schlüssel. Schritte kamen den Korridor entlang. Die Tür ging auf. Ein mittelgroßer, untersetzter Mann trat ins Zimmer. Die Frau sprang auf. Sein Gesicht wurde düster. »Wünsche guten Appetit allerseits«, sagte er und näherte sich der Frau.

Sie schob sich rückwärts, und ehe er sie erreicht hatte, riß sie die Tür zum Schlafzimmer auf, sprang hinüber, schlug die Tür zu und riegelte ab.

Der Mann rief: »Du kriegst schon noch den Hintern voll!« Er drehte sich zu Fabian herum, der sich verlegen erhoben hatte, und sagte: »Behalten Sie bitte Platz. Ich bin der Gatte.« Sie saßen einander eine Weile gegenüber, ohne zu sprechen. Dann nahm der Mann die Moselflasche in die Hand, betrachtete umständlich das Etikett und schenkte sich ein Glas voll. Er trank und meinte hinterher: »Die Züge sind um diese Zeit schrecklich überfüllt.«

Fabian nickte zustimmend.

»Aber der Wein ist gut. Hat er Ihnen geschmeckt?« fragte der Mann.

»Ich mache mir nicht viel aus Weißwein«, erklärte Fabian und stand auf.

Der andere folgte ihm. »Sie wollen schon gehen?« fragte er.

»Ich möchte nicht länger stören«, erwiderte Fabian.

Plötzlich sprang ihm der Reisende an den Hals und würgte ihn. Fabian gab ihm einen Faustschlag in die Zähne. Der Mann ließ los, setzte sich und hielt die Backe.

»Entschuldigen Sie vielmals«, sagte Fabian betrübt. Der Mann winkte ab, spuckte rot ins Taschentuch und war vollauf mit sich beschäftigt.

Fabian verließ die Wohnung. Wo sollte er jetzt noch hingehen? Er fuhr nach Hause.

ACHTZEHNTES KAPITEL

Er geht aus Verzweiflung nach Hause • Was mag die Polizei wollen? • Ein trauriger Anblick

Obwohl Fabian sehr leise aufschloß, empfing ihn Frau Hohlfeld im Korridor. Sie trug, weil es Abend war, einen Morgenrock und war außerordentlich aufgeregt. »Ich habe meine Tür offengelassen, um Sie zu hören«, sagte sie. »Die Kriminalpolizei war da. Man wollte Sie holen.«

»Die Kriminalpolizei?« fragte er überrascht. »Wann war sie da?«

»Vor drei Stunden, und vor einer Stunde wieder. Sie sollen sich unverzüglich melden. Ich habe natürlich erzählt, daß Sie in der vorigen Nacht nicht zu Hause waren und daß Fräulein Battenberg gestern, ohne ein Wort zu sagen, das Zimmer geräumt hat und verschwunden ist.« Die Witwe wollte einen Schritt näherkommen, statt dessen trat sie einen Schritt zurück. »Es ist furchtbar«, flüsterte sie ergriffen, »was haben Sie da angestellt?«

»Liebe Frau Hohlfeld«, antwortete er. »Ihre Fantasie hat die Motten. Das möchte Ihnen passen, ein kleines Liebesdrama mit letalem Ausgang, wie? Frau Hohlfeld als Zeugin in Trauerkleidung, Ihre beiden Untermieter in allen Zeitungen abgebildet, der Mörder Fabian auf der Anklagebank, bilden Sie sich keine Schwachheiten ein!«

»Nun«, sagte sie, »mich geht es ja nichts an.« Seine Verstocktheit kränkte sie tief. Zwei Jahre wohnte dieser Mensch bei ihr, hatte sie ihn nicht wie ihren Sohn gehegt und gepflegt? Und jetzt hielt er es nicht einmal für nötig, sein Herz auszuschütten.

»Wo soll ich mich melden?« fragte er.

Sie gab ihm einen Zettel.

Er las die Adresse.

»Da haben wir's«, sagte sie triumphierend. »Warum sind Sie denn so blaß geworden?«

Er riß die Tür auf und jagte die Treppe hinunter. Am Nürnberger Platz hielt er ein Auto an, nannte die Adresse und sagte: »Fahren Sie, so schnell Sie können!« Der Wagen war alt und gebrechlich und holperte sogar auf dem Asphalt. Fabian zerrte das Schiebefenster auf: »Fahren Sie doch schneller!« rief er. Dann versuchte er zu rauchen, aber seine Hand zitterte, und der Wind blies ihm die brennenden Streichhölzer aus. Er lehnte sich zurück und schloß die Augen. Von Zeit zu Zeit öffnete er sie und sah nach, wo sie waren. Tiergarten, Tiergarten. Tiergarten. Brandenburger Tor. Unter den Linden. An jeder Straßenecke mußten sie halten. An jeder Verkehrsampel glühte, kurz bevor sie anlangten, das rote Licht auf. Ihm war, als führen sie durch zähen, dickflüssigen Leim. Hinter der Friedrichstraße wurde es besser. Universität, Staatsoper, Dom und Schloß lagen endlich im Rücken. Das Auto bog rechts ein. Es hielt. Fabian zahlte und lief gehetzt ins Haus.

Ein fremder Mann öffnete. Fabian nannte seinen Namen. »Endlich«, sagte der fremde Mann. »Ich bin Kriminalkommissar Donath. Wir kommen ohne Sie nicht weiter.«

Im ersten Zimmer saßen fünf junge Damen, ein Polizist stand dabei. Fabian erkannte die Selow und die Bildhauerin. »Endlich«, sagte die Selow. Das Zimmer war demoliert, Gläser und Flaschen lagen am Boden.

Im nächsten Zimmer stand ein junger Mann vom Schreibtisch auf. »Mein Assistent«, erklärte der Kommissar. Fabian blickte sich um und erschrak. Auf dem Sofa lag Labude, kalkweiß, mit geschlossenen Augen. Labude hatte ein Loch in der Schläfe. Geronnenes Blut verklebte die Haare.

»Stephan«, sagte Fabian leise und setzte sich neben die Leiche. Er legte seine Hand auf die eisigen Hände des Freundes und schüttelte den Kopf.

»Aber Stephan«, sagte er, »das macht man doch nicht.«

Die zwei Beamten traten ans Fenster.

»Doktor Labude hat für Sie einen Brief hinterlassen«, berichtete der Kommissar. »Wir bitten Sie, den Brief zu lesen und uns über den Inhalt, soweit es uns interessiert, zu unterrichten. Wir teilen Ihre Vermutung, daß es sich um einen Selbstmord handelt, und die fünf jungen Damen, die wir vorläufig in der Wohnung zurückbehalten haben, behaupten, im Nebenzimmer gewesen zu sein, als der Schuß fiel. Aber ganz aufgeklärt scheint der Vorfall nicht. Sie werden vielleicht bemerkt haben, daß das Nebenzimmer demoliert worden ist. Was hat es damit für eine Bewandtnis?«

Der Kriminalassistent reichte Fabian ein Kuvert. »Wollen Sie so freundlich sein und den Brief lesen? Die Damen behaupten, das Zimmer sei im Laufe einer privaten Meinungsverschiedenheit in Unordnung geraten. Doktor Labude habe damit nichts zu tun gehabt. Er sei nicht einmal dabeigewesen, sondern habe gesagt, er wolle einen Brief schreiben, und dann sei er in das Zimmer hier gegangen.«

»Die Damen stehen, wie sich aus Andeutungen entnehmen ließ, in einigermaßen ungewöhnlichen Beziehungen zueinander. Ich vermute, es gab eine Art von Eifersuchtsszene zwischen ihnen«, erläuterte der Kommissar. »Sie haben, und auch das spricht gegen ihre konkrete Mittäterschaft, sofort die Polizei verständigt und uns hier erwartet, anstatt davonzulaufen. Wollen Sie, bitte, den Brief lesen?«

Fabian öffnete das Kuvert und nahm den gefalteten Briefbogen heraus. Dabei fiel ein Banknotenbündel zur Erde. Der Assistent hob es auf und legte es aufs Sofa.

»Wir warten nebenan«, sagte der Kommissar rücksichtsvoll, und sie ließen Fabian allein. Er erhob sich und brannte das Licht an. Dann setzte er sich wieder und sah auf den toten Freund, dessen gelbes, in Müdigkeit erfrorenes Gesicht genau unter der Lampe lag. Der Mund war ein wenig geöffnet, der Unterkiefer gab nach. Fabian faltete den Briefbogen auseinander und las:

»Lieber Jakob!

Als ich heute mittag im Institut war, um mich wieder einmal zu erkundigen, war der Geheimrat wieder einmal nicht da. Aber Weckherlin, sein Assistent, war da, und er sagte mir, meine Habilitationsschrift sei abgelehnt worden. Der Geheimrat habe sie als völlig ungenügend charakterisiert und erklärt, sie der Fakultät weiterzugeben, halte er für Belästigung. Außerdem habe es keinen Zweck, meine Blamage populär zu machen. Fünf Jahre hat mich diese Schrift gekostet, es war die fünfjährige Arbeit an einer Blamage, die man nun aus Barmherzigkeit im engsten Kreise begraben will.

Ich dachte daran, Dich anzurufen, aber ich schämte mich. Ich habe kein Talent zum Trostempfänger, auch hierin bin ich talentlos. Das Gespräch über Leda, das wir vor Tagen miteinander hatten, überzeugte mich davon. Du hättest mich über die mikroskopische Bedeutung meines wissenschaftlichen Unfalls aufgeklärt, ich hätte Dir zum Schein recht gegeben, wir hätten einander belogen.

Die Ablehnung meiner Arbeit ist, faktisch und psychologisch, mein Ruin, vor allem psychologisch. Leda wies mich zurück, die Universität weist mich zurück, von allen Seiten erhalte ich die Zensur Ungenügend. Das hält mein Ehrgeiz nicht aus, das bricht meinem Kopf das Herz und meinem Herzen das Genick, Jakob. Mir hilft keine historische Statistik, wie viele bedeutende Männer schlechte Schüler und unglückliche Liebhaber waren.

Mein politischer Ausflug nach Frankfurt war auch zum Bespeien. Am Schluß prügelten wir uns. Als ich gestern wiederkam, lag die Selow mit der Bildhauerin in meinem Bett, ein paar andere Frauenzimmer gaben Hilfestellung. Und jetzt, während ich schreibe, schmeißen sie im Nebenzimmer mit Gläsern und Blumenvasen. Ich kann, wenn ich meinen augenblicklichen Zustand betrachte, sagen: Die ganze Richtung paßt mir nicht! Aus den Bezirken, in die ich gehöre, wies man mich aus. Dort, wo man mich aufnehmen will, will ich nicht hin. Sei mir nicht böse, mein Guter, ich haue ab. Europa wird auch ohne mich weiterleben oder zugrunde gehen, es hat mich nicht nötig. Wir stecken in einer Zeit, wo der ökonomische Kuhhandel nichts ändert, er wird den Zusammenbruch nur beschleunigen oder verzögern. Wir stehen an einem der seltenen geschichtlichen Wendepunkte, wo eine neue Weltanschauung konstituiert werden muß, alles Andere ist nutzlos. Ich habe nicht mehr den Mut, mich von den politischen Fachleuten auslachen zu lassen, die mit ihren Mittelchen einen Kontinent zu Tode kurieren. Ich weiß, daß ich recht habe, doch heute genügt mir das nicht mehr. Ich bin eine lächerliche Figur geworden, ein in den Fächern Liebe und Beruf durchgefallener Menschheitskandidat. Laß mich den Kerl umbringen. Der Revolver, den ich neulich am Märkischen Museum dem Kommunisten abnahm, kommt zu neuen Ehren. Ich nahm ihn an mich, damit kein Unglück angerichtet würde. Lehrer hätte ich werden müssen, nur die Kinder sind für Ideale reif.

Also, Jakob, leb wohl. Fast hätte ich ganz ernsthaft hingeschrieben: Ich werde oft an Dich denken. Aber damit ist es ja nun aus. Trag es mir nicht nach, daß ich uns so enttäusche. Du bist der einzige Mensch, den ich liebhatte, obwohl ich ihn kannte. Grüße meine Eltern, und vor allem Deine Mutter. Wenn Du Leda zufällig einmal begegnen solltest, sage ihr nicht, wie schwer mich ihr Betrug traf. Sie mag glauben, ich wäre nur gekränkt gewesen. Es braucht nicht jeder alles zu wissen.

Ich würde Dich bitten, meine Angelegenheiten zu regeln, aber es gibt nichts, was der Regelung bedürfte. Die Wohnung Nummer Zwei sollen meine Eltern auflösen, mit den Möbeln können sie tun, was sie wollen. Meine Bücher gehören Dir. Ich fand vorhin in meinem Schreibtisch zweitausend Mark, nimm das Geld, viel ist es nicht, zu einer kleinen Reise wird es reichen.

Leb wohl, mein Freund. Lebe besser als ich. Mach's gut. Dein Stephan.«

Fabian strich dem Toten behutsam über die Stirn. Der Unterkiefer war noch tiefer herabgesunken. Der Mund klaffte auf. »Daß man lebt, ist Zufall; daß man stirbt, ist gewiß«, flüsterte Fabian und lächelte dem Freunde zu, als wolle er ihn jetzt noch trösten.

Der Kommissar öffnete leise die Tür. »Entschuldigen Sie, daß ich schon wieder störe.« Fabian reichte ihm den Brief. Der Beamte las und sagte: »Da kann ich ja die Mädchen nach Hause schicken.« Er gab den Brief zurück und ging ins Nebenzimmer. »Die Sache ist erledigt, ich will Sie nicht länger aufhalten«, rief er.

»Nur noch einen Augenblick«, sagte eine weibliche Stimme. »Ich habe ein Faible für Tote.« Die fünf Frauen drängten sich durch die Tür und standen schweigend vor dem Sofa.

»Man müßte ihm die Kinnlade hochbinden«, sagte schließlich ein Mädchen, das Fabian nicht kannte. Die Bildhauerin lief ins andere Zimmer und kehrte mit einer Serviette wieder. Sie band Labude den Unterkiefer hoch, sodaß der Mund sich schloß, und knüpfte die Enden der Serviette auf seinem Kopfhaar zu einem Knoten.

»Ein Toter mit Zahnschmerzen«, bemerkte die Selow und lachte bösartig.

Ruth Reiter sagte: »Es ist eine Schande. Bei mir im Atelier sitzt Wilhelmy und wird von Tag zu Tag gesünder, das Schwein, obwohl die Ärzte jede Hoffnung aufgegeben haben. Und dieser kräftige junge Kerl hier bringt sich um die Ecke.«

Dann schob der Assistent die Frauen aus dem Zimmer. Der Kommissar setzte sich an den Schreibtisch und entwarf einen Polizeibericht. Der Assistent kam zurück. »Ist es nicht das Beste, wenn wir einen Wagen bestellen und den Toten in die Villa der Eltern bringen lassen?« fragte er. Dann bückte er sich. Die Geldscheine waren vom Sofa gefallen und lagen wieder auf der Erde. Er hob sie auf und steckte sie Fabian in die Tasche.

»Sind die Eltern eigentlich schon verständigt?« fragte Fabian.

»Sie sind leider nicht erreichbar«, erwiderte der Assistent. »Justizrat Labude befindet sich auf einer kleinen Reise, das Hauspersonal weiß nichts Näheres. Die Mutter ist in Lugano. Man hat ihr depeschiert.«

»Also gut«, sagte Fabian. »Bringen wir ihn nach Hause!« Der Assistent telefonierte der nächsten Feuerwache. Dann warteten sie alle Drei stumm, bis der Wagen kam. Sanitäter packten Labude auf eine Bahre und trugen ihn die Treppe hinunter. Vor dem Haus standen Neugierige aus der Nachbarschaft. Die Bahre wurde in den Wagen gehoben, Fabian setzte sich neben den ausgestreckten Freund. Die Beamten verabschiedeten sich. Er gab ihnen die Hand. Ein Sanitäter klappte die Leiter hoch und schloß die Tür. Fabian und Labude fuhren zum letzten Mal gemeinsam durch Berlin.

Das Fenster war heruntergelassen, in seinem Rahmen zeigte sich der Dom. Dann wechselte das Bild. Fabian sah die Schinkelsche Wache, die Universität, die Staatsbibliothek. Wie lange war das her, daß sie hier miteinander im Autobus gefahren waren? Labude hatte sich fremd und schwerhörig gestellt. Fabian hatte gebrüllt, die Universität sei eine Anstalt für schwachsinnige Kinder, Labude hatte gesagt: »Schön haben sie's hier, die kleinen Idioten.«

Am selben Abend hatten sie, draußen am Märkischen Museum, zwei Raufbolden die Revolver abgenommen. Nun lag Labude auf der Bahre, fuhr durchs Brandenburger Tor und wußte nichts mehr davon. Zwei straffe Gurte hielten ihn fest. Der Kopf rutschte langsam schräg. »Denkst du nach?« fragte Fabian leise, schob Labudes Kopf auf dem Kissen wieder zurecht und ließ die Hand dort. Ein Toter mit Zahnschmerzen, hatte die Selow gesagt.

Als das Krankenauto vor der Grunewaldvilla hielt, stand das Dienstpersonal an der Tür. Die Haushälterin schluchzte, der Diener ging würdevoll vor den Sanitätern her, die Mädchen folgten, ihre Füße hielten mit der ernsten Stunde Schritt. Labude wurde in sein Zimmer gebracht und auf das Sofa gelegt. Der Diener öffnete die Fenster weit. »Die Leichenfrau kommt morgen früh«, sagte die Haushälterin, und nun schluchzten auch die Mädchen. Fabian gab den Sanitätern Geld. Sie grüßten militärisch und gingen.

»Der Herr Justizrat ist noch immer nicht da«, bemerkte der Diener. »Ich habe keine Ahnung, wo er sich aufhält. Aber er wird es ja in der Zeitung lesen.«

»Es steht schon in der Zeitung?« fragte Fabian.

»Jawohl«, entgegnete der Diener. »Die gnädige Frau ist benachrichtigt. Sie dürfte morgen mittag in Berlin eintreffen, wenn ihr Zustand die Reise gestattet. Der FD-Zug ist um diese Stunde in Bellinzona.«

»Gehen Sie schlafen«, sagte Fabian. »Ich bleibe die Nacht über hier.« Er zog einen Stuhl zum Sofa. Die Anderen verließen das Zimmer. Er war allein.

In Bellinzona war Labudes Mutter jetzt? Fabian setzte sich neben den Freund und dachte: Welch eine Strafe für eine schlechte Mutter!

NEUNZEHNTES KAPITEL

Fabian verteidigt den Freund • Ein Lessingporträt geht entzwei • Einsamkeit in Halensee

Labudes Gesicht wurde von der Serviette nur scheinbar zusammengehalten, es veränderte sich. Als werde das Fleisch dickflüssig und als sickere es allmählich ins Körperinnere, so traten die Backenknochen hervor. Die Augen waren tief in die schwärzlichen Höhlen gesunken. Die Nasenflügel fielen ein und wirkten verkniffen.

Fabian beugte sich vor und dachte: Warum verwandelst du dich? Willst du mir den Abschied leicht machen? Ich wünschte, du könntest reden, denn ich hätte viel zu fragen, mein Lieber. Ist dir jetzt wohl? Bist du auch jetzt noch, nachdem du starbst, damit zufrieden, daß du tot bist? Oder bereust du, was du tatest? Und möchtest du rückgängig machen, was für ewig geschah? Früher habe ich mir eingebildet, ich würde an der Leiche eines Menschen, den ich liebe, nie begreifen können, daß er tot ist. Wie soll man verstehen, daß jemand nicht mehr da ist, obwohl er sichtbar vor einem liegt, mit Schlips und Kragen, im selben Anzug wie kurz vorher? dachte ich. Wie soll man glauben, daß Einer, nur, weil er zu atmen vergaß, eine Portion Fleisch geworden ist, die man drei Tage später achtlos verscharrt? dachte ich. Wird man, wenn das geschieht, nicht aufschreien:

Hilfe, er erstickt! Ich muß dir sagen, Stephan: ich verstehe meine Angst, man könnte am Tod und seiner Tragweite zweifeln, nicht mehr. Du bist tot, mein Guter, und du liegst da wie eine schlecht fixierte Photographie von dir, die zusehends vergilbt. Man wird deine Photographie in den Ofen werfen, den man Krematorium nennt. Du wirst verbrennen, und niemand wird um Hilfe rufen, und auch ich werde still sein.

Fabian trat zum Schreibtisch und nahm aus dem gelben Holzkästchen, das seit Jahren dort stand, eine Zigarette. Ein Kupferstich hing an der Wand, es war ein Porträt von Lessing. »Sie sind schuld daran«, sagte Fabian zu dem Mann mit dem Zopf und zeigte auf Labude. Aber Gotthold Ephraim Lessing übersah und überhörte den Vorwurf, der ihm, hundertfünfzig Jahre nach seinem Tode, gemacht wurde. Er blickte ernst und höchst charaktervoll geradeaus. Sein breites, bäuerisches Gesicht verzog keine Miene. »Schon gut«, sagte Fabian, drehte dem Bild den Rücken und setzte sich wieder neben den Freund.

»Siehst du«, sprach er zu Labude, »das war ein Kerl«, und er wies mit dem Daumen hinter sich. »Der biß zu und kämpfte und schlug mit dem Federhalter um sich, als sei der Gänsekiel ein Schleppsäbel. Der war zum Kämpfen da, du nicht. Der lebte gar nicht seinetwegen, den gab es gar nicht privat, der wollte gar nichts für sich. Und als er sich doch auf sich besann, als er vom Schicksal Frau und Kind verlangte, da brach Alles über ihm zusammen und begrub ihn. Und das war in Ordnung. Wer für die Anderen da sein will, der muß sich selber fremd bleiben. Er muß wie ein Arzt sein, dessen Wartezimmer Tag und Nacht voller Menschen ist, und Einer muß mitten darunter sitzen, der nie an die Reihe kommt und nie darüber klagt: das ist er selber. Hättest du so zu leben vermocht?«

Fabian strich dem Freund übers Knie und schüttelte den

Kopf. »Ich wünsche dir Glück, denn du bist tot. Du warst ein guter Mensch, du warst ein anständiger Kerl, du warst mein Freund, aber das, was du vor allem sein wolltest, das warst du nicht. Dein Charakter existierte in deiner Vorstellung, und als die zerstört wurde, blieb nichts mehr übrig als ein Schießeisen und das, was hier auf dem Sofa liegt. Siehst du, nächstens wird ein gigantischer Kampf einsetzen, erst um die Butter aufs Brot, und später ums Plüschsofa; die Einen wollen es behalten, die Andern wollen es erobern, und sie werden sich wie die Titanen ohrfeigen, und sie werden schließlich das Sofa zerhacken, damit es keiner kriegt. Unter den Anführern werden auf allen Seiten Marktschreier stehen, die stolze Parolen erfinden und die das eigene Gebrüll besoffen macht. Vielleicht werden sogar zwei oder drei wirkliche Männer darunter sein. Sollten sie zweimal hintereinander die Wahrheit sagen, wird man sie aufhängen. Sollten sie zweimal hintereinander lügen, wird man sie aufhängen. Dich hätte man nicht einmal gehängt, dich hätte man totgelacht. Du warst kein Reformator, und du warst kein Revolutionär. Mach dir nichts draus.«

Labude lag, als höre er zu. Aber er tat nur so. Die Ansprache verhallte, Fabian wurde müde. Warum genügte es dir nicht, schön zu finden, was schön ist? dachte er. Dann hätte dich das Pech mit Herrn Lessing nicht so gekränkt. Dann säßest du jetzt vielleicht in Paris, statt hier zu liegen. Dann hättest du die Augen noch offen und blicktest glücklich von Sacré Coeur hinunter auf die schimmernden Boulevards, über denen die Luft kocht. Oder wir beide spazierten durch Berlin. Die Bäume sind ganz frisch gestrichen, der blaue Himmel ist mit Gold ausgelegt; die Mädchen sind appetitlich zubereitet, und wenn die Eine bei einem Filmdirektor übernachtet, sucht man sich eine Bessere. Mein alter Erfinder, der liebte das Leben! Ich habe dir noch gar nicht erzählt, wie er bei mir im Schranke stand. Er hatte den Hut auf und hielt den Schirm in der Hand, als habe er Angst, es könne im Schrank regnen.

Fabian konnte nicht lange geschlafen haben, als er aufschreckte. Er hörte Stimmen auf der Straße und trat ans Fenster. Ein Auto hielt vor der Tür, der Diener kam aus dem Haus und öffnete den Schlag. Der Justizrat stieg aus und hielt dem Diener eine Zeitung entgegen. Der Diener nickte und zeigte zu dem Fenster hinauf, an dem Fabian lehnte. Eine Frau wollte aus dem Wagen, der Justizrat stieß sie auf den Sitz zurück. Der Wagen setzte sich in Bewegung. Die Frau preßte, während das Auto sie wegführte, das Gesicht an die Scheibe. Der Justizrat ging ins Haus. Der Diener folgte und hielt die Arme besorgt angehoben, um, wenn es nötig werde, den Justizrat zu stützen.

Fabian trat auf den Korridor hinaus, denn er wollte nicht zugegen sein, wenn der Vater den Sohn liegen sah. Der Justizrat kam die Treppe herauf, er klammerte sich am Geländer fest, und der alte Diener hinter ihm hielt die Hände schützend vorgestreckt, aber Labudes Vater sank nicht um. Er ging, ohne Fabian anzusehen, in das erleuchtete Zimmer. Der Diener schloß die Tür und neigte den Kopf vor, um zu hören, ob er nötig sei. Doch es blieb still in dem Zimmer. Fabian und der Diener standen davor, jeder auf seinem Fleck, sie sahen einander nicht an und lauschten gespannt. Ihre Bereitschaft zum Mitleid wartete auf einen Klagelaut oder dergleichen. Aber sie vernahmen nichts. Die Szene hinter der Tür ließ sich nicht deuten.

Es klingelte. Der Diener verschwand im Zimmer und kam wieder auf den Korridor. »Der Herr Justizrat möchte Sie sprechen.« Fabian trat ein. Der alte Labude saß am Schreibtisch und hatte den Kopf in die Hand gestützt. Nach einer Weile richtete er sich hoch, stand auf, um den Freund seines Sohnes zu begrüßen, und lächelte künstlich. »Ich habe keine Beziehung zu tragischen Erlebnissen«, sagte er gepreßt. »Das bißchen Mitgefühl, das mein Egoismus zuläßt, hat durch die vielen Plädoyers, die ich hielt, und durch die prozessuale Routine überhaupt einen unechten Glanz angenommen, in dem sich alles Andere eher spiegelt als wahre Teilnahme.« Er drehte sich um, betrachtete seinen Sohn, und es sah aus, als ob er sich bei dem Toten entschuldigen wolle. »Es hat keinen Zweck, sich Vorwürfe zu machen«, fuhr er fort. »Ich war kein Vater, der für den Sohn lebt. Ich bin ein vergnügungssüchtiger älterer Herr, der in das Leben verliebt ist. Und dieses Leben verliert seinen Sinn keineswegs durch diese Tatsache.« Er zeigte mit dem vorgestreckten Arm auf die Leiche. »Er hat gewußt, was er tat. Und wenn er es für das Klügste hielt, brauchen die Anderen nicht zu weinen.«

»Man könnte, gerade weil Sie so nüchtern darüber sprechen, vermuten, daß Sie sich Vorwürfe machen«, sagte Fabian. »Das wäre unangebracht. Der sichtbare Anlaß für Stephans Selbstmord liegt außerhalb unserer Sphäre.«

»Was wissen Sie darüber? Hat er Briefe hinterlassen?« fragte der Justizrat.

Fabian verschwieg den Brief. »Eine kurze Notiz gab Auskunft. Der Geheimrat hat Stephans Habilitationsschrift als ungenügend abgelehnt.«

»Ich habe sie nicht gelesen. Man hat nie Zeit. War sie so schlecht?« fragte der Andere.

»Es ist eine der besten und originellsten literarhistorischen Arbeiten, die ich kenne«, erwiderte Fabian. »Hier ist sie.« Er nahm eine Kopie des Manuskripts vom Bücherbord und legte sie auf den Schreibtisch.

Der Justizrat blätterte darin, dann klingelte er, ließ das Telefonbuch bringen und suchte eine Nummer. »Es ist zwar sehr spät«, sagte er und ging ans Telefon, »aber das kann nichts helfen.« Er bekam Anschluß. »Kann ich den Geheimrat sprechen?« fragte er. »Dann holen Sie die gnädige Frau an den Apparat. Ja, auch wenn sie schon schläft. Hier spricht Justizrat Labude.« Er wartete. »Entschuldigen Sie die Störung«, sagte er. »Ich höre, daß Ihr Gatte unterwegs ist. In Weimar? So, zur Tagung der Shakespeare-Gesellschaft. Wann kommt er zurück? Ich werde mir erlauben, ihn morgen im Institut aufzusuchen. Sie wissen nicht, ob er die Habilitationsschrift meines Sohnes schon gelesen hat?« Er hörte lange Zeit zu, dann verabschiedete er sich, legte den Hörer auf die Gabel, drehte sich zu Fabian herum und fragte: »Verstehen Sie das? Der Geheimrat hat neulich während des Essens gesagt, die Arbeit über Lessing sei außerordentlich interessant, und er sei auf die Schlußfolgerung, also auf das Ende der Arbeit, sehr gespannt. Von Stephans Tod scheint man noch nichts zu wissen.«

Fabian sprang erregt auf. »Er hat die Arbeit gelobt? Lehnt man Arbeiten ab, die man gelobt hat?«

»Daß man Arbeiten, die man schlecht findet, annimmt, ist jedenfalls häufiger«, antwortete der Justizrat. »Wollen Sie mich jetzt allein lassen? Ich bleibe bei meinem Jungen und werde sein Manuskript lesen. Fünf Jahre hat er daran gesessen, nicht?« Fabian nickte und gab ihm die Hand. »Da hängt ja die Todesursache«, sagte der alte Labude und zeigte auf das Lessingporträt. Er nahm das Bild von der Wand, betrachtete es und zerschlug es, ohne jede sichtbare Aufregung, am Schreibtisch. Dann klingelte er. Der Diener erschien. »Kehre den Dreck fort und bringe Heftpflaster«, befahl der Justizrat. Er blutete an der rechten Hand.

Fabian blickte noch einmal auf den toten Freund. Dann ging er hinaus und ließ die beiden allein.

Er war zu müde zum Schlafen, und er war zu müde, die Trauer aufzubringen, die dieser Tag von ihm forderte. Der Trikotagenreisende aus der Müllerstraße hielt sich die Backe, hieß er nicht Hetzer? Seine Frau lag unbefriedigt im Bett, Cornelia war zum zweiten Mal bei Makart, Fabian sah die Erlebnisse wie lebende Bilder, ohne dritte Dimension, weit weg am Horizont seines Gedächtnisses. Und auch, daß Labude in irgendeiner Villa hier draußen tot auf dem Sofa lag, beschäftigte ihn im Augenblick nur als Gedanke. Der Schmerz war wie ein Zündholz heruntergebrannt und erloschen. Er entsann sich aus seiner Kindheit eines ähnlichen Zustandes: wenn er damals eines Kummers wegen, der ihm riesenhaft und unheilbar erschien, lange Zeit geweint hatte, war das Reservoir, aus dem der Schmerz floß, leer geworden. Das Gefühl starb ab, wie manchmal, nach einem seiner Herzkrämpfe, das Leben in den Fingern abstarb. Die Trauer, die ihn ausfüllte, war empfindungslos, der Schmerz war kalt.

Fabian ging die Königsallee entlang. Er kam an der Rathenau-Eiche vorbei. Zwei Kränze hingen an dem Baum. An dieser Straßenbiegung war ein kluger Mann ermordet worden. »Rathenau mußte sterben«, hatte ein nationalistischer Schriftsteller einmal zu ihm gesagt. »Er mußte sterben, seine Hybris trug die Schuld. Er war ein Jude und wollte deutscher Außenminister werden. Stellen Sie sich vor, in Frankreich würde ein Kolonialneger für den Quai d'Orsay kandidieren, das ginge genau so wenig.«

Politik und Liebe, Ehrgeiz und Freundschaft, Leben und Tod, nichts berührte ihn. Er schritt, ganz allein mit sich selber, die nächtliche Allee hinunter. Über dem Lunapark stieg Feuerwerk in den Himmel und sank in bunten feurigen Garben zur Erde. Aber auf halbem Wege lösten sich die Garben auf, sie verschwanden spurlos, und neue Raketen drängten krachend in die Luft. Am Eingang zum Park hing ein Schild: Fernando, der Weltmeister im Dauertanzen, überbietet seinen eigenen Rekord. Er will 200 Stunden tanzen. Kein Weinzwang.

Fabian setzte sich in ein Bierlokal, dicht vor der Eisenbahnunterführung von Halensee. Die Gespräche der Umsitzenden erschienen ihm vollkommen sinnlos. Ein kleiner illuminierter Zeppelin, auf dem in großer Leuchtschrift »Trumpfschokolade« stand, flog über den Köpfen der Stadt zu. Ein Zug mit hellen Fenstern fuhr unter der Brücke hin. Autobusse und Straßenbahn passierten in langer Kette die Straße. Am Nebentisch erzählte ein Mann, dem der Nacken über den Kragen gerutscht war, Witze, und ein paar Frauen, die bei ihm saßen, kreischten, als hätten sie Mäuse unterm Rock.

Was soll das Alles? dachte er, zahlte rasch und ging nach Hause.

Auf dem Tisch lagen etliche Briefe. Die Bewerbungsschreiben waren zurückgekommen. Nirgends war ein Posten frei, man bedauerte hochachtungsvoll. Fabian wusch sich. Später ertappte er sich dabei, daß er regungslos, mit dem Handtuch vor dem nassen Gesicht, auf dem Sofa saß und, an der unteren Kante des Tuches vorbei, auf den Teppich stierte. Er trocknete sich ab, warf das Handtuch fort, legte sich um und schlief ein. Das Licht brannte die ganze Nacht.

ZWANZIGSTES KAPITEL

Cornelia im Privatauto • Der Geheimrat weiß von nichts • Frau Labude wird ohnmächtig

Als er am nächsten Morgen erwachte und das Licht brennen sah, waren ihm die Ereignisse des Vortags nicht gegenwärtig. Er fühlte sich bedrückt und elend, doch er wußte noch nicht, warum. Er schloß die Augen, und erst jetzt, und nur ganz allmählich, vergegenständlichte sich sein Kummer. Das, was geschehen war, fiel ihm ein, als werfe es jemand von draußen her durch eine Scheibe. Er wußte wieder, was er vor Müdigkeit vergessen hatte, und vom Bewußtsein aus sanken die Erinnerungen tiefer, wuchsen und verwandelten sich im Fallen, es war, als erhöhe sich ihr spezifisches Gewicht, und dann rollten sie wie Steinschlag auf sein Herz. Er drehte sich zur Wand und hielt sich die Ohren zu.

Frau Hohlfeld machte, als sie das Frühstück hereintrug, trotz des brennenden Lichts und obwohl er statt im Bett auf dem Sofa lag, keinen Skandal. Sie setzte das Tablett auf den Tisch, löschte das Licht und vollzog sämtliche Handlungen nach dem Ritus, der in Krankenzimmern üblich ist. »Ich versichere Sie meines tiefsten Beileids«, sagte sie, »ich las es vorhin in der Zeitung. Ein harter Schlag für Sie. Und die armen Eltern.« Der Ton und die Stimmlage waren gut gemeint. Die Teilnahme war ehrlich. Es war nicht zum Aushalten.

Er überwand sich und murmelte: »Danke.« Bis sie das Zimmer verlassen hatte, blieb er liegen, dann stand er auf und fuhr in die Kleider. Er mußte den Geheimrat sprechen. Seit gestern abend marterte ihn ein Verdacht, der, ohne jedes Zutun, immer quälender wurde. Er mußte in die Universität. Als er aus dem Haus trat, fuhr ein großer Privatwagen vor und hielt.

»Fabian!« rief jemand. Es war Cornelia. Sie saß im Wagen und winkte. Während er nähertrat, stieg sie aus.

»Mein armer Fabian«, sagte sie und streichelte seine Hand. »Ich hielt es nicht bis zum Nachmittag aus, und er lieh mir den Wagen. Stör ich dich?« Dann senkte sie die Stimme. »Der Schofför paßt auf.« Lauter sagte sie: »Wo willst du hin?«

»Zur Universität. Er hat sich umgebracht, weil seine Arbeit abgelehnt worden ist. Ich muß den Geheimrat sprechen.«

»Ich bringe dich hin. Darf ich?« fragte sie. »Fahren Sie uns bitte zur Universität«, sagte sie zu dem Schofför, sie stiegen in den Wagen und fuhren stadteinwärts.

»Und wie war es gestern abend bei dir?« fragte Fabian.

»Sprich nicht davon«, bat sie. »Ich hatte immer das Gefühl, dir drohe ein Unheil. Makart erzählte mir von der Rolle, die ich spielen soll, ich hörte kaum zu, so bedrängte mich meine Vorahnung. Es war wie vor einem Gewitter.«

»Was für eine Rolle?« Auf Cornelias Vorahnungen ging er nicht ein. Er haßte die Angewohnheit, die Zukunft wie eine Bettdecke zu lüpfen, und noch mehr haßte er den nachträglichen Stolz, schon vorher recht gehabt zu haben. Wie plumpvertraulich war diese Art des Umgangs mit dem Schicksal! Seine Abneigung hatte damit, ob Vorahnungen möglich seien oder nicht, nichts zu tun. Er empfand es als Anmaßung, sich mit dem, was noch verhüllt war, herumzuduzen. So passiv er auch zu sein pflegte: Mit einer Fügung in Unvermeidliches hatte das nichts zu schaffen.

»Eine sehr merkwürdige Rolle«, sagte sie. »Stell dir vor, daß ich in dem Film die Frau eines Mannes zu sein habe, der, um seiner verschrobenen Phantasie Genüge zu tun, von mir verlangt, daß ich mich unablässig verwandle. Er ist ein pathologischer Mensch und nötigt mich, bald ein unerfahrenes Mädchen und bald eine raffinierte Frau zu spielen, bald ein ordinäres Weib und dann wieder ein hirnloses, elegantes Luxusgeschöpf. Dabei stellt sich, für mich später als für ihn und die Zuschauer, heraus, daß ich ein ganz anderes Wesen bin, als ich selber glaube. Beide, er und ich, werden überrascht sein, denn ich werde mich unaufhaltsam, schließlich gegen seinen Willen, verändern und erst dadurch das geworden sein, was ich schon immer war. Gemein und herrschsüchtig, stellt sich heraus, bin ich im Grunde, und in dem Konflikt, den er durch seine Befehle beschwor, wird er tragisch unterliegen.«

»Ist der Einfall von Makart? Sieh dich vor, Cornelia, der Mann ist gefährlich. Er wird dich diese Verwandlung zwar spielen lassen, aber insgeheim wird er mit sich selber wetten, ob du in Wirklichkeit so wirst.«

»Das wäre kein Unglück, Fabian. Solche Männer wollen überfahren werden. Der Film wird ein Privatkursus fürs ganze Leben.«

Er kramte in den Taschen, fand das Geldbündel, zählte tausend Mark ab und gab sie Cornelia. »Da, Labude hinterließ mir das Geld, nimm die Hälfte. Es beruhigt mich.«

»Wenn wir vor drei Tagen zweitausend Mark gehabt hätten«, sagte sie.

Fabian beobachtete den Schofför, der fortwährend in den kleinen konkaven Sucherspiegel blickte und sie darin überwachte. »Deine Gouvernante wird uns noch an einen Baum fahren. Vorn ist die Musik!« schrie er, und der Schofför ließ sie vorübergehend mit dem Blick los.

»Heute nachmittag komme ich ohne ihn«, sagte sie.

»Ich weiß nicht, ob ich zu Hause bin«, erwiderte er.

Sie lehnte sich flüchtig und schüchtern an ihn. »Ich komme auf alle Fälle, vielleicht kannst du mich brauchen.«

Vor der Universität stieg er aus. Sie fuhr mit ihrem Gefängnisinspektor weiter.

Der Institutsdiener öffnete ihm. Der Geheimrat sei noch nicht da, werde aber jeden Augenblick von der Reise zurückerwartet. Ob der Assistent da sei. Jawohl.

Im Vorzimmer saßen Justizrat Labude und seine Frau. Sie sah sehr alt aus, weinte, als Fabian sie begrüßte, und sagte: »Wir haben uns nicht um ihn gekümmert.«

»Es ist sinnlos, sich Vorwürfe zu machen«, entgegnete Fabian.

»War er nicht alt genug?« fragte der Justizrat. Seine Frau schluchzte laut auf, und er verzog die Stirn. »Ich habe heute nacht Stephans Arbeit gelesen«, erzählte er. »Ich verstehe zwar nichts von eurem Fach, und ich weiß nicht, ob die Grundlagen der Untersuchung stimmen. Aber daß die Folgerungen klug und scharfsinnig sind, steht außer allem Zweifel.«

»Auch die Grundlagen der Untersuchungen sind in Ordnung«, meinte Fabian. »Die Arbeit ist meisterhaft. Wenn nur der Geheimrat käme!«

Frau Labude weinte vor sich hin. »Warum wollt ihr ihm, nun er tot ist, die Ursache rauben, deretwegen er starb?« fragte sie. »Kommt, wir wollen von hier fortgehen!« Sie stand auf und packte die zwei Männer. »Laßt ihn in Frieden!«

Aber der Justizrat sagte: »Setz dich hin, Luise.«

Und dann kam der Geheimrat. Er war ein Mann von altväterischer Eleganz, außerdem standen ihm die Augen etwas zu weit aus dem Kopf. Der Institutsdiener kletterte hinter ihm die

Treppe hoch und trug einen Handkoffer. »Das ist ja fürchterlich«, erklärte der Geheimrat und ging, mit seitlich geneigtem Kopf, auf Labudes Eltern zu. Die Frau des Justizrats weinte laut, als er ihr die Hand drückte, und auch der Justizrat war ergriffen. »Wir kennen uns«, sagte der alte Literaturhistoriker zu Fabian. »Sie waren sein Freund.« Er schloß die Tür zu seinem Zimmer auf, bat näherzutreten, entschuldigte sich für einen Augenblick und wusch sich, während die anderen stumm um den Tisch saßen, die Hände, wie vor einer ärztlichen Ordination. Der Diener hielt das Handtuch bereit.

Der Geheimrat sagte, während er sich abtrocknete: »Ich bin für keinen Menschen zu sprechen.« Der Diener entfernte sich, der Geheimrat nahm Platz. »Ich kaufte mir heute morgen in Naumburg eine Zeitung«, berichtete er, »und das Erste, was ich las, war die Meldung von dem tragischen Geschick Ihres Sohnes. Ist es allzu indiskret, wenn ich die nächstliegende Frage an Sie stelle? Was, um des Himmels willen, hat Ihren Sohn zu diesem äußersten Schritt bewogen?«

Der Justizrat ballte die Hand, die auf dem Tisch lag, zur Faust. »Können Sie sich das nicht denken?«

Der Geheimrat schüttelte den Kopf. »Ich habe nicht die geringste Ahnung.«

Labudes Mutter hob die Hände und faltete sie in der Luft. Ihr Blick bat die Männer innezuhalten.

Aber Labudes Vater beugte sich weit vor. »Mein Sohn hat sich erschossen, weil Sie seine Arbeit abgelehnt haben.«

Der Geheimrat zog das seidene Tuch aus der Tasche und fuhr sich damit über die Stirn. »Was?« fragte er tonlos. Er stand auf und starrte aus seinen vorgewölbten Augen die Umsitzenden an, als befürchte er, sie seien wahnsinnig. »Aber das ist ja gar nicht möglich«, flüsterte er.

»Doch, es ist möglich!« rief der Justizrat. »Nehmen Sie Ihren

Mantel, kommen Sie mit, sehen Sie sich unseren Jungen an! Auf dem Sofa liegt er und ist so tot, wie man nur sein kann.«

Frau Labude blickte aus weitgeöffneten, unbeweglichen Augen und sagte: »Sie töten ihn zum zweiten Male.«

»Das ist ja grauenhaft«, murmelte der Geheimrat. Er packte den Arm des Justizrates. »Ich hätte die Arbeit abgelehnt? Wer hat das behauptet? Wer hat das behauptet?« rief er. »Ich habe die Arbeit mit dem Bemerken bei der Fakultät in Umlauf gesetzt, daß sie die reifste literarhistorische Leistung der letzten Jahre darstelle. Ich habe in meinem Votum geschrieben, Doktor Stephan Labude könne, infolge dieser Arbeit, auf das lebhafteste Interesse der Fachkreise Anspruch erheben. Ich habe geschrieben, Doktor Labude leiste, mit diesem Beitrag zur Aufklärung, der modernen Forschung unschätzbare Dienste. Ich habe geschrieben, noch nie sei mir aus Schülerkreisen eine Schrift von ähnlicher Bedeutung vorgelegt worden und ich ließe sie in der Schriftenreihe des Instituts umgehend als Sonderdruck erscheinen. Wer hat behauptet, die Arbeit sei von mir abgelehnt worden?«

Labudes Eltern saßen regungslos.

Fabian erhob sich. Er zitterte am ganzen Körper. »Einen Augenblick«, sagte er heiser, »ich hole ihn.« Dann rannte er hinaus, die Treppe hinunter, ins Katalogzimmer. Doktor Weckherlin, der wissenschaftliche Gehilfe des Instituts, saß über eine Kartothek gebückt und ordnete Kärtchen ein, auf denen die Neuanschaffungen der Bibliothek verzeichnet waren. Er blickte ungehalten hoch und kniff die kurzsichtigen Augen zusammen. »Was wollen Sie?« fragte er.

»Sie sollen sofort zum Geheimrat kommen«, sagte Fabian, und als der Andere keine Anstalten traf, sondern bloß nickte und in der Kartothek zu blättern fortfuhr, faßte er ihn am Kragen, zerrte ihn vom Stuhl und stieß ihn zur Tür hinaus.

»Was erlauben Sie sich eigentlich?« fragte er. Aber Fabian schlug ihm, statt zu antworten, mit der Faust ins Gesicht. Weckherlin hob den Arm, um sich zu schützen, und stolperte, ohne länger zu widersprechen, die Treppe hinauf. Vor dem Zimmer des Geheimrats zögerte er wieder, aber Fabian riß die Tür auf. Der Geheimrat und Labudes Eltern fuhren zusammen. Der Assistent blutete aus der Nase.

»Ich muß in Ihrer Gegenwart einige Fragen an diesen Herrn richten«, sagte Fabian. »Doktor Weckherlin, haben Sie gestern mittag meinem Freund Labude erzählt, seine Arbeit sei abgelehnt worden? Haben Sie erzählt, der Geheimrat habe geäußert, die Arbeit der Fakultät weitergeben, heiße die Professoren belästigen? Haben Sie ihm erzählt, der Geheimrat wolle ihm außerdem durch diese private Ablehnung eine öffentliche Blamage ersparen?«

Frau Labude stöhnte und glitt ohnmächtig vom Stuhl. Keiner der Männer kümmerte sich um sie. Weckherlin war bis zur Tür zurückgewichen. Die drei anderen Männer standen vorgeneigt und warteten auf Antwort.

»Weckherlin«, flüsterte der Geheimrat und stützte sich schwer auf eine Stuhllehne.

Der Assistent verzog das breite, blasse Gesicht, als wolle er lächeln, er öffnete wiederholt den Mund.

»Wird's bald?« fragte der Justizrat drohend.

Weckherlin legte die Hand auf die Klinke und sprach: »Es war nur ein Scherz!«

Da schrie Fabian, es war ein unartikulierter Laut, er klang wie der Schrei eines Tiers. Im nächsten Augenblick sprang er vor und schlug auf den Assistenten ein, mit beiden Fäusten, unablässig, ohne zu überlegen, wohin er traf. Besinnungslos, wie ein automatischer Hammer, schlug er zu, immer wieder. »Du Schuft!« brüllte er und hieb dem anderen beide Fäuste mitten ins Gesicht. Weckherlin lächelte noch immer, als wolle er sich entschuldigen. Er hatte vergessen, daß er die Hand auf der Klinke hielt und aus dem Zimmer fliehen wollte. Er sank unter den Schlägen vorübergehend in die Knie. Er zog sich an der Klinke wieder hoch, die Tür schnappte auf. Jetzt erst besann er sich auf seinen Vorsatz, drängte durch die Tür auf den Korridor, Fabian folgte ihm, sie näherten sich, Schritt für Schritt, der Treppe, die ins Untergeschoß führte, der Eine schlug, der Andere blutete.

Unten am Fuß der Treppe sammelten sich Studenten, die der Lärm aus den Institutsräumen gelockt hatte. Sie standen stumm und abwartend, als spürten sie, was dort oben geschah, sei gerecht. »Du Hund!« sagte Fabian und traf den Assistenten unterm Kinn. Weckherlin kippte hintenüber, schlug dumpf mit dem Kopf auf eine Stufe und rollte klappernd die Holztreppe hinunter. Fabian lief hinter ihm her und wollte sich über ihn stürzen. Da sprangen ein paar Studenten vor und hielten ihn fest. »Laßt mich los!« schrie er und riß wie ein Tobsüchtiger an den Armen, die ihn umklammerten. »Laßt mich los, ich schlag ihn tot!« Jemand hielt ihm den Mund zu. Der Institutsdiener kniete neben dem Assistenten. Der versuchte sich aufzurichten, sank aber stöhnend zurück. Man schleppte ihn ins Katalogzimmer.

Im Obergeschoß, dicht an der Treppe, standen der Geheimrat und Labudes Vater. Durch die geöffnete Tür vernahm man langgezogene Klagelaute, Stephans Mutter war aus der Ohnmacht erwacht.

»Ach so, es war nur ein Scherz!« rief der Justizrat und lachte verzweifelt.

Der Geheimrat sagte markig, als habe er endlich einen Ausweg gefunden: »Doktor Weckherlin ist entlassen.« Die Studenten gaben Fabian frei, er senkte den Kopf, vielleicht bedeutete es einen Abschiedsgruß, und verließ das Institut.

EINUNDZWANZIGSTES KAPITEL

Juristin wird Filmstar • Eine alte Bekannte • Die Mutter verkauft Schmierseife

Es war nur ein Scherz gewesen!

Herr Weckherlin hatte einen dummen Witz gemacht, und Labude war daran gestorben. Es war nur scheinbar ein Selbstmord gewesen. Ein Subalternbeamter des Mittelhochdeutschen hatte den Freund umgebracht. Er hatte ihm vergiftete Worte ins Ohr geträufelt, wie Arsenik ins Trinkglas. Er hatte, zum Spaß, auf Labude gezielt und abgedrückt. Und aus der ungeladenen Waffe war ein tödlicher Schuß gedrungen.

Fabian sah, während er durch die Friedrichstraße lief, immer noch Weckherlins feig lächelndes Gesicht vor Augen, und er fragte sich nachträglich überrascht: Warum habe ich auf den Kerl eingeschlagen, als müsse er vernichtet werden? Warum war meine Wut auf ihn größer als die Trauer über Labudes unsinniges Ende? Verdient ein Mensch, der, wie jener, unabsichtlich solches Unheil anstiftet, nicht eher Mitleid als Haß? Wird er jemals wieder ruhig schlafen können?

Fabian verstand allmählich seinen Instinkt. Weckherlin hatte es nicht unabsichtlich getan. Er hatte Labude treffen wollen, nicht töten, aber verwunden. Der talentlose Konkurrent hatte sich am Begabten gerächt. Seine Lüge war eine Sprengkapsel gewesen. Er hatte sie in Labude hineingeworfen und war davongelaufen, um, aus der Entfernung, schadenfroh die Explosion zu beobachten.

Weckherlin war entlassen, verprügelt worden war er auch. Aber wäre es nicht besser gewesen, er hätte seinen Posten nicht verloren und die Schläge nicht erhalten? Wäre es nicht besser gewesen, Weckherlins Lüge hätte, wenn Labude schon einmal tot war, weitergelebt? Gestern hatte ihn der Tod des Freundes mit Traurigkeit beseelt, heute erfüllte er ihn mit Unfrieden. Die Wahrheit war an den Tag gekommen, wem war damit gedient? Labudes Eltern etwa, die nun endlich wußten, daß ihr Sohn das Opfer einer Infamie geworden war? Bevor sie erfuhren, was die Wahrheit war, hatte es keine Lüge gegeben. Nun hatte die Gerechtigkeit gesiegt, und aus dem Selbstmord wurde nachträglich ein tragischer Witz. Fabian dachte an Labudes Begräbnis und ihn schauderte: Er sah sich schon im Trauergefolge, am Sarg erkannte er Labudes Eltern, auch der Geheimrat war in der Nähe, und Labudes Mutter schrie laut auf. Sie riß sich den schwarzen Kreppschleier vom schwarzen Hut und sank jammernd vornüber.

»Obacht!« sagte jemand ärgerlich. Fabian wurde gestoßen und stand still. Hätte er die Sache mit Weckherlin vertuschen sollen, statt sie aufzuklären? Hätte er die Kenntnis des wahren Sachverhalts in sich einschließen sollen, um die Eltern davor zu bewahren? Warum war Labude bis in seine letzten Briefe so gründlich, warum war er so ordnungsliebend gewesen? Warum hatte er sein Motiv beim Namen genannt? Fabian ging weiter. Er bog in die Leipziger Straße ein. Es war Mittag. Die Angestellten der Büros und die Verkäuferinnen umdrängten die Haltestellen und stürmten die Autobusse, die Eßpause war kurz.

Wenn dieser Weckherlin nicht dazwischengekommen wäre, wenn Labude erfahren hätte, wie seine Arbeit wirklich eingeschätzt wurde, wäre er jetzt nicht gestorben, mehr noch, der Erfolg hätte ihn befeuert, hätte ihm die Enttäuschung mit Leda erleichtert und seinem politischen Ehrgeiz Luft gemacht. Warum hatte er denn an der Arbeit fünf Jahre gesessen? Sich selbst hatte er beweisen wollen, daß er leistungsfähig war. Er hatte mit diesem Erfolg gerechnet, er hatte ihn psychologisch abwägend in seine Entwicklung einkalkuliert, und die Kalkulation war richtig gewesen. Und doch hatte er Weckherlins Lüge eher geglaubt als seiner eigenen Überzeugung.

Nein, Fabian wollte nicht dabei sein, wenn man den Freund ins Diesseits beförderte. Er mußte fort aus dieser Stadt. Er starrte auf eines der vorüberfahrenden Autos. War es nicht Cornelia? Dort neben dem dicken Mann? Sein Herz setzte aus. Sie war es nicht. Er mußte fort, keine zehn Pferde hielten ihn länger.

Er ging zum Bahnhof. Er fuhr nicht noch einmal zur Witwe Hohlfeld, er ließ in deren Zimmer Alles, wie es stand und lag, stehen und liegen. Er besuchte Zacharias nicht mehr, obwohl sie es doch besprochen hatten und obwohl der Verlag ganz in der Nähe war. Er ging zum Bahnhof.

Der D-Zug fuhr in einer Stunde. Fabian besorgte sich eine Fahrkarte, kaufte Tageszeitungen, setzte sich in den Wartesaal und durchflog die Blätter. Der Präsident der Vereinigten Staaten schlug Europa ein Reparationsfeierjahr vor. Amerika entdeckte, daß man mit einem Volk, dem man die Kehle zudrückt, keine Geschäfte machen kann. Amerika war geneigt, den Griff vorübergehend ein wenig zu lockern. Deutschland sollte Luft schöpfen, ehe man es weiter würgte. Noch sträubte sich Frankreich gegen den Plan. Es befürchtete, man werde es hindern, im Gold zu ersticken. Trotzdem, sagte die Zeitung, bestehe Hoffnung, daß das Projekt zustande komme. Begriff man allmählich, was alle wußten? Erkannte man, daß die Vernunft das Vernünftigste war? Vielleicht hatte Labude recht gehabt? Vielleicht war es wirklich nicht nötig, auf die sittliche Hebung der gefallenen Menschheit zu warten? Vielleicht war das Ziel der Moralisten, wie Fabian einer war, tatsächlich durch wirtschaftliche Maßnahmen erreichbar? War die moralische Forderung nur deswegen uneinlösbar, weil sie sinnlos war? War die Frage der Weltordnung nichts weiter als eine Frage der Geschäftsordnung?

Labude war tot. Ihn hätte die Botschaft des amerikanischen Präsidenten begeistert. In seine Pläne hätte sie sich eingefügt. Fabian saß im Wartesaal, dachte des Freundes Gedanken und blieb apathisch. Wollte er die Besserung der Zustände? Er wollte die Besserung der Menschen. Was war ihm jenes Ziel ohne diesen Weg dahin? Er wünschte jedem Menschen pro Tag zehn Hühner in den Topf, er wünschte jedem ein Wasserklosett mit Lautsprecher, er wünschte jedem sieben Automobile, für jeden Tag der Woche eines. Aber was war damit erreicht, wenn damit nichts anderes erreicht wurde? Wollte man ihm etwa weismachen, der Mensch würde gut, wenn es ihm gut ginge? Dann mußten ja die Beherrscher der Ölfelder und der Kohlengruben wahre Engel sein!

Hatte er nicht zu Labude gesagt: Noch in dem Paradies, das du erträumst, werden sich die Menschen gegenseitig die Fresse vollhauen? War das Elysium, mit zwanzigtausend Mark Durchschnittseinkommen pro Barbaren, ein menschenwürdiger Abschluß?

Während er, sitzenderweise, seine moralische Haltung gegen die Konjunkturforscher verteidigte, regten sich wieder jene Zweifel, die seit langem in seinem Gefühl wie Würmer wühlten. Waren jene humanen, anständigen Normalmenschen, die er herbeiwünschte, in der Tat wünschenswert? Wurde dieser

Himmel auf Erden, ob er nun erreichbar war oder nicht, nicht schon in der bloßen Vorstellung infernalisch? War ein derartig mit Edelmut vergoldetes Zeitalter überhaupt auszuhalten? War es nicht viel eher zum Blödsinnigwerden? War vielleicht jene Planwirtschaft des reibungslosen Eigennutzes nicht nur der eher zu verwirklichende, sondern auch der eher erträgliche Idealzustand? Hatte seine Utopie bloß regulative Bedeutung, und war sie als Realität ebensowenig zu wünschen wie zu schaffen? War es nicht, als spräche er zur Menschheit, ganz wie zu einer Geliebten: »Ich möchte dir die Sterne vom Himmel holen!« Dieses Versprechen war lobenswert, aber wehe, wenn der Liebhaber es wahrmachte. Was finge die bedauernswerte Geliebte mit den Sternen an, wenn er sie angeschleppt brächte! Labude hatte auf dem Boden der Tatsachen gestanden, hatte marschieren wollen und war gestolpert. Er, Fabian, schwebte, weil er nicht schwer genug war, im Raum und lebte weiter. Warum lebte er denn noch, wenn er nicht wußte, wozu? Warum lebte der Freund nicht mehr, der das Wozu gekannt hatte? Es starben und es lebten die Verkehrten.

Im Feuilleton des Boulevardblattes, das auf seinen Knien lag, sah er Cornelia wieder. Juristin wird Filmstar, stand groß unter dem Photo. Fräulein Dr. jur. Cornelia Battenberg, war weiterhin zu lesen, wurde von Edwin Makart, dem bekannten Filmindustriellen, entdeckt und beginnt schon in den nächsten Tagen mit den Aufnahmen zu dem Film »Die Masken der Frau Z.«

»Alles Gute«, flüsterte Fabian und nickte dem Bild zu. In der anderen Zeitung sah er sie noch einmal. Sie trug einen imposanten Sommerpelz und saß in dem Auto, das er schon kannte, am Steuer. Neben ihr hockte ein dicker, großer Mensch, anscheinend der Entdecker persönlich. Die Unterschrift bestätigte die Vermutung. Der Mann wirkte brutal und verschlagen, wie ein Teufel ohne Gymnasialbildung. Edwin Makart, der

Mann mit der Wünschelrute, wurde vom Redakteur behauptet; seine neueste Entdeckung heiße Cornelia Battenberg. Sie repräsentiere als ehemaliger Referendar einen neuen Modetyp, die intelligente deutsche Frau.

»Alles Gute«, wiederholte Fabian und starrte auf das Photo. Wie lange war das her! Er blickte auf das Bild, als betrachte er ein Grab. Eine unsichtbare gespenstische Schere hatte sämtliche Bande, die ihn an diese Stadt fesselten, zerschnitten. Der Beruf war verloren, der Freund tot, Cornelia war in fremder Hand, was hatte er hier noch zu suchen?

Er trennte die Photographie sorgfältig aus der Zeitung, verwahrte die Ausschnitte im Notizbuch und warf die Zeitung fort. Nichts hielt ihn zurück, er verlangte dorthin, woher er gekommen war: nach Hause, in seine Vaterstadt, zu seiner Mutter. Er war schon lange nicht mehr in Berlin, obwohl er noch immer auf dem Anhalter Bahnhof saß. Würde er wiederkommen? Als sich ein paar Leute an seinem Tisch breitmachten, stand er auf, durchschritt die Sperre und setzte sich in den Zug, der auf das Signal zur Abfahrt wartete.

Nur fort von hier! Der Minutenzeiger der Bahnhofsuhr rückte weiter. Nur fort!

Fabian saß am Fenster und blickte hinaus. Die Felder und Wiesen schwangen wie auf einer Drehscheibe. Die Telegraphenstangen machten Kniebeugen. Manchmal standen kleine barfüßige Bauernkinder mitten in der tanzenden Landschaft und winkten mechanisch. Auf einer Weide graste ein Pferd. Ein Fohlen hüpfte den Zaun entlang und schwenkte den Kopf. Dann fuhren sie durch einen düsteren Fichtenwald. Die Stämme waren von grauen Flechten bewachsen. Die Bäume standen da, als seien sie aussätzig und als habe man ihnen verboten, den Wald zu verlassen.

Ihm war, als suche jemand seine Augen. Er wandte sich um und blickte ins Abteil. Die Mitreisenden, gleichgültige, gleichgültig dasitzende Leute, waren mit sich beschäftigt. Wer sah ihn an? Da entdeckte er, draußen im Gang, Frau Irene Moll. Sie rauchte eine Zigarette und lächelte ihm zu. Als er sich nicht rührte, winkte sie.

Er trat hinaus.

»Es ist skandalös, wie wir beiden einander nachlaufen«, sagte sie. »Wo fährst du hin?«

»Nach Hause.«

»Sei höflich«, meinte sie. »Frage mich gefälligst, wo ich hinwill.«

»Wo wollen Sie hin?«

Sie lehnte sich an ihn und flüsterte: »Ich türme. Einer der Schlafburschen hat mein Etablissement verpfiffen. Ich erfuhr es heute morgen von einem Polizeibeamten, dessen Monatsgehalt ich verdoppelt habe. Kommst du mit nach Budapest?«

»Nein«, sagte er.

»Ich habe hunderttausend Mark bei mir. Wir brauchen nicht nach Budapest zu fahren. Wollen wir über Prag nach Paris? Wir werden im Claridge wohnen. Oder wir gehen nach Fontainebleau und mieten eine kleine Villa.«

»Nein«, sagte er. »Ich fahre nach Hause.«

»Komm mit«, bat sie. »Ich habe Schmuck bei mir. Wenn wir blank sind, erpressen wir die alten Schachteln, die sich bei mir beschlummern ließen. Ich kenne interessante Einzelheiten, Gucklöcher haben ihr Gutes. Oder willst du lieber nach Italien? Was hältst du von Bellagio?«

»Nein«, sagte er, »ich fahre zu meiner Mutter.«

»Du verdammter Esel«, flüsterte sie ärgerlich. »Soll ich vor dir niederknien und dir eine Liebeserklärung machen? Was hast du gegen mich? Bin ich dir zu aufgeklärt? Ist dir eine dumme Gans lieber? Ich habe es endlich satt, nach der ersten besten Hose zu greifen. Du gefällst mir. Wir begegnen einander immer wieder. Das kann kein Zufall sein.« Sie faßte seine Hand und streichelte seine Finger. »Ich bitte dich, komm mit.«

»Nein«, sagte er. »Ich komme nicht mit. Reisen Sie gut.« Er wollte wieder in sein Abteil.

Sie hielt ihn zurück. »Schade, jammerschade. Vielleicht ein andres Mal.« Sie öffnete ihre Handtasche. »Brauchst du Geld?« Sie wollte ihm ein paar Banknoten in die Hand stecken. Er schloß die Hand zur Faust, schüttelte den Kopf und ging ins Kupee.

Sie blieb noch eine Weile vor der Tür des Abteils und sah ihn an. Er blickte durchs Fenster. Man fuhr durch ein Dorf.

Es war gegen sechs Uhr abends, als er ankam. Er trat aus dem Bahnhof und sah die Dreikönigskirche. Ihm schien, sie musterte ihn von oben herunter: Warum holt dich heute niemand ab und warum kommst du ohne Koffer?

Er ging den Dammweg entlang und durchschritt den alten Viadukt. Ein endloser Güterzug ratterte drüber hin, die Steinwölbung dröhnte. Das Haus, in dem früher der Lehrer Schanze gewohnt hatte, war frisch gestrichen. Die anderen Häuser standen unverändert in ihrer grauen, ihm seit der Kindheit bekannten Front. In dem Eckhaus, das der Hebamme Schröder gehörte, war ein neues Geschäft eröffnet worden, ein Fleischerladen, noch standen die Blumenstöcke im Schaufenster.

Langsam näherte er sich dem Haus, in dem er geboren war. Wie vertraut ihm die Straße war. Er kannte die Fassaden, er kannte die Höfe, Keller und Böden, überall war er hier beheimatet. Aber die Menschen, die aus den Häusern und in die Häuser traten, waren ihm fremd. Er stand still. »Seifengeschäft« stand über einem Laden. Ein Zettel klebte am Fenster. Er las:

»Nun auch Feinseife herabgesetzt. Die Hausmarke Lavendel zwanzig statt zweiundzwanzig Pfennige. Torpedoseife fünfundzwanzig statt achtundzwanzig Pfennige.« Er ging bis zur Tür.

Seine Mutter stand hinter dem Ladentisch, zwei Frauen standen davor. Die Mutter bückte sich gerade und stellte ein Paket Waschpulver auf den Tisch, dann schnitt sie einen Riegel Kernseife mittendurch. Dann nahm sie einen Bogen Packpapier und einen Holzlöffel, schaufelte Schmierseife aus dem Faß, wog sie ab und wickelte sie ein. Er spürte den Seifengeruch bis auf die Straße.

Dann klinkte er die Ladentür auf. Die Glocke bimmelte. Die alte Frau sah auf und ließ erschrocken die Hände sinken.

Er ging auf sie zu und sagte mit zitternder Stimme: »Mutter, Labude hat sich erschossen.« Und plötzlich liefen ihm Tränen aus den Augen. Er öffnete die Tür, die ins Hinterzimmer führte, schloß sie wieder, setzte sich in den Lehnstuhl vorm Fenster, blickte in den Hof hinaus, legte langsam den Kopf aufs Fensterbrett und weinte.

ZWEIUNDZWANZIGSTES KAPITEL

Besuch in der Kinderkaserne • Kegelschieben im Park • Die Vergangenheit biegt um die Ecke

»Was hat er denn?« fragte der Vater am nächsten Morgen.

»Seine Stellung hat er verloren«, sagte die Mutter. »Und sein Freund hat sich umgebracht, Labude, weißt du, den er seinerzeit in Heidelberg kennenlernte.«

»Ich wußte gar nicht, daß er einen Freund hatte«, meinte der Vater. »Man erfährt ja nichts.«

»Du hörst nur nicht zu«, sagte die Mutter. Da läutete die Ladenglocke. Als Frau Fabian wieder ins Zimmer trat, las der Mann die Zeitung.

»Außerdem hat er mit einem jungen Mädchen Pech gehabt«, fuhr sie fort. »Aber darüber spricht er sich nicht näher aus. Sie hat Rechtsanwalt studiert und geht zum Film.«

»Schade um das Geld fürs Studium«, erklärte der Mann.

»Ein hübsches Mädchen«, sagte Fabians Mutter. »Aber sie lebt mit einem dicken Kerl zusammen, einem Filmdirektor, das reinste Brechmittel.«

»Wird er lange hierbleiben?« fragte der Vater.

Die Mutter zuckte die Achseln und goß sich Kaffee ein. »Tausend Mark hat er mir gegeben. Labude hat ihm das Geld hinterlassen. Ich werde es aufheben. Der Junge hat einen Knacks wegbekommen, ich kann mir nicht helfen. Und das hat nichts mit Labude zu tun, und nichts mit der Filmschauspielerin. Er glaubt nicht an Gott, es muß damit zusammenhängen. Ihm fehlt der ruhende Punkt.«

»Als ich so alt war wie er, war ich schon fast zehn Jahre verheiratet«, sagte der Vater.

Fabian lief die Heerstraße entlang, an der Garnisonskirche und den Kasernen vorüber. Der runde kiesbestreute Platz vor der Kirche war leer. Wann war das denn gewesen, daß er hier gestanden war, ein Soldat unter Tausenden, die Hosen lang, den Helm auf dem Kopf, gerüstet zur feldgrauen Predigt, siebzehnjährig, bereit zu hören, was der deutsche Gott seinen Armeen mitteilen ließ? Er blieb am Tor der ehemaligen Fußartilleriekaserne stehen und lehnte sich an die Eisenstäbe. Antreten zum Dienstverlesen, Geschützexerzieren, Ausmarsch zum Nachtdienst, Vortrag über die Kriegsanleihe, Löhnungfassen, was war alles auf diesem öden Hof geschehen? Hatte er hier nicht gehört, wie die alten Soldaten, ehe sie zum dritten und vierten Male feldmarschmäßig abgeführt wurden, miteinander um ein Kommissbrot wetteten, wer am schnellsten zurück sein werde? Und waren sie nicht, eine Woche später, in lumpiger Uniform wieder aufgetaucht, einen Tripper echt Brüsseler Abstammung am Leibe? Fabian ließ das Gitter los und ging weiter an den alten protzigen Grenadier- und Infanteriekasernen vorbei. Hier war der Park der Schule, in der er jahrelang gesessen und gelebt hatte, ehe er mit Linksdrall, Scherenfernrohr und Lafettenschwanz bekannt gemacht wurde. Die Straße, die sich zu der Stadt hinuntersenkte, abends war er sie heimlich entlanggerannt, nach Hause, zur Mutter, auf wenige Minuten. Ob Schule, Kadettenanstalt, Lazarett oder Kirche, an der Peripherie dieser Stadt war jedes Gebäude eine Kaserne gewesen.

Noch immer lag das große graue Gebäude mit den schiefergedeckten spitzen Ecktürmen da, als sei es bis unters Dach mit Kindersorgen angefüllt. Die Fenster der Direktionswohnung waren noch immer mit weißen Gardinen geziert, im Gegensatz zu den vielen schwarzen schmucklosen Fenstern, hinter denen die Klassenzimmer, die Wohnräume der Schüler, die Schrankzimmer und die Schlafsäle lagen. Früher hatte er immer geglaubt, das riesige Haus müsse nach der Seite, auf der die Direktorialwohnung lag, tief in die Erde sinken, so schwerwiegend war ihm die Tatsache erschienen, daß hier Gardinen an den Fenstern hingen. Er ging durch das Tor und stieg die Stufen hinauf. Aus den Klassenzimmern drangen dunkle und helle Stimmen. Der leere Korridor war erfüllt davon. Aus der ersten Etage wehten Chorgesang und Klavierspiel. Fabian verschmähte die breite Freitreppe, er kletterte im Seitenflügel die schmalen Stufen hinan, zwei kleine Schüler kamen ihm entgegen.

»Heinrich«, rief der eine, »du sollst sofort zum Storch kommen und die Hefte holen.«

»Der wird's wohl erwarten können«, sagte Heinrich und ging krampfhaft langsam durch die schwankende Glastür.

Der Storch, dachte Fabian, es hat sich nichts geändert. Dieselben Lehrer waren noch da, die Spitznamen waren geblieben. Nur die Schüler wechselten. Ein Jahrgang nach dem andern wurde erzogen und gebildet. Früh läutete der Hausmeister. Die Jagd begann: Schlafsaal, Waschsaal, Schrankzimmer, Speisesaal. Die Jüngsten deckten den Tisch, holten die Butterdosen aus dem Eisschrank und die emaillierten Kaffeekannen aus dem Aufzug. Die Jagd ging weiter: Wohnzimmer, Staubwischen, Klassenzimmer, Unterricht, Speisesaal. Die Jüngsten deckten den Tisch fürs Mittagessen. Die Jagd ging weiter: Freizeit, Gartendienst, Fußballspiel, Wohnzimmer, Schularbeiten, Klassenzimmer, Speisesaal. Die Jüngsten deckten den Tisch fürs Abendbrot. Die Jagd ging weiter: Wohnzimmer, Schularbeiten, Waschsaal, Schlafsaal. Die Primaner durften zwei Stunden länger aufbleiben und rauchten unten im Park Zigaretten. Es hatte sich nichts geändert, nur die Jahrgänge wechselten.

Fabian stand in der dritten Etage und öffnete die Tür zur Aula. Morgenandacht, Abendandacht, Orgelspiel, Kaisers Geburtstag, Sedanfeier, Schlacht bei Tannenberg, Fahnen im Turm, Osterzensuren, Entlassung der Einberufenen, Eröffnung der Kriegsteilnehmerkurse, immer wieder Orgelspiel und Festreden voller Frömmigkeit und Würde. Einigkeit und Recht und Freiheit hatte sich in der Atmosphäre dieses Raumes festgebissen. Ob es noch so wie früher war, daß man, kam ein Lehrer vorüber, stramm stehen mußte? Mittwochs gab es zwei und sonnabends drei Stunden Ausgang. Ob man immer noch, wenn der Ausgang entzogen worden war, vom Inspektor angehalten wurde, Zeitungen mit Hilfe einer Schere in Abortpapiere zu verwandeln?

War es denn nicht auch manchmal schön gewesen? Hatte er immer nur die Lüge gespürt, die hier umging, und die böse heimliche Gewalt, die aus ganzen Kindergenerationen gehorsame Staatsbeamte und bornierte Bürger machte? Es war manchmal schön gewesen, aber nur trotzdem. Er verließ die Aula und stieg die düstere Wendeltreppe zu den Wasch- und Schlafsälen hinauf. In langer Front standen die eisernen Bettstellen. An den Wänden hingen die Nachthemden militärisch ausgerichtet. Ordnung mußte sein. Nachts waren die Primaner aus dem Park heraufgekommen und hatten sich zu erschrockenen Quintanern und Quartanern ins Bett gelegt. Die Kleinen hatten geschwiegen. Ordnung mußte sein. Er trat ans Fenster. Unten im Flußtal schimmerte die Stadt mit ihren alten Türmen und Terrassen. Wie oft war er, wenn die anderen schliefen, hierher geschlichen, hatte hinabgeblickt und das Haus gesucht, in dem die Mutter krank lag. Wie oft hatte er den Kopf an die Scheiben gepreßt und das Weinen unterdrückt. Es hatte ihm nicht geschadet, das Gefängnis nicht und das unterdrückte Heulen nicht, das war richtig. Damals hatte man ihn nicht kleingekriegt. Ein paar hatten sich erschossen. Es waren nicht viele gewesen. Im Krieg hatten schon mehr daran glauben müssen. Später waren noch etliche gestorben. Heute war die Hälfte der Klasse tot. Er stieg die Treppen hinunter, verließ das Gebäude und ging in den Park. Mit Reisigbesen und Schaufeln und spitzen Stöcken waren sie hinter einem Handwagen hergetrabt, hatten welkes Laub zusammengekehrt und Papier, das herumlag, aufgespießt. Der Park war groß, er senkte sich zu einem kleinen Bach hinab.

Fabian lief auf den alten vertrauten Pfaden, setzte sich auf eine Bank, blickte in die Wipfel der Bäume, ging weiter und wehrte sich vergeblich dagegen, daß ihn das, was er sah, zurückverwandelte. Die Säle und Zimmer und Bäume und Beete, die ihn umgaben, waren keine Wirklichkeit, sondern Erinnerungen. Hier hatte er seine Kindheit zurückgelassen, und nun fand er sie wieder. Sie sank von den Zweigen und Wänden und Türmen auf ihn herab und bemächtigte sich seiner. Er schritt immer tiefer hinein in den melancholischen Zauber.

Er kam zur Kegelbahn, die Kegel standen schußfertig. Fabian sah sich um, er war allein, da nahm er eine große Kugel aus dem Kasten, holte aus, lief vor und ließ die Kugel über die Bahn rollen. Sie machte ein paar kleine Sprünge. Die Bahn war immer noch uneben. Sechs Kegel fielen klappernd um.

»Was soll denn das?« fragte jemand ärgerlich. »Fremde haben hier nichts zu suchen!« Es war der Direktor. Er hatte sich kaum verändert. Sein assyrischer Bart war nur noch grauer geworden.

»Entschuldigen Sie«, sagte Fabian, zog den Hut und wollte sich entfernen.

»Einen Augenblick«, rief der Direktor. Fabian drehte sich um. »Sind Sie nicht ein ehemaliger Schüler von uns?« fragte der Mann. Dann streckte er die Hand aus. »Natürlich, Jakob Fabian! Herzlich willkommen! Das ist nett. Haben Sie Sehnsucht nach Ihrer alten Schule gehabt?« Sie begrüßten sich.

»Eine böse Zeit«, sagte der Direktor. »Eine gottlose Zeit. Die Gerechten müssen viel leiden.«

»Wer sind die Gerechten?« fragte Fabian. »Geben Sie mir ihre Adresse.«

»Sie sind immer noch der alte«, meinte der Direktor. »Sie waren immer einer der besten Schüler und einer der frechsten. Und wie weit haben Sie es damit gebracht?«

»Der Staat ist im Begriff, mir eine kleine Pension zu bewilligen«, sagte Fabian.

»Arbeitslos?« fragte der Direktor streng. »Ich hatte mehr von Ihnen erwartet.« Fabian lachte. »Die Gerechten müssen viel leiden«, erklärte er.

»Hätten Sie nur damals Ihr Staatsexamen gemacht«, sagte der Direktor. »Dann stünden Sie jetzt nicht ohne Beruf da.«

»Ich stünde in jedem Fall ohne Beruf da«, entgegnete Fabian erregt. »Auch wenn ich ihn ausübte. Ich kann Ihnen verraten, daß die Menschheit mit Ausnahme der Pastoren und Pädagogen nicht mehr weiß, wo ihr der Kopf steht. Der Kompaß ist kaputt, aber hier, in diesem Haus, merkt das niemand. Ihr fahrt nach wie vor in eurem Lift rauf und runter, von der Sexta bis zur Prima, wozu braucht ihr einen Kompaß?«

Der Direktor schob die Hände unter die Flügel seines Gehrocks und sagte: »Ich bin entsetzt. Es gäbe keine Aufgabe für Sie? Gehen Sie hin und bilden Sie Ihren Charakter, junger Mensch! Wozu haben wir Geschichte getrieben? Wozu haben wir die Klassiker gelesen? Runden Sie Ihre Persönlichkeit ab!«

Fabian betrachtete den wohlgenährten, selbstgefälligen Herrn und lächelte. Dann sagte er: »Sie mit Ihrer abgerundeten Persönlichkeit!« und ging.

Auf der Straße traf er Eva Kendler. Sie kam mit zwei Kindern daher und war ziemlich dick geworden. Er wunderte sich, daß er sie überhaupt erkannte.

»Jakob!« rief sie und wurde rot. »Du hast dich gar nicht verändert. Sagt dem Onkel Guten Tag!« Die Kinder gaben ihm die Hand und machten Knickse. Es waren zwei Mädchen. Sie sahen ihrer Mutter ähnlicher als sie sich selber.

»Wir sind uns mindestens zehn Jahre nicht begegnet«, sagte er. »Wie geht's dir? Wann hast du geheiratet?«

»Mein Mann ist Oberarzt im Carolahaus«, erzählte sie. »Da kann man keine großen Sprünge machen. Zu einer eigenen Praxis reicht es nicht. Vielleicht geht er mit Professor Wandsbeck nach Japan. Wenn es sich lohnt, fahre ich mit den Kindern nach.« Er nickte und betrachtete die beiden kleinen Mädchen.

»Damals war es schöner«, sagte sie leise. »Weißt du noch, wie meine Eltern verreist waren? Siebzehn Jahre war ich alt. Wie die Zeit vergeht.« Sie seufzte und strich den kleinen Mädchen die Matrosenkragen glatt. »Ehe man recht dazu kommt, sein eigenes Leben zu haben, trägt man schon wieder Verantwortung für seine Kinder. Dieses Jahr fahren wir nicht einmal an die See.«

»Das ist natürlich schrecklich«, meinte er.

»Ja«, sagte sie, »da wollen wir mal gehen. Auf Wiedersehen, Jakob.«

»Auf Wiedersehen.«

»Gebt dem Onkel die Hand!«

Die kleinen Mädchen machten Knickse, drängten sich an die Mutter und zogen mit ihr davon. Fabian blieb noch eine

Weile stehen. Die Vergangenheit bog um die Ecke, mit zwei Kindern an der Hand, fremd geworden, kaum wiederzuerkennen. »Du hast dich gar nicht verändert«, hatte die Vergangenheit zu ihm gesagt.

»Wie war's?« fragte die Mutter. Sie standen, nach dem Mittagessen, im Laden und packten eine Kiste mit Bleichpulver aus.

»Ich war oben bei den Kasernen. In der Schule war ich auch. Und dann habe ich die Eva getroffen. Zwei kleine Kinder hat sie. Der Mann ist Arzt.«

Die Mutter zählte die Pakete, die sie ins Regal geräumt hatte. »Die Eva? Das war mal ein hübsches Mädchen. Wie war das gleich? Du kamst doch damals zwei Tage nicht nach Hause.«

»Ihre Eltern waren verreist, und ich mußte einen mehrtägigen Aufklärungskursus abhalten. Es war ihr erster, und ich löste meine Aufgabe sehr gewissenhaft und mit wahrhaft sittlichem Ernst.«

»Ich war damals in Sorge«, sagte die Mutter.

»Aber ich schickte dir doch eine Depesche!«

»Depeschen sind etwas Unheimliches«, erklärte sie. »Über eine halbe Stunde saß ich davor und traute mich nicht, sie zu öffnen.« Er reichte die Pakete, die Mutter schichtete auf. »Wäre es nicht besser, wenn du hier eine Stellung suchtest?« fragte sie. »Willst du wirklich wieder nach Berlin? Gefällt es dir gar nicht mehr bei uns? Du könntest in die Wohnstube ziehen. Hier sind auch die Mädchen netter und nicht so verrückt. Vielleicht findest du doch eine Frau.«

»Ich weiß noch nicht, was ich mache«, sagte er. »Es kann sein, daß ich hier bleibe. Ich will arbeiten. Ich will mich betätigen. Ich will endlich ein Ziel vor Augen haben. Und wenn ich keines finde, erfinde ich eines. So geht es nicht weiter.«

»Zu meiner Zeit gab es das nicht«, behauptete sie. »Da war Geldverdienen ein Ziel, und Heiraten und Kinderkriegen.«

»Vielleicht gewöhne ich mich daran«, meinte er. »Wie sagst du immer?«

Sie hielt im Packen inne und sagte mit Nachdruck: »Der Mensch ist ein Gewohnheitstier.«

DREIUNDZWANZIGSTES KAPITEL

Pilsner Bier und Patriotismus • Türkisches Biedermeier • Fabian wird gratis behandelt

Gegen Abend ging Fabian in die Altstadt hinüber. Von der Brükke aus sah er die weltberühmten Gebäude wieder, die er, seit er denken konnte, kannte: das ehemalige Schloß, die ehemalige Königliche Oper, die ehemalige Hofkirche, alles war hier wunderbar und ehemalig. Der Mond rollte ganz langsam von der Spitze des Schloßturms zur Spitze des Kirchturms, als gleite er auf einem Draht. Die Terrasse, die sich am Flußufer erstreckte, war mit alten Bäumen und ehrwürdigen Museen bewachsen. Diese Stadt, ihr Leben und ihre Kultur befanden sich im Ruhestand. Das Panorama glich einem teuren Begräbnis.

Auf dem Altmarkt traf er Wenzkat. »Nächsten Freitag ist Klassenzusammenkunft im Ratskeller«, erzählte Wenzkat. »Bist du dann noch hier?«

»Ich hoffe«, sagte Fabian. »Wenn es irgend geht, erscheine ich.« Er wollte rasch weiter, aber der Andere lud ihn ein. Seine Frau sei seit vierzehn Tagen im Bad. Sie gingen zu Gaßmeier und tranken Pilsener.

Nach dem dritten Glas wurde Wenzkat politisch. »So geht das nicht weiter«, schimpfte er. »Ich bin im Stahlhelm. Das Abzeichen trage ich nicht. Ich kann mich, bei meiner Zivilpraxis, öffentlich nicht festlegen. Doch das ändert nichts an der Sache. Es gilt einen Verzweiflungskampf.«

»Zum Kampf kommt es gar nicht erst, wenn ihr anfangt«, sagte Fabian. »Es kommt gleich zur Verzweiflung.«

»Vielleicht hast du Recht«, rief Wenzkat und schlug auf die Tischplatte. »Dann gehen wir eben unter, kreuznochmal!«

»Ich weiß nicht, ob das dem ganzen Volk recht ist«, wandte Fabian ein. »Wo nehmt ihr die Dreistigkeit her, sechzig Millionen Menschen den Untergang zuzumuten, bloß weil ihr das Ehrgefühl von gekränkten Truthähnen habt und euch gern herumhaut?«

»So war es immer in der Weltgeschichte«, sagte Wenzkat entschieden und trank sein Glas leer.

»Und so sieht sie auch aus von vorn bis hinten, die Weltgeschichte!« rief Fabian. »Man schämt sich, dergleichen zu lesen, und man sollte sich schämen, den Kindern dergleichen einzutrichtern. Warum muß es immer so gemacht werden, wie es früher gemacht wurde? Wenn das konsequent geschehen wäre, säßen wir heute noch auf den Bäumen.«

»Du bist kein Patriot«, behauptete Wenzkat.

»Und du bist ein Hornochse«, sagte Fabian. »Das ist noch viel bedauerlicher.«

Dann tranken sie noch ein Bier und wechselten vorsichtshalber das Thema.

»Ich habe einen glänzenden Einfall«, meinte Wenzkat. »Wir gehen ein bißchen ins Bordell.«

»Gibt es denn so etwas noch? Ich denke, sie sind gesetzlich verboten.«

»Freilich«, sagte Wenzkat. »Verboten sind sie, aber es gibt noch welche. Das eine hat mit dem andern nichts zu tun. Du wirst dich amüsieren.«

»Ich denke gar nicht daran«, erklärte Fabian.

»Wir trinken eine Flasche Sekt mit den Mädchen. Das Übrige ist fakultativ. Sei nett. Komm mit. Gib gut auf mich acht, damit ich meiner Frau keinen Kummer mache.«

Das Haus lag in einer kleinen schmalen Gasse. Fabian erinnerte sich, als sie davor standen, daß hier die Offiziere der Garnison ihre Orgien gefeiert hatten. Das war zwanzig Jahre her. Das Haus sah unverändert aus. Wenn alles gutging, wohnten noch dieselben Mädchen drin. Wenzkat läutete. Im Haus näherten sich Schritte. Ein Auge blickte starr durchs Guckloch. Die Tür ging auf. Wenzkat sah sich besorgt um. Die Gasse war leer. Sie traten ein.

Sie gingen an einer alten Frau vorbei, die einen Gruß murmelte, und stiegen eine schmale hölzerne Treppe hinauf. Die Haushälterin erschien und sagte: »Guten Tag, Gustav, läßt du dich auch wieder mal bei uns blicken?«

»Flasche Sekt!« rief Wenzkat. »Ist die Lilly noch bei euch?«

»Nein, aber die Lotte. Ihr Hintern ist breit genug für dich. Nehmt Platz!«

Das Zimmer, in das sie geführt wurden, war sechseckig und in türkischem Biedermeier eingerichtet. Die Lampe gab rotes Licht. Die Wände waren getäfelt und mit ornamentalen Intarsien und nackten Frauen geschmückt, und zu beiden Seiten zogen sich niedrige Polster hin. Die Beiden setzten sich.

»Anscheinend schlechter Geschäftsgang«, sagte Fabian.

»Kein Mensch hat Geld«, erklärte Wenzkat. »Außerdem hat sich die Branche überlebt.«

Dann traten drei junge Frauen ins Zimmer und begrüßten den Stammgast. Fabian saß in einer Ecke und betrachtete die Szene. Die Haushälterin brachte einen Kübel, goß Sekt ein, rief »Prost!«, und man trank.

»Lotte«, sagte Wenzkat, »spielt uns euer Stück vor!«

Lotte war eine dicke Person mit lustigen Augen. »Gut«, erklärte sie und verschwand mit einer der zwei Anderen. »Zieh dich aus!« sagte Wenzkat zu der Dritten, die zurückgeblieben war. Sie stand auf, ging aus dem Zimmer, kam, eine Minute später, nackt zurück und setzte sich zwischen die Gäste. Sie war groß, hatte überall blonde Haare und schlug die Beine übereinander. Wenzkat ergriff ihre Brüste, kniff hinein und trank ihr zu. »Prost!« sagte sie, trank auch und dehnte sich.

Da erschien Lotte. Sie trug Männerkleidung und behauptete kichernd: »Ich komme von einer langen Reise. Wo ist denn meine Frau?« Dann kam ihre Kollegin, in einen Spitzenschal gehüllt durch die Tür und rief: »Endlich, geliebter Gatte! Ich bin vor Sehnsucht zerflossen.«

Und nun wurden sie handgemein, wie sich das für Eheleute, die einander endlich wiedersehen, schickt. Es fielen harte Worte, die gesamte erotische Terminologie wurde abgewickelt, Lotte zog die Männerhose aus, man sah, sie hatte sich ein Gummiglied umgebunden. Wenzkat lachte und schlug der nackten Nachbarin auf die Schenkel. Die zwei Frauen exekutierten dies und jenes, allmählich wurde aus dem albernen Spiel Ernst.

»Das könnte euch so passen!« rief Wenzkat, sprang auf und schlug mit der flachen Hand auf Lottes Hinterteil. Sie kreischte, kletterte von ihrer Kollegin herunter, küßte Wenzkat und drängte ihn, Beschwörungen murmelnd, aus dem Zimmer. Die Zwei verschwanden. Die andere Darstellerin, ein schmales, dunkelhaariges Ding, erhob sich und setzte sich neben Fabian.

Nun saß er mit der Haushälterin und zwei nackten Frauen am Tisch, trank Sekt und unterhielt sich. »Ist hier immer so wenig los?« fragte er.

»Neulich, zum Sängerfest, waren wir gut besucht«, sagte die

Blondine und spielte nachdenklich mit ihren Brustwarzen. »Da hatte ich an einem Tag achtzehn Männer. Aber sonst ist es zum Sterben langweilig.«

»Wie im Kloster«, meinte die kleine Dunkle verloren und schob sich näher.

»Noch eine Flasche?« fragte die Haushälterin.

»Ich glaube nicht«, sagte er. »Ich habe nur ein paar Mark einstecken.«

»Ach Quatsch!« rief die Blondine. »Gustav hat Geld genug. Außerdem hat er hier Kredit.« Die Haushälterin entfernte sich, um die zweite Flasche zu holen.

»Kommst du zu mir rauf?« fragte die Blondine.

»Ich bemerkte schon ganz richtig, daß ich kein Geld habe«, erklärte er und war froh, daß er nicht zu lügen brauchte.

»Es ist zum Verzweifeln«, rief die Blondine. »Bin ich dazu in den Puff gegangen, daß ich wieder zuwachse? Komm, und bring das Geld in den nächsten Tagen vorbei!« Fabian lehnte ab.

Da kam Wenzkat wieder ins Zimmer und plazierte sich neben die Blondine.

»Jetzt brauchst du dich auch nicht zu mir zu setzen«, sagte sie beleidigt.

Nun erschien auch Lotte. Sie war nackt und hielt, mit beiden Händen, ihre Sitzfläche. »So ein Schwein!« jammerte sie. »Immer diese Prügelei! Nun kann ich wieder drei Tage nicht sitzen.«

»Da hast du noch zehn Mark«, sagte Wenzkat. Sie steckte das Geld in den Halbschuh, und er schlug ihr, während sie sich bückte, wieder hintendrauf. Sie machte böse Augen und wollte auf ihn losgehen.

»Setz dich hin!« befahl er. Dann legte er den Arm um die Hüfte der Blondine und fragte: »Na, wollen wir?«

Sie betrachtete ihn prüfend und sagte: »Aber geprügelt wird bei mir nicht. Ich bin für die richtige Machart.«

Er nickte. Sie erhob sich und ging, die Anatomie schwenkend, voran.

»Ich sollte auf dich Obacht geben«, meinte Fabian.

»Ach, Mensch«, sagte der Andere, »wer Sorgen hat, hat auch Likör.« Dann folgte er der Frau.

Die Haushälterin brachte die zweite Flasche und schenkte ein. Lotte schimpfte auf Wenzkat und zeigte die Striemen. Die kleine Dunkelhaarige zupfte Fabian an der Jacke und flüsterte: »Komm mal mit in mein Zimmer.« Er sah sie an, ihre Augen waren groß und ernst auf ihn gerichtet. »Ich will dir was zeigen«, erklärte sie ruhig, und dann gingen sie zusammen hinaus.

Das Zimmer der kleinen nackten Person war genau so türkisch und geschmacklos eingerichtet wie der Salon, aus dem sie kamen. Das Bett war über und über geblümt und mit Spitzen besät. Die Bilder an der Wand waren sehr lächerlich. Ein elektrischer Ofen erwärmte die Luft. Das Fenster war offen. Drei blühende Blumenstöcke standen davor.

Die Frau schloß das Fenster, trat zu Fabian, umarmte ihn und streichelte sein Gesicht.

»Was wolltest du mir denn zeigen?« fragte er. Sie sagte nichts. Sie zeigte nichts. Sie sah ihn an.

Er klopfte ihr freundlich auf den Rücken. »Ich habe doch aber kein Geld«, sagte er.

Sie schüttelte den Kopf, knöpfte ihm die Weste auf, legte sich aufs Bett und betrachtete ihn abwartend, ohne sich zu rühren.

Er zuckte die Achseln, zog den Anzug aus und legte sich zu ihr. Sie umfing ihn aufatmend. Sie gab sich ganz behutsam hin und ihre Augen hingen ernst an seinem Gesicht. Er wurde verlegen, als habe er eine Jungfrau zur Leichtfertigkeit überredet.

Sie blieb stumm. Nur etwas später öffnete sich ihr Mund, und sie stöhnte, doch auch das tat sie voller Zurückhaltung.

Hinterher brachte sie Wasser, träufelte aus zwei Flaschen Chemikalien in die Schüssel und hielt dienstfertig ein Handtuch bereit.

Wenzkat saß zwischen Lotte und der Blondine, nickte Fabian zu und war müde. Sie tranken die Flasche leer und verabschiedeten sich. Fabian drückte der kleinen Dunkelhaarigen zwei Zweimarkstücke in die Hand. »Ich habe nicht mehr bei mir«, sagte er leise. Sie sah ihn ernst an.

Dann gingen alle miteinander zur Treppe. Wenzkat wurde wieder laut, er war beschwipst. Plötzlich spürte Fabian eine Hand in seiner Tasche. Als er auf der Straße stand, griff er in die Tasche und fand seine zwei Zweimarkstücke wieder.

»Hältst du das für möglich?« fragte er den anderen. »Ich habe der Kleinen ein paar Mark gegeben, und nun hat sie mir das Geld wieder zugesteckt.«

Wenzkat gähnte laut und sagte: »Wo die Liebe hinfällt. Sie hat es wahrscheinlich nötig gehabt. Übrigens, Jakob, wenn du zur Klassenzusammenkunft kommen solltest, daß du nichts erzählst! Und vergiß nicht, Freitag abend im Ratskeller.« Dann ging er.

Fabian machte noch einen Spaziergang. Die Straßen waren kaum besucht. Ein paar Strichfrauen standen lustlos an den Ecken und rauchten Zigaretten. Die Straßenbahnen fuhren leer in die Depots. Auf der Brücke blieb er stehen und sah in den Fluß hinunter. Die Bogenlampen spiegelten sich zitternd und waren wie eine Serie kleiner ins Wasser gefallener Monde. Der Fluß war breit. Es mußte im Gebirge geregnet haben. Auf den Hügeln, welche die Stadt umgaben, brannten viele zwinkernde Lichter.

Während er hier stand, lag Labude aufgebahrt in einer Grunewaldvilla, und Cornelia lag bei Herrn Makart im Himmelbett. Sehr weit weg lagen sie beide. Fabian stand unter einem anderen Himmel. Hier hatte Deutschland kein Fieber. Hier hatte es Untertemperatur.

VIERUNDZWANZIGSTES KAPITEL

Herr Knorr hat Hühneraugen • Die Tagespost sucht tüchtige Leute • Lernt schwimmen!

Tags darauf war er beim Bäcker und rief von dort aus im Büro von Wenzkat an. Der hatte wenig Zeit. Er mußte aufs Gericht. Fabian fragte, ob er keinen wüßte, der einen Direktionsposten zu vergeben hätte.

»Geh doch mal zu Holzapfel«, meinte Wenzkat. »Der ist in der Tagespost.«

»Was treibt er denn dort?«

»Erstens ist er Sportredakteur, zweitens schreibt er Musikkritiken. Vielleicht weiß er etwas. Und erinnere ihn an Freitag abend. Auf Wiedersehen.«

Fabian ging nach Hause und erzählte, er wolle mal in die Altstadt zu Holzapfel, der sei bei der Tagespost Redakteur. Vielleicht könne ihm der behilflich sein. Die Mutter stand im Laden und wartete auf Kunden. »Das wäre sehr schön, mein Junge«, sagte sie. »Geh mit Gott!«

Auf der Straßenbahn karambolierte er, infolge einer Kurve, mit einem baumlangen Herrn. Sie sahen einander mißgelaunt an. »Wir kennen uns doch«, meinte der Herr und streckte die Hand hin. Es war ein gewisser Knorr, ehemaliger Oberleutnant der Reserve. Ihm hatte die Ausbildung jener Einjährigen-Kompagnie oblegen, der Fabian angehört hatte. Er hatte die Siebzehnjährigen geschunden und schinden lassen, als bezöge er von Tod und Teufel Tantieme.

»Stecken Sie rasch Ihre Hand wieder weg«, sagte Fabian, »oder ich spuck Ihnen drauf.«

Herr Knorr, Spediteur von Beruf, befolgte den ernstgemeinten Rat und lachte betreten. Denn sie waren nicht allein auf der Plattform. »Was hab ich Ihnen denn getan?« fragte er, obwohl er das wußte.

»Wenn Sie nicht so groß wären, würde ich Ihnen jetzt Eine herunterhauen«, sagte Fabian. »Da ich aber nicht bis zu Ihrer geschätzten Wange hinaufreiche, muß ich mich anders behelfen.« Und damit trat er Herrn Knorr derartig auf die Hühneraugen, daß der die Lippen zusammenpreßte und ganz blaß wurde. Die Umstehenden lachten, Fabian stieg ab und lief den Rest des Wegs.

Holzapfel, der Klassenkamerad von einst, wirkte außerordentlich erwachsen, trank Flaschenbier und versah ein paar Bürstenabzüge mit Hieroglyphen. »Setz dich, Jakob«, sagte er. »Ich muß die Vorschau fürs Rennen korrigieren, und einen Sammelbericht über Klavierkonzerte. Lange nicht gesehen. Wo hast du gesteckt? Berlin, wie? Ich führe gern mal wieder hinüber. Man kommt nicht dazu. Dauernd viel zu tun und dauernd Bier. Schwielen im Gehirn, Schwielen am Gesäß, die Kinder werden immer älter, die Freundinnen werden immer jünger, wenn das mal keine Lungenentzündung gibt.« Während er so vor sich hinfaselte, korrigierte und trank er ruhig weiter. »Koppel hat sich scheiden lassen, er kam dahinter, daß ihn seine Frau mit zwei Anderen betrog. Er war ja immer schon ein guter Mathematiker. Bretschneider hat die Apotheke verkauft und sich eine Klitsche angeschafft. Er züchtet rote Grütze und

Salzkartoffeln, jedem für sein Geld, was ihm schmeckt. So, die Klavierkonzerte können warten.« Er klingelte nach dem Boten und schickte die Fahne mit der Rennvorschau in die Setzerei. Dann erzählte Fabian, daß er eine Stellung suche, zuletzt habe er Propaganda gemacht. Aber ihm sei schon Alles gleich. Hauptsache, er finde hier in der Stadt ein Unterkommen.

»Von Musik verstehst du nichts. Vom Boxen auch nicht«, stellte Holzapfel fest, »vielleicht kann man dich im Feuilleton brauchen, für die zweite Theaterkritik oder etwas Ähnliches.« Er hängte sich ans Telefon und sprach mit dem Direktor. »Geh mal hin zu dem Kerl«, schlug er vor. »Erzähl ihm was Hübsches. Er ist eingebildet, aber gelehrig.«

Fabian bedankte sich, erinnerte den Andern an die Klassenzusammenkunft und ließ sich bei Direktor Hanke melden. »Doktor Holzapfel ist ein Klassenkamerad von Ihnen?« fragte der Direktor. »Sie haben Literaturgeschichte studiert? Augenblicklich ist keine Stellung frei. Doch das besagt nichts. Sollten Sie tüchtig sein, tüchtige Leute kann ich immer brauchen. Arbeiten Sie vierzehn Tage auf eigenes Risiko. Ich mache Sie mit dem Feuilletonchef bekannt. Wenn der Ihre Beiträge ablehnt, haben Sie Pech gehabt. Sonst sind Sie mir als externer Mitarbeiter willkommen.« Er wollte auf die Klingel drücken.

»Einen Moment, Herr Direktor«, sagte Fabian. »Ich danke Ihnen für die Chance. Noch lieber würde ich als Propagandist arbeiten. Man könnte beispielsweise eine Beratungsstelle für Inserenten einrichten, der Kundschaft zugkräftige Texte vorschlagen und eventuell ganze Werbefeldzüge organisieren. Man könnte die Auflageziffer des Blattes durch geschickte und systematische Reklame vorteilhaft beeinflussen. Man könnte, in Kompagnie mit Großinserenten, lohnende Preisausschreiben durchführen. Man könnte für die Abonnenten Boxabende und ähnliche Volksfeste veranstalten.«

Der Direktor hörte aufmerksam zu. Dann sagte er: »Unsere Großaktionäre sind nicht für Berliner Methoden.«

»Aber die Herren sind dafür, daß die Auflagenhöhe des Blattes wächst!«

»Nicht mit Hilfe von Fisematenten«, erklärte der Direktor. »Immerhin, ich werde mit unserem Insertionschef sprechen. In bescheidener Dosierung sollte man vielleicht doch Maßnahmen ergreifen, denen wir uns auf die Dauer nicht völlig werden entziehen können. Kommen Sie morgen um Elf wieder. Ich will sehen, was ich tun kann. Bringen Sie ein paar Arbeiten mit. Und Zeugnisse, falls Sie solches Gemüse auf Lager haben.«

Fabian stand auf und bedankte sich für das erwiesene Interesse.

»Wenn wir Sie engagieren«, sagte der Direktor, »erwarten Sie keine phantastischen Summen. Zweihundert Mark sind heute sehr viel Geld.«

»Für die Angestellten?« fragte Fabian neugierig.

»Nein«, sagte der Direktor, »für die Aktionäre.«

Fabian saß im Café Limberg, trank einen Kognak und machte sich Gedanken. Es war hirnverbrannt, was er plante. Er wollte, falls man die Gnade hatte, ihn zu nehmen, einer rechtsstehenden Zeitung behilflich sein, sich auszubreiten. Wollte er sich etwa einreden, ihn reize die Propaganda schlechthin, ganz gleich, welchen Zwecken sie diente? Wollte er sich so sehr betrügen? Wollte er sein Gewissen, wegen zwei Hundertmarkscheinen im Monat, Tag für Tag chloroformieren?

Die Mutter würde sich freuen. Sie wünschte, daß er ein nützliches Glied der Gesellschaft wurde. Ein nützliches Glied dieser Gesellschaft, dieser G. m. b. H.! Es ging nicht. So marode war er noch nicht. Geldverdienen war für ihn noch immer nicht die Hauptsache.

Er beschloß, den Eltern zu verschweigen, daß er bei der »Tagespost« unterkriechen konnte. Er wollte nicht unterkriechen. Zum Donnerwetter, er kroch nicht zu Kreuze! Er beschloß, dem Direktor abzusagen, und kaum hatte er sich dazu entschieden, wurde ihm wohler. Er konnte die restlichen tausend Mark von Labude nehmen, ins Erzgebirge hinauffahren und in irgendeinem stillen Gehöft bleiben. Das Geld reichte ein halbes Jahr oder länger. Er konnte wandern, soweit sein krankes Herz nichts dagegen hatte. Er kannte den Gebirgskamm, die Gipfel und die Spielzeugstädte von Schülerfahrten her. Er kannte die Wälder, die Bergwiesen, die Seen und die armen geduckten Dörfer. Andere Leute fuhren in die Südsee, das Erzgebirge war billiger. Vielleicht kam er dort oben zu sich. Vielleicht wurde er dort oben so etwas Ähnliches wie ein Mann. Vielleicht fand er auf den einsamen Waldpfaden ein Ziel, das den Einsatz lohnte. Vielleicht reichten sogar fünfhundert Mark. Die andere Hälfte konnte er der Mutter lassen.

Also los, an den Busen der Natur, marschmarsch! Bis Fabian wiederkehrte, war die Welt einen Schritt vorangekommen, oder zwei Schritte zurück. Wohin sie sich auch drehte, jede andere Lage war richtiger als die gegenwärtige. Jede andere Situation war für ihn aussichtsreicher, ob es Kampf galt oder Arbeit. Er konnte nicht mehr daneben stehen wie das Kind beim Dreck. Er konnte noch nicht helfen und zupacken, denn wo sollte er zupacken und mit wem sollte er sich verbinden? Er wollte die Stille zu Besuch und der Zeit vom Gebirge her zuhören, bis er den Startschuß vernahm, der ihm galt und denen, die ihm glichen.

Er trat aus dem Café. Aber war das nicht Flucht, was er vorhatte? Fand sich für den, der handeln wollte, nicht jederzeit und überall ein Tatort? Worauf wartete er seit Jahren? Vielleicht auf die Erkenntnis, daß er zum Zuschauer bestimmt und geboren war, nicht, wie er heute noch glaubte, zum Akteur im Welttheater?

Er blieb an Geschäften stehen, er sah Kleider, Hüte und Ringe, und er sah doch nichts. An einem Korsettgeschäft kam er wieder zu sich. Das Leben war eine der interessantesten Beschäftigungen, trotz alledem. Die Barockgebäude der Schloßstraße standen noch immer. Die Erbauer und die ersten Mieter waren lange tot. Ein Glück, daß es nicht umgekehrt war.

Fabian ging über die Brücke.

Plötzlich sah er, daß ein kleiner Junge auf dem steinernen Brückengeländer balancierte.

Fabian beschleunigte seine Schritte. Er rannte.

Da schwankte der Junge, stieß einen gellenden Schrei aus, sank in die Knie, warf die Arme in die Luft und stürzte vom Geländer hinunter in den Fluß.

Ein paar Passanten, die den Schrei gehört hatten, drehten sich um. Fabian beugte sich über das breite Geländer. Er sah den Kopf des Kindes und die Hände, die das Wasser schlugen. Da zog er die Jacke aus und sprang, das Kind zu retten, hinterher. Zwei Straßenbahnen blieben stehen. Die Fahrgäste sprangen vom Wagen und beobachteten, was geschah. Am Ufer rannten aufgeregte Leute hin und wider.

Der kleine Junge schwamm heulend ans Ufer.

Fabian ertrank. Er konnte leider nicht schwimmen.

ANHANG

ANHANG 1

Nachwort für die Sittenrichter

Dieses Buch ist nichts für Konfirmanden, ganz gleich, wie alt sie sind. Der Autor weist wiederholt auf die anatomische Verschiedenheit der Geschlechter hin. Er läßt in verschiedenen Kapiteln völlig unbekleidete Damen und andere Frauen herumlaufen. Er deutet wiederholt jenen Vorgang an, den man, temperamentloserweise, Beischlaf nennt. Er trägt nicht einmal Bedenken abnorme Spielarten des Geschlechtslebens zu erwähnen. Er unterläßt nichts, was die Sittenrichter zu der Bemerkung veranlassen könnte: Dieser Mensch ist ein Schweinigel.

Der Autor erwidert hierauf: Ich bin ein Moralist!

Durch Erfahrungen am eigenen Leibe und durch sonstige Beobachtungen unterrichtet, sah er ein, daß die Erotik in seinem Buch beträchtlichen Raum beanspruchen mußte. Nicht, weil er das Leben photographieren wollte, denn das wollte und tat er nicht. Aber ihm lag außerordentlich daran, die Proportionen des Lebens zu wahren, das er darstellte. Sein Respekt vor dieser Aufgabe war möglicherweise ausgeprägter als sein Zartgefühl. Er fand das ganz in der Ordnung.

Die Sittenrichter, die männlichen, weiblichen und sächlichen, sind wieder einmal sehr betriebsam geworden. Sie rennen, zahllos wie die Gerichtsvollzieher, durch die Gegend und kleben psychoanalytisch geschult, wie sie sind, ihre Feigenblätter über jedes Schlüsselloch und auf jeden Spazierstock. Doch sie stolpern nicht nur über die sekundären Geschlechtsmerkmale. Sie werden dem Autor nicht nur vorwerfen, er sei ein Pornograph. Sie werden auch behaupten, er sei ein Pessimist, und das gilt bei den Sittenrichtern sämtlicher Parteien und Reichsverbände als das Ärgste, was man einem Menschen nachsagen kann. Sie wollen, daß jeder Bürger seine Hoffnungen im Topf hat. Und je leichter diese Hoffnungen wiegen, umso mehr suchen sie ihm davon zu liefern. Und weil ihnen nichts mehr einfällt, was, wenn die Leute daran herumkochen, Bouillon gibt, und weil das, was ihnen früher einfiel, von der Mehrheit längst auf den Misthaufen der Geschichte geworfen wurde, fragen sich die Sittenrichter: Wozu haben wir die Angestellten der Fantasie, die Schriftsteller?

Der Autor erwidert hierauf: Ich bin ein Moralist!

Er sieht eine einzige Hoffnung, und die nennt er. Er sieht, daß die Zeitgenossen, störrisch wie die Esel, rückwärts laufen, einem klaffenden Abgrund entgegen, in dem Platz für sämtliche Völker Europas ist. Und so ruft er, wie eine Reihe Anderer vor ihm und außer ihm: Achtung, beim Absturz linke Hand am linken Griff!

Wenn die Menschen nicht gescheiter werden (und zwar jeder höchstselber, nicht immer nur der Andere) und wenn sie es nicht vorziehen, endlich vorwärts zu marschieren, vom Abgrund fort, der Vernunft entgegen: Wo, um alles in der Welt, ist denn noch eine ehrliche Hoffnung? Eine Hoffnung, bei der ein anständiger Kerl ebenso aufrichtig schwören kann wie beim Haupt seiner Mutter?

Der Autor liebt die Offenheit und verehrt die Wahrheit. Er hat mit der von ihm geliebten Offenheit einen Zustand geschildert und er hat, angesichts der von ihm verehrten Wahrheit eine Meinung dargestellt. Darum sollten sich die Sittenrichter, ehe sie sein Buch im Primäraffekt erdolchen, dessen erinnern, was er in diesem Nachwort wiederholt versicherte.

Er sagte wiederholt, er sei ein Moralist.

ANHANG 2

Nachwort für die Kunstrichter

Die Sittenrichter meinen den Autor, die Kunstrichter meinen das Buch.

Dieses Buch nun hat keine Handlung. Außer einer, mit zweihundertsiebzig Mark im Monat dotierten Anstellung geht nichts verloren. Keine Brieftasche, kein Perlenkollier, kein Gedächtnis, oder was sonst im Anfang von Geschichten verloren geht und im letzten Kapitel, zur allgemeinen Befriedigung, wiedergefunden wird. Es wird nichts wiedergefunden. Der Autor hält den Roman keineswegs für eine amorphe Kunstgattung, und trotzdem hat er hier und dieses Mal, die Steine nicht zum Bauen verwandt.

Man könnte beinahe vermuten, es handle sich um eine Absicht.

Es treten wichtige Personen auf und verschwinden vor der Zeit. Es kommen unwichtige Leute daher und kehren mit einer Heftigkeit, die ihnen gar nicht zukommt, immer wieder. Ein junger Mann erschießt sich. Ein anderer junger Mann ertrinkt. Und beide Todesfälle sind äußerlich so wenig gerechtfertigt, beide Herren kommen derartig aus Versehen ums Leben, daß man fragen könnte: Gab es denn keine zwingenderen Anlässe? Warum versagte der Autor ihrem Tod die Notwendigkeit?

Man könnte beinahe vermuten, es handle sich um eine Absicht.

Die Zahl der Dachziegel, die dem Menschen aufs Barhaupt fallen können, wächst von Tag zu Tag. Die Dummheit dessen, was geschieht, nimmt, vom zunehmenden Tempo des Geschehens angeregt, imposante Ausmaße an. Der Zufall regiert, daß sämtliche verfügbaren Balken knistern. Das Leben ist interessant, das ist das einzig gute Haar in der Suppe, die wir auszulöffeln die Ehre haben.

Der Zustand lebt mehr denn je vom Zufall. Wovon, so fragte sich der Autor, soll die Darstellung des Zustands leben? Jeder Tag ist für den, der ihn erlebt, eine Reise im verkehrten Zug ans falsche Ziel. Weil es viele Möglichkeiten gibt, und nur eine davon kann Tatsache werden, verwirklicht sich das Unwahrscheinliche. Die Vernunft ging ins Exil. Der verworrene Zustand und der ratlose Mensch blieben übrig. Wie ließ sich beides am treffendsten auf den Leser übertragen? Wie konnte es, wenn überhaupt, gelingen, den Leser so zu mobilisieren, daß er nach der Lektüre womöglich aufsprang und auf den Tisch schlug und ausrief: Dieser Zustand muß anders werden!

Das Buch hat keine Handlung und keinen architektonischen Aufbau und keine sinngemäß verteilten Akzente und keinen befriedigenden Schluß.

Man vermutet richtig, ob man es nun für richtig hält oder nicht: Es war so die Absicht!

ANHANG 3

Vorwort zur Neuauflage

Über dieses Buch, das zehn Jahre nach dem ersten Weltkrieg entstand, wurden im Laufe der Zeit recht verschiedene Urteile laut. Und es wurde noch von vielen, die es lobten, mißverstanden. Jetzt, ein Jahr nach dem zweiten großen Krieg unseres Jahrhunderts, wird man es ganz gewiß nicht besser verstehen als damals. Wie denn auch? Die Findung von Geschmacksurteilen lag ein Jahrdutzend ausschließlich in den Händen eines faschistischen Büroklüngels. Die Ansichten und Ideale wurden in Phrasen hergestellt, wie Lebkuchen in Backformen. Die Urteile und Meinungen wurden mundgerecht geliefert und allerorten geschluckt. Die junge Generation weiß kaum, daß man sich Urteile selber bilden kann. Und soweit sie es versucht, weiß sie nicht, wie man es macht. Die Kunst kommt sich vor wie eine Porzellantasse im Elefantenkäfig.

So wird natürlich noch weniger als damals begriffen werden, daß der »Fabian« keineswegs ein »unmoralisches«, sondern ein ausgesprochen moralisches Buch ist. Der ursprüngliche Titel, den, samt einigen krassen Kapiteln, der Erstverleger für untragbar hielt, lautete »Der Gang vor die Hunde«. Damit sollte, schon auf dem Einband, deutlich werden, daß der Roman einen Zweck verfolgte. Er wollte warnen. Er wollte vor dem

Abgrunde warnen, dem sich Deutschland und damit Europa näherten. Er wollte mit angemessenen, und das konnte in diesem Falle nur bedeuten, mit allen Mitteln in letzter Minute Gehör und Besinnung erzwingen. Als Titel hätte sich auch der eines um 1930 oft gespielten Stücks geeignet. Es hieß »Krankheit der Jugend«.

Die große Arbeitslosigkeit, die der wirtschaftlichen folgende seelische Depression, die Sucht sich zu betäuben, die Aktivität bedenkenloser Parteien, das waren die Sturmzeichen der nahenden Krise. Und auch die unheimliche Stille vor dem Sturm fehlte nicht, – die einer epidemischen Lähmung gleichende Trägheit der Herzen. Es trieb manche, sich dem Sturm und der Stille entgegenzustellen. Sie wurden beiseitegeschoben. Lieber hörte man den Jahrmarktschreiern und Trommlern zu, die ihre Senfpflaster und Patentlösungen anpriesen. Man lief ihnen nach, hinein in den Abgrund, in dem wir nun, mehr tot als lebendig, angekommen sind.

Das vorliegende Buch, das großstädtische Zustände von damals schildert, ist kein Photographiealbum, sondern eine Satire. Es beschreibt nicht, was war, sondern es übertreibt. Der Moralist pflegt seiner Epoche keinen Spiegel, sondern einen Zerrspiegel vorzuhalten. Die Karikatur, ein legitimes Kunstmittel, ist das Äußerste, was er vermag. Wenn auch das nicht hilft, dann hilft überhaupt nichts mehr. Daß überhaupt nichts hilft, ist keine Seltenheit. Eine Seltenheit wäre es vielmehr, wenn das den Moralisten entmutigte. Sein angestammter Platz ist und bleibt der verlorene Posten. Ihn füllt er, so gut er kann, aus. Sein Wahlspruch heißt: Dennoch!

München, Sommer 1946
Erich Kästner

ANHANG 4

Vorwort des Verfassers zur Neuauflage dieses Buches

Über dieses nunmehr bald fünfundzwanzig Jahre alte Buch kursierten im Laufe der Zeit recht verschiedene Urteile, und es wurde noch von manchen, die es lobten, mißverstanden. Wird man's heute besser verstehen? Gewiß nicht! Wie denn auch? Daß im Dritten Reich die Geschmacksurteile verstaatlicht, in Phrasen geliefert und millionenfach geschluckt wurden, hat Geschmack und Urteil breiter Kreise bis in unsere Tage verdorben. Und heute sind, noch ehe sie sich regenerieren konnten, bereits neue, genauer, sehr alte Mächte fanatisch dabei, wiederum standardisierte Meinungen – gar nicht so verschieden von den vorherigen – durch Massenimpfung zu verbreiten. Noch wissen viele nicht, viele nicht mehr, daß man sich Urteile selber bilden kann und sollte. Soweit sie sich drum bemühen, wissen sie nicht, wie man's anfängt. Und schon sind, angeblich zum Schutze der Jugend, Kuratelgesetze gegen moderne Kunst und Literatur in Vorbereitung. Das Wort »zersetzend« steht im Vokabular der Rückschrittler längst wieder an erster Stelle. Verunglimpfung ist eines jener Mittel, die den Zweck nicht nur heiligen, sondern ihn, nur zu oft, auch erreichen.

So wird heute weniger als damals begriffen werden, daß der

»Fabian« keineswegs ein »unmoralisches«, sondern ein ausgesprochen moralisches Buch ist. Der ursprüngliche Titel, den, samt einigen krassen Kapiteln, der Erstverleger nicht zuließ, lautete »Der Gang vor die Hunde«. Damit sollte, schon auf dem Buchumschlag, deutlich werden, daß der Roman ein bestimmtes Ziel verfolge: Er wollte warnen. Er wollte vor dem Abgrund warnen, dem sich Deutschland und damit Europa näherten! Er wollte mit angemessenen, und das konnte in diesem Falle nur bedeuten, mit allen Mitteln in letzter Minute Gehör und Besinnung erzwingen.

Die große Arbeitslosigkeit, die der wirtschaftlichen folgende seelische Depression, die Sucht sich zu betäuben, die Aktivität bedenkenloser Parteien, das waren Sturmzeichen der nahenden Krise. Und auch die unheimliche Stille vor dem Sturm fehlte nicht – die einer epidemischen Lähmung gleichende Trägheit der Herzen. Es trieb manche, sich dem Sturm und der Stille entgegenzustellen. Sie wurden beiseite geschoben. Lieber hörte man den Jahrmarktschreiern und Trommlern zu, die ihre Senfpflaster und giftigen Patentlösungen anpriesen. Man lief den Rattenfängern nach, hinein in den Abgrund, in dem wir nun, mehr tot als lebendig, angekommen sind und uns einzurichten versuchen, als sei nichts geschehen.

Das vorliegende Buch, das großstädtische Zustände von damals schildert, ist kein Poesie- und Fotografiealbum, sondern eine Satire. Es beschreibt nicht, was war, sondern es übertreibt. Der Moralist pflegt seiner Epoche keinen Spiegel, sondern einen Zerrspiegel vorzuhalten. Die Karikatur, ein legitimes Kunstmittel, ist das Äußerste, was er vermag. Wenn auch das nicht hilft, dann hilft überhaupt nichts mehr. Daß überhaupt nichts hilft, ist – damals wie heute – keine Seltenheit. Eine Seltenheit wäre es allerdings, wenn das den Moralisten entmutigte. Sein angestammter Platz ist und bleibt der verlorene

Posten. Ihn füllt er, so gut er kann, aus. Sein Wahlspruch hieß immer und heißt auch jetzt: Dennoch!

Erich Kästner
München, Mai 1950

NACHBEMERKUNG ZUR TEXTGESTALT

Die Erstausgabe von Erich Kästners Roman *Fabian. Die Geschichte eines Moralisten* ist 1931 in bearbeiteter Form erschienen. Das konnte schon sein erstes Publikum wissen, weil der Autor ein vom Verlag gestrichenes Kapitel in einer Zeitschrift publiziert hatte, ebenso wie eines der vorgesehenen beiden Nachworte. Trotz Kästners Erfolg auch nach Krieg und Diktatur konnte die ursprüngliche, ungekürzte Version seines Romans nicht zu Lebzeiten publiziert werden; *Der Gang vor die Hunde*, so der Anfang der dreißiger Jahre gewünschte Titel, erschien erst 2013 im Atrium Verlag, fast vierzig Jahre nach seinem Tod.

Der Roman ist eine Bestandsaufnahme vom Berlin zur Zeit der ausgehenden Weimarer Republik, kaum satirisch überspiegert. Sein Protagonist wird wie eine Kamera durch Berlin geführt, er sieht und erlebt allerlei, von Episode zu Episode, eine Art Sodom und Gomorrha (auch das war einer der Titel, die Kästner sich für sein Manuskript überlegt hatte). Es gibt dort viel soziales und politisches Elend, Inflation und Arbeitslosigkeit, ein bisschen Sexualität verschiedener Sorten, eine deprimierend abgeschnittene Liebesgeschichte; und es gibt den promovierten Germanisten und Werbefachmann Jakob Fabian, der all dies sieht, erlebt, kaum einmal eingreift, der es in Berlin nicht aushält. Am Ende kehrt er in seine provinzielle Heimatstadt zurück und kommt dort auch nicht wirklich zurecht. Er stirbt eines überraschenden und schnöden Todes, nachdem ein einziges Mal direkt an die Leserinnen und Leser appelliert wird: »Lernt schwimmen!«

In *Der Gang vor die Hunde* sind die Eingriffe des Erstlektorats wieder herauspräpariert, der Text, den Kästner ursprünglich geschrieben hat, ist wiederhergestellt worden. Nachdem es kaum Selbstkommentare des Autors außer den Vor- und Nachworten gibt, musste von Fall zu Fall entschieden werden, ob es sich um akzeptierte Korrekturen handelte, wie sie in der Vorbereitung eines jeden Manuskripts vor sich gehen, oder ob gegen Sinn und Ästhetik des Textes verstoßen worden ist. Im Ergebnis erkennt man den Roman schon noch, aber es gibt deutliche Unterschiede: Zwei gestrichene Kapitel sind wieder eingefügt; im einen präsentiert Fabians Chef ihm und einem Arbeitskollegen seine frische Blinddarmwunde – die Ekelgrenze im *Gang vor die Hunde* verläuft hier anders. Im anderen gestrichenen Kapitel fahren Fabian und sein bester Freund Labude mit dem Hunderter-Bus quer durch Berlin, eine Fahrt entlang etlicher nationaler Heiligtümer, und die beiden führen eine Komödie auf: Labude spielt einen schwerhörigen stadtfremden Verwandten, Fabian erklärt ihm die Bauwerke, die zu sehen sind – den Berliner Dom bezeichnet er als Hauptfeuerwache, die Universität als Anstalt für schwachsinnige Kinder, das Brandenburger Tor erklärt er zum Verkehrsturm. Die leichtbeschürzte Wagenlenkerin obendrauf, vor der Quadriga, habe einen so kurzen Rock an wegen der Steuer, zu mehr Stoff hats nicht gereicht. Das alles wird durch den vollbesetzten Bus gebrüllt (der Besucher ist ja angeblich schwerhörig), und als dann der Tiergarten auch noch das Tempelhofer Feld sein soll, das repräsentative militärische Aufmarschgelände der preußischen-deutschen Hauptstadt, geraten die anderen Passagiere des Busses außer sich. Es handelt sich um eines der komischsten, übermütigsten Kapitel, aber dem Erstverlag war das wohl ein bisschen zu viel Spott auf berlinische, zum Teil auch nationale Heiligtümer.

Das sind die größten Eingriffe; zudem ist die Urfassung in Teilen anders rhythmisiert, punktuell näher an der gesprochenen Sprache und dadurch lebendiger. Viele Absätze sind anders gesetzt, die Zeichensetzung unterscheidet sich, in den sexualisierten Passagen ist das Vokabular ein bisschen zotiger, hier waren selten ganze Sätze und Halbsätze gestrichen. Es hat großen Spaß gemacht, diese Edition aus dem Typoskript ›herzustellen‹, das sich in Kästners Nachlass gefunden hat; und diese Fassung liest sich auch so, als habe man vom 1931er-*Fabian* ein bisschen Patina abgewischt.

Sven Hanuschek
im Januar 2021